漂

去

漫

山

岛

范小青 著

作家出版社

图书在版编目（CIP）数据

漂去漫山岛／范小青著 . -- 北京：作家出版社，
2025.3. -- ISBN 978 - 7 - 5212 - 3240 - 0

Ⅰ. I247.7

中国国家版本馆 CIP 数据核字第 20249CL566 号

漂去漫山岛

作　　者：范小青
责任编辑：田小爽
装帧设计：李　一
出版发行：作家出版社有限公司
社　　址：北京农展馆南里 10 号　　　邮　　编：100125
电话传真：86 - 10 - 65067186（发行中心）
　　　　　86 - 10 - 65004079（总编室）
E - mail: zuojia@zuojia. net. cn
http: // www. zuojiachubanshe. com
印　　刷：唐山嘉德印刷有限公司
成品尺寸：142 × 210
字　　数：249 千
印　　张：20.25
版　　次：2025 年 3 月第 1 版
印　　次：2025 年 3 月第 1 次印刷
ISBN　978 - 7 - 5212 - 3240 - 0
定　　价：58.00 元

目录

短篇小说

中篇小说

短篇小说

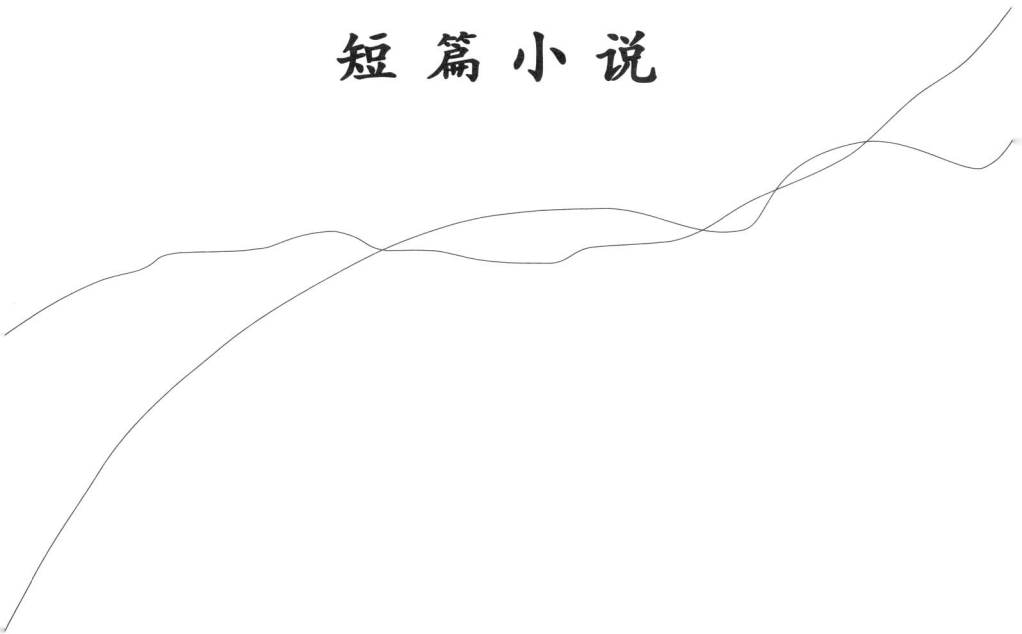

我在你的空间里

　　我喜欢旅游。我喜欢一个人旅游。但是说一个人旅游并不准确，因为不是那种完全自由自在的自驾游，我没有那个能力。我都是跟团的，独自一人报名跟团出去，国内国外，都去。

　　所以这既不是一个人的旅游，又可以是一个人的旅游，虽然身边始终有一个团的人在，但是你可以当他们在，也可以当他们不在。

　　需要的时候他们就在，不需要的时候他们就不在。

　　他们既是陌生人，又不是陌生人。

　　甚好。

　　像我这样的人虽然不多，但也不是绝无仅有，我在团里也碰到过一两次。有一回是一个少妇，据说是来疗伤的，情感的释放上似乎有些报复性反弹，对团里所有的异性都表现出非凡的热情，据说晚上还敲了别人房间的门，还害得团里的一对夫妻反目。总之是略有些失控。

　　跟我不一样。

　　还有一次是一个中年男子，说是出来躲债。有钱旅游，没钱还债，若是真的，估计那债小不了。那还是个摄影发烧友，一路拍风景不够，还不停地给团友们拍，为了选一个最好的角度，差一点掉下山崖。幸好旁边的人一把拉住了他。也看不出他是不是真的要选好角度，是不是真的不小心。

　　我始终是个旁观者，看着团里各种各样的人物，挺有意思，不过我的心思不在他们身上，他们表演他们的人生，我浮光掠影地看看而已，完全都不走心的。

我又跟团出发了，新的旅程又开始了，一切的一切，都和每一次差不多。因为不是旅游旺季，大巴车的上座率大约在百分之六十，还有百分之四十的空间，可供大家在漫长甚至可能乏味的旅途中松动松动。

一大早大巴就上了高速，行驶了近两个小时，到了一个服务区，大家要下车方便了。这是惯例，即便没有游客申请，领队也会主动安排，即便不是经常出来旅游的人，也都明白。车子驶入服务区的停车场，领队宣布下车时间是二十分钟，让大家记住车牌号。车门就开了。

虽然一切如常，但多少也会有一点小小的不正常。拿我来说吧，出门前几天，因为要加班将旅游的时间补回来，结果生活上马虎了，没有保证正常的水果蔬菜和作息时间，肠胃功能有些紊乱，便秘了。何况原本正常的生活习惯都是早起蹲大的，但是出门旅游早上给的时间不宽裕，如果便秘，这点时间是不够用来解决的，除非你为了蹲大再早早起。只是一旦便秘，即便再早早起，却因为要赶时间，心情紧张，便秘自是加重，出恭成为负担。

游客零零散散往里走，有人并不要上厕所，但是现在服务区搞得跟大型的综合商场似的，琳琅满目，应有尽有，光看一眼也会心满意足的。厕所则安排在最里边。我跟在人流里往前走，虽然便秘，但便意却是饱满的，所以我决定在高速公路服务区的厕所解决。

等我终于以坚韧的毅力完成任务的时候，我才发现，我站不起来了。两腿又麻又僵，幸好隔挡的板壁不太高，我硬是拉着墙板才站了个半躬，揉了半天腿，稍感恢复，这才想起已经超过了领队规定的二十分钟了。赶紧冲到停车场，还好，大巴车还在等我，我赶紧上车，找到自己的位置，看到有人坐了，也无所谓。这又不是高铁霸座，不用对号，反正又不客满，随意坐。

通常大巴出发的第一天，谁坐哪个位置，后面就基本固定，当然也有随时调换的，或者有人想要和人说说话了，或者是不想和人说话了，也或者有人脚臭影响到别人了，总之只要车上没有满座，都是可以松动的。

我往后面一排坐下，定了定神，听到领队在前排问了一声，还有没有人没上来，没有人回答。他又问一声，才有人配合着开个玩笑，举手说，我没有上来。另有一个勉强附和一声，说没到的请举手。都是太老的套路，没有人觉得好笑。

我虽然坐到了后排，但不是最后排，在我的后面，还有人，我也没有朝他看，这个我有经验，有的人，你看一眼他，他就来热情了，缠上你，要跟你说长道短，要跟你攀亲道故、称兄道弟，整个的旅程，就怕无宁息之时了。

我稍稍整理了一下思路，就开始闭目养神，没过多久，耳边似乎有个声音，很轻的，在说，嗨，嗨。我没有睁眼，我以为跟我没有关系，但是接着这个声音越来越近，简直就是在我脸上嗨嗨了。

我睁眼一看，是后排的那个人，他的脸差不多就要贴到我脸上了，我把他一推，说你干什么。

他伸起一根手指压在嘴上，紧张地朝我"嘘"了一声，压低声音说，喂，我老刘。

我又不认得他，他自称老刘，感觉是个韭菜面孔，一拌就熟的那种，我最惧这样的人，所以也不讲礼貌了，不接他的话头，也没有告诉他我姓甚名谁，没有必要。

这个老刘倒也没有要问我的姓名，也不觉得我有拒人千里之外的意思，直接就跟我说，喂，朋友，我跟你说，我们说话轻一点，不要影响别人，不要制造紧张空气，我跟你了解一下，我们要去的那个什么峡，听说很危险的，我来之前查了资料，据说在危险的山路上要开几十公里，有许多悬崖、险滩，还有——

我说，你说的那个什么峡是什么峡？我怎么不知道我们这趟行程中有个什么峡，我一直以为我们走的是一望无际的大草原呢。

老刘分明对我不怎么满意，撇了撇嘴说，你打酱油也不能打到自己头上吧，交了钱，出门旅游，连去哪儿你都不知道，你也太佛系了，可是一般佛系的人，是不大出来玩的，你是特例。哎对了，你怎么一个人坐在后排，和你一起出来的人呢？

他很兴奋，甚至有点过了，疑似轻度狂躁，我故意逗逗他，我说，老刘，你说什么人应该和我坐在一起呢？

他又撇嘴说，什么人，总归是家人啦，要不就是情人啦。我打断他反问说，那你的情人呢，你怎么也一个人坐在后面呢？他笑了起来，似乎还有些难为情，说，我那个情人，嫌我话太多，烦我，我就坐到后面来了。我虽然见多识广，什么奇葩也见过，但仍觉这个人有些特别，我也算是头一回碰上，还有情人之间嫌话多、不要坐在一起的？

我说，她都嫌你话多，那她还和你一起出来？老刘贼兮兮地笑着说，没办法没办法，她喜欢玩，喜欢刺激，还要探险，我呢，正好相反，我喜欢去那种悠闲的地方，真正地享受云淡风轻、偷得浮生半日闲的那种趣味——他大概发现跟我说了半天，脱离了他的主题，所以又扯了回去，说，朋友，你真的不知道我们要去的那个什么峡很危险吗？

我不想他纠缠我，连他的情人都不要跟他坐一起，我干吗当这个冤大头，我直接就戳穿他说，哪有什么什么峡，你别来跟我没话找话，我跟你一样，也是想要求个安静才坐到后面的。

他一下子急了，才不管我要安静还是要热闹，他急着说，怎么没有，怎么没有——一边说，一边几步跨到前面座位那里，从搁在座位上的包包里，拿出一份东西，又到后面，给我看，说，这个，人手一册，你又不是没有，难道发给你了你看都不看，心够大的。

我朝他手上一看，是一份旅行手册，心里忽然有些异样，早上发车后的第一件事情，就是领队给大家发这个手册，这个手册上内容很齐全，尤其是旅游线路，都写得清清楚楚。但是我奇怪的是，为什么我领到的册子纸张是粉红色的，而这个奇怪的旅友拿过来这本却是蓝色的，我顺手接过来，翻开一看，心里的异样感升级了，升级成为心跳加速，因为我一眼看到了，在这本蓝色的本子里，旅行路线中，确定有个"波跳峡"，不仅有这个峡，还有其他一些我所不知道的地名和景点名称——也就是说，我拿到的粉红色的册子和他拿到的蓝色的册子，根本不是同一条线路。

我有点蒙，我抬头四处看看，车窗外是看不出什么名堂的，反正高速公路和高速公路，大多长一个样，沿途的那些路标上的地名，我也分不出哪里是哪里，比如马家坝，比如刘家桥，这样的地名，恐怕是遍布全国各地的。

我再把目光从车窗外收回到车厢里来，前面坐着的旅友们，别说现在我只能看到他们的后脑勺，即便是脸对脸，我恐怕也认不出几张熟脸来，我本就有轻微的脸盲症，我又不合群，连跟团旅游都是独行侠，我从来不和团里的旅友相识相知相亲相爱。

但是再一想，这个难题也不是没有办法解决的，我记不得他们的脸，他们应该记得我这个人，我长得还是有特点的。

这么想着，我心里有些许安慰，我立起身朝前排走去，再回过身，慢慢往后走，一边走，一边眼睛两边扫，扫过每一个人的脸，有些人闭着眼睛在睡觉，也有人眼睛是睁开的，我看他们的时候，他们的目光也朝我脸上扫过，但是基本没有什么反应，有的淡如白开水，也有的稍微礼貌一点，露出一个基本看不出来的笑。所以我一路走下来，一无所获，因为我既看不出他们是认得我的，也看不出他们并不认得我。

我再次回到前面，站到了领队跟前，领队朝我看看，说，有事吗？我摇了摇头。

我回到后排座位，老刘正眼巴巴地盯着我看，眼神充满渴望，难道他会认为，我到前排走一下，那个什么波跳峡的风险就会降低吗？他想多了。

可他也许真是这么指望的，他着急地问我，你到前排去干什么，与你同行的人坐在前面吗，她是不是了解那个什么峡的情况啊？

我现在碰到问题了，我不想和他说什么峡不峡的，我就直接问他，你认得我吗？

他奇怪地看着我，说，你什么意思？

我说，没什么意思，就是字面上的意思，我问你你认不认得我。

他愣了一下，随后就张嘴笑了起来，说，你这个人，搞笑的，我怎么会不认得你，我当然认得你啦，要不然我们怎么会坐在一个车上，我们还说了许多话，不过我发现，你出来之前肯定没有做功课，你对我们的旅行路线可能一无所知，你连那个什么峡都不知道。

他大概已经知道，从我这里打听不出那个什么峡的危险程度来了，他说他想去找我的"情人"问一问，他的理由是，女性一般都比男人细致，她们更会做功课。

我说，对不起，我没有人，情人没有，什么人也没有，我是一个人报名参加的。

他立刻说，不对不对，这个我就要戳穿你了，你不可能是一个人参加的，我们这个团就叫"情侣五折团"，都是一对一对的——我跟你坦白吧，坐在前面的那个女的，其实不是我女友，我并不认得她，她是假冒的，我也是假冒的，那天我们同时去旅行社打听跟团的价格，都觉得太贵，恰好有这个情侣打折团，我们是心有灵犀的，互相看了一眼，就决定假冒情侣，进团了。

为什么情侣团就可以打这么低的折扣，我也想得通，这就是通常大家都知道的羊毛出在羊身上，羊也一样知道。情侣一起出来，在花钱方面，肯定大方，不比大爷大妈们，都是紧紧捂住口袋的。

我们两个正说着假冒"情侣"的事，他的"女友"在前排喊他了，趁他离开的片刻，我赶紧从我的背包里掏出我的粉红色的手册，和他的蓝色手册核对了一下，我晕，南辕北辙。

现在我终于可以确定，不是旅行社印了双色的旅行手册，而是——

我出问题了。

我上错车了。

尽管我走南闯北，曾经沧海，也不免吓了一跳。我得赶紧下这趟上错了的车，我得找到我自己的车。

我正要张嘴叫喊停车，老刘已经迅速地从前面返回来了，见我脸涨红了，情绪有点激动，一条胳膊微微抬起，好像想喊什么话，他立刻误会了，以为我要举报他。他朝我笑笑说，没事的，你举报就是了，你以为车上这一对一对的，全都是真的情侣？搞什么笑嘛，没有什么保证是真的，只有交出去的钱那才是真的。

我想他说得也对。但是无论真假，他们看起来都是成双成对的，至少形式上他们是真的，只有我是落单的，现在在车上可能还看不出来，到了住地，分配房间，立刻就要露馅儿了。

他看我犹豫的模样，又劝我说，就算你举报成功，就算旅行社犯傻、领队犯浑，要追究真假情侣，他们也不会现在就处理的，你不想想，现在车子离服务区已经很远，离前面的服务区也一样地远，他们真的敢把我放下车，让我在荒郊野地一个人走路，出了事故谁负责？

不等我接他的话头，他又抢着说下去，我是担心这个波跳峡，那个地方年年都要出事故的，事故有大有小，但是即便年年有事故，还是年年有人把自己送到那里去，比如——他指了指自己，又指了指我，说，比如你和我。

我想说我并没有打算往那里去，他又不让我说，只顾诉说他自己的心思，他的大意就是他不想跟这个团了，他现在是越想越害怕，好像那个万丈深渊正在前面等着他去粉身碎骨。

他的思路跟我的思路岔得太远了，但是有一点是类似的，我想下车，他也想下车，我可以从他那里获取一点建设性的想法，我撺掇他说，你想下车是吗，那你现在跟我说是什么意思呢，我又不是领队，你应该去告诉领队。

他连忙摆手说，那可不行，这不是下车的地方，一个人站在高速公路上，太危险了。再说了，领队也不会让我下去的。

他的话果然对我有所启发，因为他是向这个团队交过钱、签过合同的，所以无论他是不是害怕前方的景点，领队不仅不会将他赶下车，还会担心他真的一个人下车离去，领队会死死地看住他。

我却不一样，我的钱交给了另一个团队，这个团队的领队，如果知道我不是他们的人，我没有给他们交钱，我还白搭了他们一段路，他也许会立刻赶我下车的。

正如老刘所说，这个地方，前不搭村后不搭店，放在高速上，确实不是个好办法。所以我暂时打消了说出实情的想法，我打算到下一站停车的地方，再见机行事，设法纠正自己的错误。

我正在为自己的行动方案周详考虑，我的手机响了起来，我以为是我的那个团发现少了人，来找我了，心里竟有一点温暖的感觉。

可惜不是，是一个9字头的陌生电话，不是广告，就是诈骗，我果断挂断，心里有些失落，还有些悲凉。

我在心里痛骂我的那个团，都是些什么人呀。团里少了一个人，居然没有人发现，他们在高速公路服务站把我扔下的时候，连人头都不清点一下，就把车开走了。这会儿车子都开出个把小时了，他们难道还没有发现少了一个人，他们完全不记得有我这个旅友？

我不甘心，又把手机拿出来重新看了一遍，看看是不是他们联系我，我忽视了，但是确实没有。一口恶气在我心里翻滚，我恶狠狠地谋划着，感觉自己的心情有点像个弃妇、怨妇，哼哼，你们不联系我，我也不联系你们，你们打电话来，我也不接，到时候看你们怎么交代。等到了住地，分配住房时，一定会发现问题的，到时候我就冒充家属打电话追究问罪。我自己就是我家属。

车子快到下一个服务区的时候，领队说，没有人内急吧，前面这个服务区不停了，我们抓紧时间，要赶到波跳镇上住下，吃午饭，下午就直接去波跳峡。

有人鼓起掌来，片刻之后，有个男的站起来说，还是停一下吧，我憋不住了。不等领队问什么，游客里自有人会出面，责问他说，刚才停的时候，为什么不上厕所？这人苦着脸说，那时候还没有到时候，尿不出来，我一般早上喝的水，要到这会儿才下去。

大家笑开了，有的说尿道长，有的说肚肠里弯道多，有的说动作太慢，有的说前列腺什么什么。

尽管不太情愿，但是领队还是让司机下高速进服务区，他也不想被投诉，要真有投诉，这个投诉也太难听了：不让游客大小便。

我终于松了一口气，心里暗想，我可以在这里跟你们拜拜了，我要回到正确的人生道路上去，至于你们要去的那个波跳峡，是不是像老刘形容的那么凶险，跟我也没有关系。

我也不必在这跟这位不是我的领队的领队解释什么，言多必失，搞不好他反过来纠缠我，怀疑我有什么不可告人的目的，因为毕竟是我自己上错了车的。

虽然提出要方便的只有一个人，还遭到了大家的嘲笑，但等车停了，下去的人还是挺多的，我也就十分自然地跟大家一起下车了。

下车后我一直站在服务区外面的一个角落，注视着这辆车上上下下的行动，最后，它的门终于关上，开动了。

我站在那里，目送着车子开动，想象着车上的领队会问一下，有没有人没上车啊，有人会配合他说，没上车的请举手。

就这样，他们谁也不知道，曾经有一个陌生的人，在他们车上坐了两个小时，后来又离开了。当然，有一个人可能会知道，就是老刘，如果他不回到他的"女友"旁边坐下，他会发现"我"不见了，以他的热情的性格，他会立刻嚷嚷起来，说有人没上车，这时候，领队让车子停下，一一核对人员，核对的结果，人员齐全，没有人失踪。车就继续开，也不管老刘有多么地想不通，多么地惊诧。

事实胜于幻想。

老刘的幻想不仅可笑，甚至都有些恐怖，后面明明只有老刘一个人，他偏说跟另一个人，也就是"我"聊了一路，这不吓人吗？

当然那些是人家车上的事情，跟我无关，我只是想着我该怎么调转方向，追上属于我的大巴车。

我正在胡思乱想着，忽然听到一阵刹车声，抬眼一看，我上错的那辆大巴居然绕回来了，就停在我的眼前，车门开了，领队冲着我喊，你想什么呢，快点上车！

看他那样子，好像要下来拉我上车了，我往后退一步，犹豫片刻后，我决定说实话，我说，我不是你车上的人。

我以为我这么说了，那个领队会迟疑一下，至少应该想一想吧，不料他却不假思索地说，得了吧，我们车都已经开出去了，是你女朋友说你没上车，我们清点人头，果然少了你一个，才又开回来拉你，你快点，你耽误我们团整个行程了。

我说，车上那个女的，不是我女朋友。领队鬼鬼一笑，说，是不是女朋友都不碍事，反正你们是以情侣的名义报名参加，只要有这个名义就行——你别玩什么花招，你那点鬼心思，你女朋友早就明白，你快点上来。

我说，我真不是那个人，我实话告诉你吧，那个人姓刘，老刘，他坐在最后面一排，你去问他。

这句话领队倒是听信了的，他重新上车走到车厢最后面，看到个空气，出来时他有点生气，说，信你个鬼。

他不信我，我也不信他，我踏上车去，目光扫过整个车厢，竟然真的没有看到老刘——旁边领队已经指挥着司机开车了，我赶紧说，不对不对，先别开车，你们车上少的人不是我，是老刘。

大家朝老刘的"女友"看，那"女友"只是笑，不说话，笑得有情有义的样子。她虽然没有说话，但分明大家都能听到，我也能够听到，她在说，不是你是谁。

还是由领队说话，他说你若不是我们车上的，你怎么知道我们车上的情况，你还知道情侣团的各种情况，你还知道有个女朋友落单了。

然后大家七嘴八舌攻击，并无多大恶意，只是随便说说，解解旅途中的沉闷而已。

我眼看着车子又要开出服务区了，赶紧掏出身份证，递到领队眼前，我着急说，你们看看，你们看看，我不姓刘，我姓王。

领队就回头问那女友说，你的那位，姓什么？那女友居然说，他说姓什么也不一定真的就姓什么，他说不姓什么，也不一定就不姓什么。

这话有道理。

再说了，一张身份证算什么，现在的人，揣几张身份证的都有，一张身份证说明不了问题。

然后大家再次展开对我的批评，比刚才严肃了一些，不过也还算温和。

说，就算人家女孩没中你的意，你也不能这么不给面子。

说，是呀，你看看人家女孩子反而比你大方，你这么腻歪，哪像个男人。

说，是呀，你们两个，是今天早上才见的面吧，上车后你们又没有坐在一起，你又没有怎么她，干吗要逃走？

我"女友"也开腔了，她是受到了大家的肯定鼓励，自我感觉良好，她对我说，喔唷，你别这样好不好，出来玩就随便一点，放松一点，你这么顶真干什么，是你也好，不是你也好，不都一样玩吗？波跳峡那边，可刺激了，刺激到你会忘记自己是谁的。

可我不服的，好端端的，就是因为上错了一辆车，就把我变成另一个人，我叫领队把团员名册拿出来核对，领队说，你太 low 了，哪里有什么名册，都在一个群里，到群里看一下就是了。

我可没有他们的群，不过这倒是提醒了我，我这才想起，我自己的那个团，上车后也建了群的，赶紧先进去看看，那才是真正属于我的群。结果我的那个群里，除了有一个午饭时间的通知，还有几个人说"收到"，再无别的信息。

我把手机给领队看，这可是铁的事实，我说，你看你看，这才是我的群，你们的群，我没有。

领队看了一眼，发现我的群确实不是他们的群，他虽然不能理解发生了什么事，但他还是把他的手机给了我，让我看他们的群，我立刻就说，你们看，你们看，确实没有我，确定没有我。

领队想拿回手机，我却忽然想到，既然老刘人不在车上，不如在群里找他一下，我仔细地一一看过，群里也没有老刘。

当然，没有的只是"老刘"这两个字，因为这里边大多是些看不明白意思的微信名，花里胡哨，莫名其妙，也不知道哪一个是老刘。我完全无法判断推测。我也不可能一一和他们核对，就算我有这个想法，他们也不见得肯配合我，说不定里边还有更多见不得光的事情呢。

领队认为我又出幺蛾子，他的口气也有点急了，责问我说，怎么会没有你，不可能没有你，出发前拉的群，人人都加入的，凭什么你特殊。

我说，就凭我不是你们的人，如果你一定认为我是你们的人，那你从群里把我挖出来。

只是一切已晚，司机并没有停车等我们纠缠，事情还没说出一丁点头绪，车子倒已经又开出去老远，我再一次远离了我的回归。

我已经上错一次车，我又上错一次车。我一错再错。看起来我已经回不了头了。我也累了，既然他们认定我是他们的人，他们也没有再向我收一次费用，我就权当我没有上错车，因为选择旅游目的地的时候，我也是很随意的，没有一定要去的地方，也没有一定不想去的地方。

我不吭声了，事情也就妥了，本来车上少了一个人，现在找回来了，有惊无险，皆大欢喜。

第一次上错车的时候，我没有注意我的"女友"，因为那个时候她还不是我的"女友"，我通常没有养成多看别人"女友"的习惯。后来知道她是老刘的"女友"，我也没有理由去注意她，何况在老刘的口中，她是一个比较古怪的女人，我不用自找没趣。但是现在我看清楚了，十分养眼，一位美少妇。

我不免心动了一下，我正在想着，既然她认领了我，我要不要坐到她边上去，她不会像嫌弃老刘那样嫌弃我吧。

我的想法，只是在脑海里过了一下下，已经来不及实施了，因为我听到领队的话筒"噗噗"了两声，然后领队宣布，前面到达的地方，就是今天的住地了，大家先办入住，然后就午餐。

我忽然有点幸灾乐祸，到了分配住房的时候，我倒要看看他们的神操作。结果我又没有得逞，车子开到旅馆前门，车门刚一打开，车上的人还没有下去，下面已经冲上来几名大汉和泼妇，挡住了车门，他们个个凶神恶煞，嘴里嚷着，奸夫淫妇，奸夫淫妇，什么什么什么。

车上顿时有好几对慌了神，以迅雷不及掩耳之势，分离开来，大多是女的不动，男的往后排逃窜。也有反应迟钝些、动作慢些的，还蒙在鼓里，双眼迷离，不知大祸将临。

如你们猜测的那样，大汉和泼妇要找的就是老刘和我的"女友"，因为他们一上车，眼睛一扫，就扫到了她，立刻围在她的座位旁，倒没有对她采取什么行动，那个带头的男人，还朝她笑，笑得还有点谄媚。

领队带团出行，见识得多，经历得多，上前阻拦他们，问他们是什么人，结果被为首的这个男的一扒拉，差一点倒在座位上。那男的说，什么人，我是她老公，她和别人做情侣出来旅游，我不能来找她吗?

领队和稀泥说哎呀,什么情侣不情侣,好多都是假情侣,为了节省团费,打对折呢,谁不心动呀。

那老公不理睬领队了,他们几个人,目光在车厢里像机关枪一样地扫射,急吼吼,恶狠狠的。

我被他们的目光吓住了,我庆幸没有来得及坐她旁边去,她旁边的座位是空的,然后,后面其他的座位上,一下子多出了好多单身男人,这就叫大汉泼妇们难以判断了。他们虽然来得凶猛突然,但是他们没有想到别人的动作比他们更快,估计也是平时勤学苦练得来的本事。

现在坐在后排的那些单身男人,包括我在内,面面相觑了一会儿,他们脑路回转了,想明白了。他们一想明白,结果无疑,就是我被推了出来。

我冤啊。

万幸万幸,他们没有冤枉我,那个"老公"只瞄了我一眼,立刻否定说,不是他。

可是逃坐在后排的男游客纷纷表示不同意,七嘴八舌说,怎么不是他,就是他,就是他。

说,对了,他中途还想下车逃走,被发现了再拉上来的。

说,你们没注意,我可是观察到了,一上车他就往后面去坐,这肯定是心里有鬼避嫌疑。

因为确实不是我,所以无论他们怎么往我头上泼脏水,大汉和泼妇们对我真的没兴趣,他们的锐利的眼光,继续在其他人脸上扫射。

其实这时候我已经醒悟了,我赶紧问他们,你们要找的人,是不是姓刘的,是不是那个老刘啊?

那个"老公"立刻摇头说,不姓刘,不姓刘。但他旁边的一个女的却提醒他说,也不一定哦,也许他用的假名呢。

"老公"被提醒了，赶紧对着我说，喂，喂，你刚才说姓刘的，是哪一个，你指出来。

　　我告诉他那个姓刘的或者是假姓刘的已经不在车上了，他立刻恼怒起来，推搡着自己身边的那几个人，说，你们，你？你？谁走漏了风声，让他逃走了？

　　他身边的人立刻辩解说，大哥，不可能的，我们中间除了大哥你自己，我们其他人谁都不知道一大早被你叫上车是要到哪里去，路上开得这么快，你都不怕出车祸，我们也是刚刚才知道，原来你是长途捉奸。

　　那个"老公"也挠头了，一下子竟然无人可怪，那就怪到领队头上，责问领队说，你一个旅行团的领队，怎么可以中途放人下去？

　　领队不服，说，没有的事，根本没有放人下去，我们人头齐全的，一个也没丢——我们总共是十八对，三十六个人，你清点一下对不对。

　　车上整整齐齐有十八对，所以那个"老公"的目标还在后排的几个男客身上，看了半天，他终于觉得其中的一个面熟，上前揪住了他。

　　这边刚刚要揪出来，前边有个女的跳了出来，冲到后排，伸手上前要抓这个被揪出来的男人，被别人挡住了，她就哭起来，边哭边闹，说，难怪你非要报这个情侣团，原来我是你的替代品，原来你的真正的她是她啊，也难怪我看她上车后身边就一直没有人，我还奇怪，她一个人怎么能报这个团的呢，原来你是两个通吃啊，你这个畜牲，你这个流氓，你这个什么什么什么。

　　冤枉。又认错了。

　　大巴是临时停在旅馆门口的，本来放下人就要开到停车场去停车，不会挡住别的车，但是现在出了这档子事，一时半会儿车子动不了，就挡道了，后面人家怎么摁喇叭，这大巴就是不动，惊动了交警。交警过来，虽然能够指挥车子靠了边，让出道来给别人走，但是发现车上的气氛不对，所以最后又惊动了派出所。

派出所的民警来了，一个一个地盘问，后来也问到我了，我想在警察面前还是不要玩花招了，再说了，整个事件中我不是过错方，我没有任何责任的，我就如实地把自己的遭遇向警察说清楚了，虽然来龙去脉比较长，但是警察很耐心，因为他们就是干这个活的，他们能从谈话中发现案子的实情。

为了让警察相信我说的，我还再三强调，我说我虽然有点马虎，但这事真不能怪我，我说警察同志你替我想想，车子的颜色是一样的，车型也差不多，关键是坐在车上的人，都不熟悉，认不出来。

等到警察终于听完我的讲述，他笑了，说，比起来，你这一个编得最复杂，有点悬疑的意思。我说警察同志，这是我的真实的经历，不是编的故事。

警察仍然笑笑说，那是那是，谁不是把自己活成了故事呢。

就这样，我既不是我，也不是老刘，我成了故事里的人。

这个我不服的。但是我也累了，烦了，我也不想再把整个事情整理清楚了，最简单的办法，我给我的真领队打一个电话，关于我的一切就都真相大白了，关于他们的一切，不关我事。

可是且慢，我掏出手机时忽然就犹豫了，我怎么能够让他们相信手机那头的人，就是我的真正的领队呢，三对六面，我一个大活人在他们面前，他们都不相信，要让他们相信一个只存在在手机里的人，我恐怕做不到，无能为力。

我只得放弃了跟自己的真领队沟通、请他作证的想法，那我该怎么办呢？随波逐流吧。幸好我这个人比较潇洒，随意，大巴车爱载我去哪儿就去哪儿吧。

经过警察同志的调解，那带头大汉也确实没有捉到奸，他又很怕他的老婆，于是带走了捉奸的人，临走时还叮嘱老婆要玩得开心。

事情顺利解决，我随着大伙下车，下了车，走到车头那里，点了一根烟抽，无意间瞄了一眼车牌，我感觉不对——哦不，应该是我感觉对了，这个车牌号，就是今天早晨出发时上的那辆车的车牌号，我记得我的那位真正的领队给大家报了几遍，请大家记下，领队说，有时候停车场车很多，车也都很像，领队也都差不多，经常会搞错，你们记住车牌就不会错了。

我用心记住了。它是：中0——CH088。

哈哈，我没有上错车，我上的就是我应该上的车。我赶紧去跟领队说，搞错了，搞错了，我本来就是我们团的人。

领队本来是铁定认为我是的，现在见我这么说，他反倒疑惑了，说你等一等，我查一查名册。

你们觉得，这位领队会在名册上查到我的名字吗？

不知道？那就多想想呗。

因为我已经想明白了，我这是进入了平行空间，这样理解，一切混乱都可以解释得通了。

但再一想，还是不对，据说在平行空间，人还是那些人，互相应该都是认得的，只是身份职业什么与原来的那个空间完全不同，所以进入以后，起先会蒙一下的，但随后也就适应了。

可我现在所在的这个空间里的人，我却一个也不认得，这个就完全无法解释了，那也就意味着不是平行空间。

那么除了平行空间，是否还有一个某某空间，在这个空间，你还是你，但你又不是你。在正常的情况下，你之所以能够确定你是你，那都是通过旁人旁证作参考的。而我目前面对的情况是，我不认得任何人，任何人也无所谓我是谁，所以我就不是我了。

那么我现在所在这个空间叫什么空间呢，我是否应该给它命个名呢，我正在胡思乱想，感觉自己的思维如同奔涌的潮水奔腾向前，控制不住，后面有人拍了拍我的肩，及时帮助我清醒过来。

是那个差点被捉奸的女情侣。

她手里拿着一把房门钥匙，朝我扬了扬，说，房间分好了。我说，干吗？她笑道，行了行了，人都走了，你还装什么装。又笑说，倒看不出来你，还挺会演的。

她认得我。她不仅认得我，她的意思是说，我跟她是一对，我们入住同一个房间了。

这个我没意见。

似曾相识谁归来

　　养老院里丢了一个老人。

　　这个事情说大不大，说小也不小。

　　说大说小，要看谁说，也要看说的人站在哪个角度说。

　　比如说，对家属来说，无论他们前面对这个老人是孝敬还是无视甚至是虐待，但是现在老人是在你养老院不见的，一般都会闹起来，会提出无理无底线的要求，这对养老院来说，就是大事。

　　如果是个孤老，没有家属子女，从前只是村里照管着点，后来年纪大了，就放进村办的养老院。现在不见了，没有谁来追究，养老院也许报个警，事情就都推到警方去了。

　　当然警方这边，也没有很大的压力，毕竟是在养老院丢失的，不是他们的责任。再说了，警方肯定会去找一下的，但如果找不到，也没有人会来施加压力或者指责他们。

　　更何况，养老院里少了一个老人，虽然在这个后窑村的养老院是头一回，但是放眼望去，那么多的养老院，这样的事情也是经常发生的。

　　所以首先不需要太紧张或太兴奋，这不是一个破案子的故事。

　　因为这个丢失的老人其实还在。

　　我怎么知道？

　　因为这个丢失的老人，就是我。

我是独自一个人到养老院来的。我的家属子女并不知道我到哪里去了，在他们生活中、印象中的那个我，是一个经常在外面跑的人，他们觉得我这一次大概又是出去闲逛了，和从前的许多日子一样，逛到高兴的时候，我会很长时间不和他们联系，毫无音讯，他们也都习惯了，各过各的日子。

然后我回家。然后我再出去。

其实说起来这一次我仍然也是闲逛，只不过不是那种游山玩水的浪漫之旅，而是一次实实在在的讨债之旅。

我要寻找的人，叫陈金生，是乡下人，确切地说，是后窑村人。

我并不是后窑村人，但是我和后窑村又是有着密切联系的。我年轻的时候，曾经在后窑村插队，我是后窑村的知青罗星星，所以我也可以算作是后窑村人。如果不是因为后来政策来了，我永远都是后窑村的人了。

政策来不来，充满了不确定的因素，必然之中有偶然，偶然之中有必然。绕个口令而已。现在许多事情都是这样绕的。

这都是过去的事了。对于我的孙儿辈的孩子来说，他们认为那时候是"古时候"。

我从今天去到"古时候"，都是因为陈金生。

陈金生欠了我钱，跟我玩失踪，那不行。

事情要从一年前说起，一年前的某一天，我正在外面闲逛，收到一条短信，号码是陌生的，发信人说他是陈金生，他这几年一直就在我所在的那座城市生活，帮助儿子带孙子孙女。

陈金生的儿子我见过，按说年纪也快四十了，不知是不是受到了号召的影响，生下了二胎，第一胎已经是小学生了，第二胎刚刚出来，小家庭整个就乱了。当初头胎的时候，他们还勉强能顾得下来，现在有点应付不来了，如果请保姆，经济上又捉襟见肘，所以想到乡下还有个父亲，虽然老一点，但没毛病，能帮上忙。所以把陈金生请到城里住下来，然后分配好家里每一个人的任务，大家各尽其责，小家庭继续运转。

陈金生的主要任务是接送上一年级的孙女，他不会骑电动车，所以每天都是公交车往来，孙女每天一来一去两趟，他一天要两来两去四趟。时间长一点，陈金生也就熟悉适应了这样的生活。虽然这样的生活，和他先前近七十年的生活是完全不一样的。

孙女才七岁，性子随娘，已很阴刁，有点嫌弃这个乡下来的爷爷，有时候也会跟他调个皮，比如放学的时候，明明看到陈金生守在校门口，她故意躲起来，不让他看见，让他着急，后来被老师发现，批评过了，再不敢犯。又换一招，跟着爷爷坐公交车，前门上车，等陈金生上来，她已经从后门溜下去，陈金生大喊停车，被司机骂个狗血喷头。

不过毕竟是个女孩子，胆子也没那么大，耍过一阵，也就适应了这个乡下口音的老土爷爷。

转眼三年过去，孙子也到了上幼儿园的时候，陈金生老了三岁，工作任务却增加了一倍，陈金生就出差错了。有一次去接孙子，居然接回来一个别人家的孩子，事情闹大了，几经周折，才万幸换回了真孙。

可是儿媳妇不依不饶，在交换孩子的现场当着外人的面就数落个不停。

陈金生也委屈呀，他说，他跑出来就抱住我的大腿，又喊我爷爷，我看看脸也是他的脸，衣服也是一样的。

媳妇气得把两个小孩往他面前推，一边推一边说，一样的吗，一样的吗，你眼睛是不是长翳了，这两张面孔是一样的吗，还衣服一样呢，哼哼，他们的衣服是一样的吗，你是不是色盲呀。

年纪大了眼睛长翳也很正常，就是老年白内障，看东西有些模糊，但是看人的脸应该不会看错的，至于媳妇说的色盲什么的，老陈也不是很懂，只是看到媳妇的腔调好难看，他简直是有口难言。

好在孙子是换回来了，有惊无险；也好在陈金生脾气温和，没有生媳妇的气,他很替媳妇着想,做娘的听说孩子搞错了,哪能不急,乱说几句,也无所谓。这事情也就过去了,日子继续过,只是每天儿子都会细细叮嘱吩咐老子,搞得老陈感觉自己像个傻子了。

老陈并不在意,哪怕自己真傻了,只要能为儿子的家庭再出点力,他心甘情愿的。所以我在收到陈金生的短信的时候,他已经对这里很熟悉也很适应了。

他发我短信,并不是为忆我的旧,也不是想找个人聊天,他是个老农民,没有那么多情绪,他找我,是想向我借钱。

我们见了面,都从对方爬满褶子的脸上看到了自己,叹息一声以后,陈金生对我说,罗知青,我碰到点困难,想到了你。

乡下人就是实在,真不会说话,只有碰到困难、需要别人的时候,他才会想到你。

本来就是这样。城里也是这样。正常就是这样。我也是这样。

所以我理解他,我也不和他忆旧,虽然在"古时候",我们几乎是同吃同住同劳动的,但是"古时候"的事情,拿到现在,实在是不值一提了。即便是有兴趣的人,也只是当笑话说一说了。

我说,老陈,你只要不是钱的事情,别的事情,我尽力。

陈金生顿时哑巴了。

怎么不是钱的事情。就是钱的事情。除了钱的事情,还有什么事情需要别人帮助呢。

陈金生没有料到我第一句话就把他打闷了。毕竟我们近半个世纪没有见面了,他思考了一会儿,指了指自己的脸,说,罗知青,我是陈金生。

我说,我认得你是陈金生,你还是我的救命恩人,我那时候没有学会游泳,在河边淘米,脚滑掉到河里,是你跳下来救我的。

陈金生不好意思地笑了笑,说,你还记得。也不是救啦,其实那河里的水也不深,你可以站起来的,站起来最多只淹到你的胸口,可是你慌了,你站不起来,在水里四脚朝天,咕嘟咕嘟喝水。

我也笑了笑，我说，是呀是呀，我以为我要被淹死了。

我们说过掉河的事，又沉默了。

关于他要向我借钱这事，我可以捱得住，一直沉默下去，他肯定捱不过我，捱了一会儿，他说，罗知青，凭良心讲，几十年了，我只找过你这一次，是不是？

好像找我是天经地义的，不找我是他对我高抬贵手了，好像找一次还找少了，这就是乡下人的逻辑。也没有什么不对。记得有一次我的一个插友老梁，想起回乡下去看看，他也没有衣锦荣归，有一个农民问他要名片，他就拿出一张给他，结果所有的人都上前抢名片，最后一个人没有抢到名片，把老梁的名片夹子也抢走了。其实名片上印的只是某公司业务员梁某某。

陈金生觉得几十年找我一次，我应该帮助他，没想到在我这儿碰到钉子，他想了半天，不甘心，除了不甘心，可能还有完不成任务的沮丧。他又鼓了鼓气，再说，罗知青，你从前是很大方的人呀，你还把从家里带来的枣泥麻饼给我吃呢，我就是向你借点钱，又不是向你要钱。

我终于犹豫了一下，心肠也不那么狠了，我多了一句嘴，老陈，你要钱干什么？

陈金生告诉我，他实在是心疼儿子，因为媳妇要给孙女报课外辅导班，一个孩子竟然要报五个班，舞蹈、书法、英语、数学、作文，儿子不同意，因为拿不出这么多钱，媳妇发狠，说，全家不吃饭，也要报，一个班也不能少报。

冷战了好几天，眼看着报名日子快要截止了，媳妇天天在家里作骨头，不是横眉冷对，就是拍桌子打板凳，甚至寻死觅活的话都说出来了，真是个泼妇。陈金生担心儿子应付不来，一时没有控制住，就自告奋勇了，说，要不，我来想想办法。

他就被自己的一句话套住了。

我已经是他找的第四个人了，我一听，赶紧说，前面你找过的三个人，关系肯定比我更密切，他们都没有借钱给你，我凭什么会借给你呢。

陈金生可怜巴巴地眨着眼睛，好像听不懂我的话，或者他就是有意不接我的话，只顾说他自己要说的，他说等到儿子奖金发下来，立刻就还给我的，也就是两三个月的时间。

陈金生虽然没有给我跪下，可是他的眼神已经跪下了，最后我就输在他的眼神里了。

我借给他三万块钱，他也打了借条，上面明确写着还款日期。

我又一次输了。

到了还款日期，过了还款日期，我又等了一些日子，可是一等二等始终没等到陈金生用他儿子的奖金来还我钱，我打老陈电话，他总是应付，今天推明天，明天推后天，我就有了预感，心知不妙，最后果然，他关机了，我给他发短信，有去无回，我来火，就去找他。

我没有去过他家，但是曾听他说过是在哪个小区，我就到那个小区守株待兔，为了找老陈，我放弃了外出行走，心里甚是愤愤。

我肯定守不到陈金生。我能想到去他家小区去守候他，他也一定能想到我会去守候他，他会想方设法避开我，躲着我，说不定已经逃回乡下去了。

当然这都是我胡乱猜测，人急了，脑子就会乱。我去问小区的保安，保安说不知道，要说乡下老头老太，这小区里有好多个，都是来给子女做牛马的，不知道你说的陈金生是哪一个。我想看看业主名单，那是妄想，我看不到的。

后来我看到一个四十岁左右的男人，长得像陈金生，他经过小区门口的时候，和我对了一下眼神，好像很心虚，我赶紧上前喊，小陈，小陈。

那人回头瞪了我一眼，说，这把年纪，还在外面做这种事情。

我没有想清楚他说的"这种事情"是哪种事情。

保安却听懂了这位业主的意思，他们把我赶了出来。我百口莫辩，我总不能解释说是来要债的，他们听了肯定以为我是高利贷逼债，万一报警把警察招来，我倒不是怕警察，我是怕打草惊蛇。

　　我有耐心，这耐心是我的钱给我的，为了讨回我的钱，我必须得有耐心。

　　我就站在小区门边的阴暗角落，眼神阴森森地盯着进进出出的人，有一天我终于盯上了一个小姑娘，她放学回来，一路走一路把路边的绿化树叶扯下来扔掉，扯下来扔掉，这个行为对她完全没有好处，没有意义，但是她做得很投入。

　　我试试吧。老陈从来没有告诉过我他儿子的名字，却在聊天中无意说出过他孙女叫子珊，我就喊了起来，陈子珊，陈子珊。到底孩子心眼不比大人，她居然停下来了，回头望望我，不认得，她翻了个白眼。

　　白眼我是不怕的，但是我有点担心她的阴刀，即便她是个孩子，心智还没有成熟，我也得防她一脚。我改变了直接问她的想法，骗她说，货架上有你爸的快递。

　　陈子珊果然警觉，她说，我爸的快递？我爸从来不网购，都我妈购的。

　　我说，也不一定是网购的东西呀，现在人家寄东西不都是快递吗，什么都可以递的，连黄金、现金都有人递。

　　她听到黄金、现金，有一点动心，就往快递货架那儿去，走了几步，又回头朝我看看，说，你是送快递的吗？

　　她还试探我，她哪能玩得过我，哪有我这样老的快递员，我赶紧打消她的怀疑，我说我不是送快递的，我刚才来取快递，听到快递员放货的时候在嘀咕收件人的姓名，听到了你爸的名字。

　　陈子珊信了我，她到货架翻了半天，没有看到她爸的快递，又来问我，老爷爷，你真的听到有陈建平的名字吗？

　　我赶紧说，哦，哦，对不起，对不起，我搞错人家了，你爸是叫陈建平，我听到的是陈现林，是七幢那边的。

陈子珊有点失望，空着手走开时，不忘再给我一个白眼。

我终于骗到了陈金生儿子的名字，后来我也终于找到了陈建平的家。我敲开他家门的时候，开门的正是陈子珊，她记性很好，认出了我，喊了起来，爸，爸，是那个老骗子。

陈建平冲了出来，一看到我，愣了一下。我并不认得他，他也不应该认得我，但是我想可能陈金生说到过我，甚至会不会有我的照片给他儿子看过，所以陈建平已经知道我是谁了。

他把女儿推进卧室，请我在客厅坐下，不等我开口，他主动说，我知道，你是来找我爸的，可惜你晚了一步。

我一听，心里一悸，脱口而出，啊？啊？他，他死——

陈建平说，死倒没死，但是比死也强不到哪里去。

陈金生遭遇了一场车祸，命虽保住了，但是失忆了，无法再在城里帮助儿子带孙子，回到乡下一个人也很难正常生活了，所以他们联系了村委，送他回去，安排进了后窑村的养老院。

陈建平告诉我，他爸陈金生记不起从前所有的人和事，他连自己是谁也记不得了，医生说他是全盘性失忆，不是选择性失忆。但是失忆却不影响他以后的日子，他能吃能睡，一切向前看，只要你不跟他谈从前，他几乎就是一个正常的人。

我就是他的从前，不谈从前，那就是把我、把我借他的钱，都一笔勾销，那可不行。

既然如此，我只好拿出陈金生的借条，给陈建平看，我说，那就只能父债子还了。

但是陈建平肯定不会替父还债的，为了否认这个事情与他有关，他提出了无数的疑问，他完全不承认借条的真实性，不承认那上面的笔迹是他爸陈金生的。最后他还说，这样的事情，即便上法院，我也告不赢。他仗着自己学问大一点，又欺负我年老糊涂，还跟我兜兜转转谈起了法律条文。

不用多说，我已经明白了我的处境，我无论如何都不可能从陈建平这里要回我借给陈金生的钱了，唯一的办法，就是找到陈金生，看看他是真失忆还是假失忆，如果他是真的失忆了，我就再把他的笔迹骗出来，然后去法院。

就这样，我来到后窑村养老院，但是再一次出乎我的意料，陈金生不在这里，我有点怀疑，我说我能不能看看入院注册名单，院方也不敢说不可以，但是他们一直磨磨蹭蹭，过了很长时间才把名册拿给我看，我看了看，上面确实没有陈金生的名字。我有点傻眼。我一个一个地扒着院里老人的脸看，确实没有陈金生。

后来我开始回想，回想了一会儿，我又开始怀疑，我后悔看养老院的入院名册时，没有看得更仔细一点，他们给我的那个名册，我都没有注意是什么时间登记的，说不定那是几年前的呢，我越是乱想，心里就越憋气，他们见我这把年纪，气成这样，怕我当场就出什么事，养老院是要负责任的，所以他们让我坐下，给我热水喝，还安慰、开导我，最后他们问找陈金生有什么事，我说是讨债，他们一听"债"字，都不说话了，好像谁一说话，这个字就会粘到他身上去。

后来管理员想出一招，他劝我先在养老院住下，可以按日子交钱，一天连吃带住五十元。他们心不算黑。他说，你这样有利于在附近寻找陈金生，否则你要么自认倒霉，承认陈金生没有了，你就回城里去；要么你住到镇上的旅馆去，最便宜的房间，一天也要八十块，还不带伙食。

我虽然对他劝我住下心里存疑，但除此我也没有更好的办法，我就信了他的话，暂且在养老院住下，四处打听陈金生。但是我肯定我没有找到陈金生。

我打算给陈建平打电话，我要告诉他他父亲不在后窑村养老院，也不在村子里，四处找不到他。我并不指望陈建平会跟我说实话，但是我想看看陈建平是什么态度，也许从他的态度中我能够发现一点陈金生的蛛丝马迹。

陈建平接通我的电话时，喊了我一声"爸"，我说陈建平你也失忆了吗，你连你爸的声音也听不出来啦。陈建平说，我没有失忆，我听出来了呀，所以我喊你爸了嘛。

我气得说，我不是你爸，我是你爷爷。陈建平装傻说，不会吧，我爷爷早就死了，怎么会给我打电话，再说了，这个电话号码，明明就是我爸的，你若不是我爸，怎么会有我爸的电话号码？

我告诉他这是养老院的电话，他说，对呀，这就更对了嘛，我爸就住在养老院，用养老院的电话打给我，除了我爸，还会有谁呢？

我明白陈建平无赖，无赖就要无赖治，我想了一招，我说，其实你也知道我不是你爸，我是养老院的管理员，因为你爸失忆了，不具有民事行为能力了，所以有个事情要跟你商量，听听你的建议。你爸有一笔存款，数额不小，他说要捐给养老院，我们不敢随便接受，你看这笔款子怎么——

陈建平年纪不算大，却是个老江湖了，一耳朵就识破了我的阴谋，他当即就打断我说，我没意见，我没意见，听我爸的，他有多少钱，爱捐给谁就捐给谁，我不过问。

我知道我又犯傻了，用脚指头都能想出来，陈金生就算从前有一点积蓄，在儿子家生活的这几年，还不早就贴得个一干二净了。我相信，不到万不得已，他不会来找我借钱。但是我决不会因为理解他就谅解他，就任凭他欠债不还。

我先咽下一口气，暗自叮嘱自己，要沉着冷静，冷眼旁观才能看清楚事实。我在养老院住的这间屋，有四个老人，晚上我躺下了，灯也熄灭了，我忽然感觉到脸上痒兮兮热乎乎的，睁眼一看，黑咕隆咚好像有一张人脸凑在我脸上，我吓得一哆嗦，正要叫喊，那人却捂住了我的嘴，压低声音说，陈金生，你回来啦？

我推开他，过去把灯打开，他却已经回到床上躺下了，另两个老人也惊醒了，坐起来问我干什么，我指了指那张床说，这个人黑灯瞎火跑到我这边来喊我陈金生。

其中一个老人说，别理他，他是老年痴呆，老是瞎叫别人的名字。

另一个老的却看着我说，那你是不是陈金生？

我说，我怎么是陈金生呢，你们难道不认得陈金生吗，他是后窑村的人，你们不是后窑村的吗？

他们回答说他们都是后窑村的，但是和陈金生不是一个村民小组，从前年轻时应该是认得的，后来大家都老了，脸也变了，有时候路上碰到，也不一定认得出来了。

过了一会儿，有一个老的又说，我前几年，好像听说陈金生已经死了，生的什么病，忘记了。

我说，你肯定搞错了，前几个月我还在城里见到他，他要是早死了，也无法来向我借钱了，我也不用追债追到乡下来了。

那个喊我陈金生的老头也爬起来参与讨论，他冲我笑，说，死了的话，烧点纸钱就可以了。

我觉得他们像是陈金生的托，帮着陈金生在跟我捣糨糊，想把我搅糊涂，我不想跟他们纠缠，我直接就告诉他们，叫他们不要欺骗我，我不是那么好骗的，我对于后窑村可不是一无所知，我是后窑的知青，我叫罗星星。

他们三个同时笑起来，反过来叫我不要弄尿他们，他们说，我们都老了，许多事情记不清了，但是罗知青的事情还是记得的，罗知青插队时淹死了。罗知青掉下去的时候，陈金生跳下河去救他的，没有救上来，陈金生水性也不太好，差一点被罗知青拽着一起去了。

他们又说，陈金生从河里爬上来捡了条命，后来就神之糊之了。

我也笑了。他们都老了，我也老了，我也不想和他们争辩我是不是当年就死在乡下了，因为我的目的是要找到陈金生，追回我的钱。至于人们对于历史的记忆，到底有多大误差，不关我事。

既然养老院里没有陈金生，我得再去陈金生的家里、到他的村子里去打听，我离开养老院的时候，没有告诉里边的管理人员，因为我也算不上是正式的养老人员，我只是暂居而已，他们不会因为我的不辞而别大惊小怪的。

　　我从养老院往后窑村第三村民小组去的路上，听到有路人交谈，说养老院丢了一个老人，这个老人一声不吭就走掉了。我一听，神经立刻绷紧了，我问他们，那个走掉的老人，是不是叫陈金生。

　　他们不知道丢失的老人叫什么，只知道养老院瞒得很紧，连领导都没有汇报，他们正在暗中探查，想靠他们自己的力量找到走失的老人，制止一起事故的发生。

　　我忽然想明白了，他们哄我在养老院住下，可能是怕我回城里去告诉陈金生的儿子，他们还在入院名册上做了手脚，把陈金生的名字抹去，等等，这一切，都是因为陈金生丢失了。他是一个失忆的老人，丢失了是很难自己再回来的。他恐怕只会越走越远。

　　我更着急了。如果陈金生真的走了，越走越远，别说我完全没看见他往哪个方向走了，即便我看见了，那我也无法知道，猴年马月我才能追上他，讨回我的钱。

　　但是好在现在我有了新的方向，我得帮助养老院一起去寻找陈金生，我立刻反身回去，再次踏入了养老院。

　　我刚刚踏进养老院的大门，管理员一看到我，立刻兴奋地大叫起来，所有的人，有的动作慢，有的动作快，都从房间里拥了出来，围在院子里，围着我。

　　他们激动地说着，陈金生，你终于回来了。

　　陈金生，你失忆归失忆，记性还是蛮好的，还认得回来的路。

　　陈金生，你是有意吓唬我们的吧，绕了一圈，还是养老院好吧。

　　陈金生，你什么什么什么。

　　陈金生，你怎么怎么怎么。

　　他们说我是陈金生。我不能接受，我反对，我举起手，朝他们乱摆，我说，我不是陈金生，你们看看我的脸，还有我的身高，我和陈金生长相相差很大的，你们别喊我陈金生，我不知道你们喊我陈金生是什么用意，但是我知道我自己是谁。

他们异口同声说，那不一定。

我就奇了怪了，我说，为什么？为什么我自己不知道我是谁？

他们说，陈金生，因为你受伤了，你失忆了，你自己都不知道自己曾经是谁，只有靠我们来告诉你了。

就这样简简单单地，我就成为了陈金生，但是我肯定不服的。我一直在想，是不是因为陈金生在养老院丢了，养老院怕担责任，硬把陈金生安到我头上，让我做陈金生。

我再往下想，如果我是陈金生，我有什么好处？

幸亏我年轻时在乡下待过，对农村的情况还是有所了解，我一下想到了问题的根本，如果我是陈金生，我家的宅基地可是一笔不小的财富，我可以同意将它转让给村里，不能怪我小算盘打得滴溜溜的，要怪就怪陈金生借钱不还，还躲了起来。

只是我如果做成了陈金生，我的家属子女会不会担心我呢？应该不会。人老了，如果帮不了小辈什么，那么在小辈那里，你在与不在，是没有什么差别的。不在了也许更好，还能减少他们许多麻烦。

更何况，我这里还有一个悬案，当年淹死的知青罗星星，到底是不是我，如果真的是我，那么我所说的我的家属子女，就不应该是我的家属子女了。

所以我决定承认自己就是陈金生，然后让养老院帮我去派出所补办了身份证，然后我就去找村长了。

村长说，陈金生，你真是失忆了，我们村的土地，早就征用了，钱也早发给你们了，你的那一份，是你儿媳妇来领去的。

漂去漫山岛

　　我是个无奈的爸爸，生活所迫不得不经常外出，但我不喜欢外出。可现在女儿放暑假了，老婆又特意休了年假，这架势就是我不去也得去了。

　　但是我拖拖拉拉，没有热情。起先老婆为了哄我答应，态度尚可，轻言细语，说了一堆亲子游的重要和必要，又说了老师和学校的布置等。可她是个急性子，说了两次，见我腻腻歪歪，推三阻四，很快就失去了耐心，露出了真面目，开始上纲上线，说我是存心不想和她们母女外出，说我心里根本就没有她们娘儿俩，更难听的话，暂时还忍着没有说出来，但我已经听出来了。并且她历数了前几次的情形，我很吃惊她对往年的事情竟然也记得这么牢，简直就是像欠债人打的欠条一样清楚。这样的人适合秋后算账。

　　前年我说单位接了多笔大单，大家都不能正常上下班，要加班加点，所以完全不可能允许我请假，我敷衍说，明年吧，明年一定。

　　明年就是去年。去年很快又到了暑假，结果是我妈病了，病得还很重，说是想见我一眼，估计也是最后一眼了。我得回老家看这一眼。我又对老婆说，明年吧，明年一定。

　　去年的明年就是今年。

　　今年我又要找借口推托了，我老婆对我是了如指掌，她说，前年吧，你单位根本就没有接到什么大单子，你单位这两年差不多都开不了张了，还大单子呢，大你个鬼。她对我单位的情况比我还熟悉。再说去年，你妈只不过得了个皮炎而已，身上痒痒。你为了躲避亲子游，你连你妈都敢咒。

我没敢咒我妈。我妈那一阵确实身体不好，但并没有说想见我最后一眼，是我替我妈说的。我也没有说错。难道当妈的不想见儿子吗，无论是最后一眼，还是第一眼，还是许多眼。

今年我老婆是早做准备了，日积月累已经拿住了我这么多的把柄，且看我还能有什么花样经翻出来。

我鉴貌辨色，掂量了几下，确实不敢再有花样经了，因为我知道，今年再推明年的话，我老婆恐怕不会放我过年了。早在女儿学校组织春游的时候，她已经给我打过预防针了，到暑假开始前，她的情绪刚好积累到了火山爆发前的那个温度和压力。

我不再想方设法躲避了，我投降了。我说，说说吧，怎么个去法？因为旅游有各式各样的，跟团的，自驾的，自行的，自组的，我不能擅自做主，不请示肯定不行。

我一松口，我以为我老婆会立刻喜上眉梢，马上跟我讨论具体行程，却不料，我老婆听我说了"怎么去"，她的口气仍然是阴阳怪气的，反问我说，这你还要问我吗？

我不明白我都答应了，她还有什么不高兴的。我曾经听我的长辈们说过，从前他们对于最高指示，理解的要执行，不理解的也要执行，这真是一个真理。这么多年来，我就是这样维护真理的。

我想了想，小心翼翼地说，报团吗？我老婆瞄了我一眼，仍然是反问句式，不然呢？

其实我心里是最厌烦参加旅游团的，我不喜欢和一群陌生人挤在一个大巴上昏昏欲睡，然后傻子似的跟着一面小黄旗，同到一个景点，摆 pose 拍照，吃饭的时候一边喊喊喳喳，一边眼睛像射箭筷子像雨点，动作慢一点，或者姿态高一点，不跟他们抢，那最后就只有剩个盘子我来舔。还有最不堪的是到购物点购物，不堪到我都不想说了。

旅游真有那么讨厌吗？你以为呢，要不你试试，每天如此，不疯才怪。但在我老婆面前，我也没敢多说，我只嘀咕了一句，说我不喜欢那样。

我说出来的每一句话每一个字，都是提供给我老婆攻击我的炮弹，这会儿我都没说我不喜欢什么，她已经开腔了，说，也有不那样的呀，也有不和别人一起的呀，这你最清楚呀，私人订制，专门为一家人服务的旅游，飞机头等舱，高铁商务舱，接送豪华车，住五星宾馆，吃海鲜大餐，你去吗？

我只好闭嘴。私人订制，那不是我们的菜。所以，哪怕有一万个不情愿，我也只能和一群陌生人凑成一堆。

见我再无话可说，我老婆知道这一次能够成行了，她一边开始筹划出行要带的东西，一一记在手机上，说免得到时忘了；一边却又说，看到大街小巷那些旅游的人，跟着那个导游，眼神都是涣散的，不聚焦。

我不知道她这话是什么意思，是试探我吗？可我不是已经投降了么，还有什么可试探呢，要不她就是在试探她自己。

她见我不接她的话，又来气，说，难道你觉得那种有意思吗？

我不敢贸然回应，她善于引诱别人犯错，我不上她的当。倘若我见她情绪不佳，就顺着她说"没意思"，那正好又撞在她的枪口上。

其实说到底，我是了解她的，别看她认真地考虑着出行的计划，显得很兴奋，其实她自己根本就不想去，比我还抗拒。一直舍不得用的年休假，她是想用来睡觉的。

所以这个事情现在换位了，从她积极建议变成了我积极落实，既然要由我来推进了，我就要请教下一个关键的问题：去哪儿？

我老婆朝我翻个白眼，我不理解她的意思，难道她在是说，祖国大好河山，可去的地方太多了？等了好半天她也没有说出要去哪里，最后丢出一句，问女儿吧，我们是陪她去的，看她想去哪里。

平时都是她包办女儿的一切，不许我插手，嫌我不配她女儿。这次却把征询女儿意见这么大的事也丢给了我，可见她自己是多么不重视出行这件事情，多么地不愿意提起这个话题，尽管从前年到去年，从去年到今年，她一直在重复这个话题，等到话题真的摆到桌面上了，她却逃开了，一副与己无关的腔调。

我就去问女儿，女儿在自己房间，听到我推门，鬼鬼祟祟地将什么东西藏起来。我只作不知，谁会没有一点自己的秘密呢。我说，我和你妈商量好了，我们出去旅游，你想去哪里？

女儿说，随便。

这就把我锢住了，我想了一想，只好反过来问，我说，那你不想去的地方是哪里？

女儿说，随便。

话都让她妈给说掉了，这宝贝惜字如金。

我再换个问法，意思还是那个意思，我说，宝宝，你想一想，有没有你特别想去的地方。

女儿说，没有。

再反过来问，有没有你特别不想去的地方。

没有。

我这才反应过来，也才明白了自己是有多迟钝，原来女儿也不想出去旅游。

这就奇怪了，总共三个人，没有一个人是想出去旅游的，那为什么还一定要去呢？

我一下就骨头轻了，觉得这事情可能还有转机，或者说我还有机可乘，我重新看到了希望，赶紧把问题提出来，供我老婆重新思考。可我老婆根本用不着思考，她当即理直气壮地反问我，你见过不带孩子出去旅游的家长吗？

我回答不出，因为不带孩子旅游的家长，我一时还真想不起来。老婆并不需要我的回答，她自己早有答案，再一次气呼呼地批评我，说人家都去了好多次了，人家每年暑假都去，寒假也去，长假也去，小长假也去，你表姐发的朋友圈你没看见吗？我舅舅那一大家子祖祖孙孙的一年要出去好几次，到一处晒一处，我的同事也一样，难道你同事不是这样吗？你自己排一排，看有哪个正常的家庭假期不带孩子出去旅游的。

我老婆的意思就是，一个不带着孩子旅游的家庭，是不正常的，是要被人怀疑的，这样的家长是要被指责的。所以为了显示自己是正常的，家庭也是正常的，我只能再次认输。

本来是我老婆提议，为了女儿才出行的，结果她们不管不顾，把具体任务交给我了。

我也不敢再多问她们的想法。即便问了，也是"随便"。

幸好我朋友多，老蔡也是搞旅行社的，我咨询了他一下，他先是"嘻"了一下说，你还问我？然后又理解了，说，哦，明白，只因身在此山中。然后一下子推荐了好几个方向，云南，东北，草原，新疆，我一听心里就堵，这些地方，至少都是五日游，甚至七日游，我不想游那么长时间，我又偷奸耍滑了一下，看到老蔡发给我的几十条旅游热线中，有一个"海岛三日游"。三日尚可，时间再短的话差不多就是本地游了，我若是选择本地游，我老婆肯定又会批评我。

老蔡说你时间不想太长的话，这是最理想的线路。老蔡还说，你定好出发时间，到时如果我走得开，我陪你们去。

我受宠若惊。但我觉得这就不必了，我又不是不熟悉这套程序，可老蔡说不一样，这是他推荐给我的，他当然希望能够给我最好的安排。老蔡这么说了，我反而希望他那个时间走不开，已经有老婆和女儿两个大麻烦了，我不想再添什么负担了。人家老蔡这么热情为我考虑，我却嫌他是个负担。但是难道不是负担吗？

择日不如撞日，我估计老蔡撞不上我们出行的日子。

我向两位女士报告"海岛三日游",她们都没有反对,也没有很赞成,情绪稳定,就像每天女儿上学、我们上班一样,你说会欢欣鼓舞吗,当然不,但不去行吗,也当然不行。

　　就这样我们终于等到了出发的那一天。凌晨四点半,闹钟响了,即便是夏天,天也还没有亮,我脑门子发涨,睁不开眼睛,忍不住嘀咕了一声,旅游呀,又不是充军,用得着这么起早摸黑吗?

　　我老婆正在催促女儿快一点,一边又打开背包再检查一遍,里边的东西是头几天就提前准备好的,雨伞、防晒帽、热水杯、零食,还有备用的一些药物像创口贴、速效救心丸之类,以及旅行社提前发到群里的行程,我老婆也打印出来了。其实我跟她说过,集中时导游会发小册子的,不知她是没有听见还是没有理睬,仍然打印了。

　　一听我说话,她立刻炸毛,冲我说,那等你睡够了再说吧。再想一想,觉得光说这句是不够的,所以又说,旅游就是要抓紧时间多走走,多看看,那都是交的旅游费,我听说有人出去旅游在酒店里睡懒觉,起来后打牌打麻将,这算什么,钱多呀,给旅游业做慈善啊。我心想,这真是燕雀安知鸿鹄之志。交了钱去辛辛苦苦地走路爬山,吃苦受累,那才是做慈善呢。

　　我老婆火气大,说话没有好声好气,好在我也习惯适应了,不然你想怎样?因为她说话的腔调离婚吗?然后再找一个,会比她好些吗?我没有这个奢望。我有个哥们,娶了三个,一个比一个强悍,后来服了,后悔也没有意思,因为比较下来,第一个算是最通情达理的了,当初他还骂她是泼妇。

　　我们摸黑起床,五点出门,天才蒙蒙亮,赶到集合地点,已经来了不少人,一个比一个怕迟到,我老婆顺便又横了我一眼,什么意思我也知道,懒得理她。

　　我四处张望一下,想看看老蔡有没有来,确定了出行日期后,我没有再和老蔡联系,我不想给他压力,更不想让他感觉到我是真心不希望他跟上。

集合地点人很多，车也多，估计不止是我们一个团，导游是有经验的，他怕出差错，早早就举出了小黄旗，上面"海岛三日游"几个字十分醒目，所以我们这个团的人员，很快就集中在导游身边了。

导游自我介绍姓陈，让大家喊他老陈，但是大家感觉没有那么熟和亲切，就喊他陈导。陈导年纪看起来和我差不多，和老蔡也差不多，这个年纪还在一线干，应该是老资格了。我一直没有看到老蔡，就找陈导问了一下，陈导先是一愣，然后才说，老蔡？哦，老蔡，他去年离职了。

我奇怪地"啊"了一声。陈导说，你和老蔡熟啊？我只说认识，我没有告诉他这条旅游线路是老蔡推荐给我的，我搞不清他们之间的关系，如果去年已经离职，老蔡干吗还要给原单位拉生意呢，我猜测不出来，也不想多事，万一老蔡是因为人际关系不好才走的，又万一这个陈导和老蔡不和，我岂不是自找没趣。

我不吭声了，陈导却主动来跟我搭讪，说他跟老蔡关系挺好，既然我和老蔡是哥们，他就当我也是哥们了。

导游就是导游。不然怎样，做导游还想扮清高吗？

陈导果然把我当哥们，有点处处呵护样样优先的意思，我老婆也看出来了，脸色没那么难看了。

排队上大巴的时候，陈导说，带孩子的排在前面一点。其实有好几个家庭都是带孩子的，陈导把我们家排在最前面。上车她们娘儿俩就坐第一排右侧的位子，我坐第一排左侧靠窗，另一个位子，是陈导的。

大家鱼贯上车的时候，陈导顺带着点名，点到名的一一应声，十分欢乐，很快大家都上了车，发车前，陈导有话要说的。

大家安静下来，等着陈导交代出游的注意事项。陈导拿起车载话筒，"噗噗"了几声，发现话筒不管用，陈导就弃了话筒，走到车厢中间的位置，以便前前后后的游客都能听见他说话，我回头朝后面看看陈导，结果却看到我们后排的一个游客，忽然从座位上站起来，一边往后走，一边看着两侧位子上的人，因为车厢里安静，大家都能听到他的嘀咕，咦，是不是呢，咦，我明明听到叫名字了，难道是同名同姓，咦，人呢，人在哪里呢？

他从陈导身边挤过再往后，没走几步，就大声叫喊起来，啊呀呀，啊呀呀，老刘哎，果然是你——他果然在某一个位子上，发现了一个熟人，十分激动，一迭连声说，老刘，怎么会碰到你呀，真是太巧了，我听说你后来到广东去创业了哎。

那个去了广东的老刘也一样地激动和惊喜，大声回应说，是呀是呀，真是太巧了，你不是去东北发财了吗？

原来是同事，后来一南一北了，再后来就在旅行团里碰面了。这种事情，巧是巧了一点，但也没有什么大不了。

他们的大惊小怪，真是有点大惊小怪。

他们先是紧紧地握手，握着手晃来晃去，觉得不够，坐着的那一位，已经从座位上起身，到过道里，两个人就热烈地拥抱起来，互相拍着对方的肩，亲得不得了，接着又是叙旧，又是感叹，滔滔不绝。

两个人夸张的动作和高声的言谈吸引了整个车厢的人，陈导的计划被打乱了，陈导让司机先开车出发，别耽误时间，有关注意事项路上再说不迟。

那两个久别重逢的人，一路往前边来，坐在第二排的老马的家属和孩子，一脸的嫌弃，赶紧起身往后面去，于是两个久别重逢的人就坐在了我的身后。

可是他们刚一坐下来，我却听到一句莫名其妙的问话，是那个去了东北的人，问那个去了广东的人说，咦，咦，你是老刘刘天明吗？

我差一点"扑哧"出来。

两个人明明已经亲热了半天，怎么又重新问名字呢，难道又觉得不像了？

那个刘天明觉得莫名其妙，说，我当然是刘天明啦，如假包换——咦，刚才明明是你先认出我来的，是你先喊我刘天明的，说实在话，你要是不喊我，我也未必能认出你来，毕竟各地风水不一样，时间长了，人的相貌也会起变化的。

这个去了东北的人，下意识地摸了摸自己的脸，说，那我是谁你知道吗？这句问得更是有意思了，两个人旧事重提、思绪万千了好一阵子，结果还在问你是谁、我是谁，也是服了。

这个人性子忒急，见刘天明没有马上回答，就自己抢先说了，我和你同一个办公室的，马，我姓马，我是老马呀。

刘天明说，不用你说，我怎么不知道你是老马，你以为我记性很差吗？

他们互相都没有认错。这老马点头说，我还以为你没有认出我——他的声音戛然而止，停了片刻，重新发出了一种不一样的声音，不对呀，不对不对——口气似乎紧张起来，而且越来越紧张，嗓子都憋紧了，一迭连声说，怎么会这样，怎么会这样，不可能的——

刘天明也不知他胡言乱语些什么，疑惑不解地问老马，怎么了，什么不对，老马你说什么不对，难道，你明明认出了我是刘天明，然后又觉得认错了？滑稽。

老马赶紧摇头摆手说，不是认错，不是认错——啊呀，我都要蒙圈了，刘天明，我忽然想起来了，刘天明，半年前已经过世了——

那个刘天明恼火说，去你的，你触谁的霉头呢，我又没有欠你钱不还，你干吗要咒我？

那老马又蒙了一会儿，感觉是认真地在回想，但是他的思维在"刘天明已死"这条路上狂奔，怎么也拉不回来了，他很快想起很多关于刘天明去世的信息，不再发蒙，理直气壮起来，确定地说，我想起来了，就是半年前，我是在我们的单位群里看到的消息，大家还在群里议论过，说刘天明太拼了，犯不着的；说刘天明精神压力太大，放不开，憋出了瘤子；说刘天明一直想回总部，一直回不成，气出来的病，总之大家都表达了惋惜和哀悼的意思，等等等等。

　　我在前排座位上，他们的言谈声声入耳，如同听相声听说书。听到这样的故事，说在旅游的大巴车上遇见一个死去的人，岂不惊心动魄，所以一向心如止水的我，也不免屏息凝神，想尽量多听一点。后来我发现老马说了说群里对刘天明的死发表的议论之后，一时没有了声音，我有些奇怪，回头看了他们一眼，发现已经轮到刘天明蒙圈了，刘天明愣了一会儿，手指着自己的鼻子说，你的意思，我，刘天明，已经死了，我，刘天明，是个死人？

　　老马无法回答，急得说，你可以看我的群。一边说，一边还真的打开手机里那个群，塞到刘天明眼前。可惜时间已经过去了半年，关于刘天明去世的议论不知沉到哪里去了，划了半天也没有找到，但是老马坚持，说刘天明肯定生病走了，不信可以打电话问一个同事。

　　拨通了那个同事的电话，老马还特意开了免提，老马说，老金，是我。老金却听不出他的声音，也没有存他的手机号，说，哦，谁呀？老马掩饰着尴尬，说，你换手机了呀，我老马呀，就是你隔壁办公室的，马，老马。

　　那老金也不知是想起了老马，还是应付敷衍，说，哦，是老马呀，什么事？老马说，我问你一个人，刘天明，原来我们都在总部的，后来他去了广州——

　　老金说，怎么呢，去广州怎么呢，又回总部了吗？

　　老马说，我说的这个刘天明，半年前生病走了。

　　老金说，啊，啊啊，走了，走了啊，这一两年，公司走了不少人哦，听说有个去了东北的，姓什么的，我记不清了，得了重病——

老马赶紧说，不是不是，总部派去东北的，只有我一个人，我没有得病哦，老金你搞错了。

那老金好像也无所谓错与不错，只是说，哦，那就是搞错了，反正大家都要爱惜身体，健康是第一位的，其他都是假的。就挂了电话。

老马说，你看你看，老金也说刘天明去世了。

刘天明说，我怎么听出来他是在说你生病了呢？

老马说，你别扯到我身上，你明明不是刘天明，你为什么要冒充刘天明呢，还假装认得我？

其实话到这份上，刘天明完全可以不再与这个纠缠不清的老马计较了，换了是我，我就承认自己死了，又能怎么样。让老马认识到，这次旅行，是与死人同行，多有意思。可惜的是这个刘天明忒顶真，偏不愿意承认自己死了，也不承认自己不是刘天明，后来他索性掏出了身份证说，我就是叫刘天明，不信你看我的身份证。

老马撇了撇嘴说，看什么身份证呀，身份证能证明什么呀。

那刘天明停了一会儿，又想到办法了，说，我又不是一个人出来的，我有老婆孩子，叫他们来问。

我觉得他们入戏渐深，忍不住又回头看了他们一下，看到刘天明在朝后排招手，过了一会儿，他的老婆和儿子不情不愿地过来了。那老婆一脸的不耐烦，说，喔唷，两个大男人，废话这么多，叫我们过来干吗，又出什么幺蛾子？

刘天明说，我同事老马，说我死了——

老马不仅惧怕自己的老婆，也惧怕别人的老婆，在刘天明老婆面前，他的口气完全不一样了，有点凤，解释说，不是不是，不是说你死了，你死了怎么会出现在旅行团里呢，搞笑，我是觉得你不是我的同事刘天明——

刘天明意犹未尽，还想争辩，纠缠说，怎么不是呢，我就是你的同事刘天明嘛，而且是你先认出我来的——

他老婆却比他果断，说，马大哥，你说不是就不是吧，干吗非要是你同事呢？

老马的气势瘪了下去，嘀咕说，要不就是同名同姓，要不就是——

刘天明老婆果然刚得很，不等老马说出来，又打断他，抢过他的话头说，要不就是假冒的，他不是刘天明，他假冒了刘天明，这样行了吧，你满意了吧？

老马应该满意了，但略一思索，觉得还是不对，反过来争辩说，怎么是假冒的呢，你们这一家三口，货真价实，就算我认错了人，你做老婆的，还有儿子，怎么会认错他呢，如果他不是刘天明，你们怎么可能认同他呢——老马越说越无法给自己正确的答案，灵机一动，问陈导要了他手里的游客登记册，那上面有大家的身份证复印件，看了一下，看出问题来了，大声说，咦，咦，老刘，你们夫妻两个身份证上的住址，怎么不在一起，而且，而且，相隔好远，南辕北辙呀。

老马因为找不到真相，声音越来越大，吸引了其他一些游客，听老马这么说，有几个无聊的人，也都探过头探过身子，来看陈导手里的登记册，后排有个人反应快，又多嘴，又显摆，插嘴说，再婚的夫妻，可能会是不同的地址哦。老刘的妻子耳朵却好使，听到了，气得骂道，再你个王八蛋。吓得那个多嘴的赶紧噤了声。

一个噤了声，更多的窃窃私语却起来了，说什么的都有，个个赛侦探，后来甚至有个人说，现在什么事情都不奇怪，我听说还有亲子旅游缺个亲人，临时租个爸爸或妈妈的。

刘天明的老婆，本来是百无聊赖不耐烦的，现在终于被大家激起了战斗欲望，她嗓门够大，大声嚷嚷说，你们少嚼蛆，就算我们是租个爸爸，很奇怪吗？

这下无人对答了。确实，租个爸爸，也没什么奇怪的。租什么的都有。

她家的小男孩很兴奋，拍手跺脚地喊好玩好玩，租个爸爸真好玩，老刘是假的，爸爸是假的，我也是假的，我写作文有事情写了。那个当妈的一听，急了，说这个不能写。儿子说，老师说的，要写好玩的事情。

我瞥了我女儿一眼，她也有回去写作文的任务，她难道不觉得好玩吗？

我女儿耳朵上戴着耳机，正闭目养神。从上车到现在，她都没有睁开过眼睛，既不喝水，也不上厕所，既不听别人说话，自己也不开金口。

我再瞥一眼我老婆，她倒是挺来劲，眼睛瞪得滴溜溜的，好像我也是个假丈夫，我赶紧避开目光，她是分分钟就会把别人的过错引到我身上来的。

车上闹归闹，车子一直平稳地前行着，司机见多了，见怪不怪，陈导更是熟视无睹，闭目养神。等到车上终于消停了一点，他才站起来说两句，大意希望大家等会儿抓紧一点，前面一站一站的，都是紧紧相扣的，只要一趟赶不上安排，就会影响整个旅行，就可能要减掉原定的景点。

同团的游客还算通情达理，有人说算了算了，认错人也是正常的，有的却认为不是认错人，而是记错了事。虽然把人家活着的记成死了，有点过分，有点伤害人，但也不算太离谱。总之大家体会，出来混都不容易。不知道他们同情的是老马还是老刘。车子再次出发，那个老马就一个人独坐着，看着有些孤独。他琢磨了半天，冲着我的后脑勺说，好像，就是他哎，哎，也不一定，不知道是不是他。

我听到他的自言自语，假装没听见。

后来车子到服务区休息的时候，我看到那个老马和刘天明居然又说说笑笑了，还互相敬了烟，好像在车上根本没有发生什么事情，好像刘天明到底死没死也不是那么重要。

不过这也不关我事。正如陈导说的，跟团出来，碰上什么事情，也都属正常。

除了这一个不知真假不知死活的久别重逢带来的一点意外，后来一路还算顺利，司机挺卖力，大巴车中午准点抵达了海城的住地酒店，陈导督促大家抓紧入住酒店进房间放下行李就用餐，因为下午要赶上岛的渡船。

渡船一天两班，如果下午那一趟没有赶上，就要等第二天上午的船了，虽然随时可以调整行程，但一切重新来过毕竟麻烦多多，首先游客不一定愿意，其次是接送的车子有没有问题，还有景点的安排是否会冲突等，总之没有人愿意发生调整线路的事情，所以在多半的出行时间里，导游总是在提醒大家，时间，时间。

在规定的时间出酒店一看，接送的车子已经到达，停在门口，大家鱼贯而上，十分默契，陈导上车问了司机一声，许师傅？

师傅瞄了一眼陈导手里的小黄旗，点头，就对接上了，陈导说，去码头，师傅"嗯"了一声。

到码头一路顺利，下车一看时间，还很充裕，陈导就让大家四处转转，有一些卖土特产的，也有一些风景，可以拍拍照片什么的，再规定一个时间到码头集中上船。

师傅把车子开走了。陈导气定神闲地坐在码头上等候时间，我坐在离陈导不远的地方，玩着"明日之后"，一直到时间差不多了，看到那艘渡船已经靠岸，开始放跳板，拉缆绳，做登船准备了。陈导也注意到大家已经陆续回来了，有的随便买了些东西，有的空手，情绪尚可。

陈导取出船票，大家以为是要发票，过来伸手，陈导说这个就不发了，不是坐火车，不用一个一个验票验证，我统一收着，一会儿码头检票时点一下人头就行。

我跟在陈导后边，正要往船上去，忽然听到陈导"啊呀"了一声，说，完了。听他这声音，就像是一个落水的人沉入水底了。

我往前看一看陈导的脸色，他连眼睛都闭上了，过一会儿睁开来，看到我在关注他，小声地跟我说，完了完了，我们走错了码头。我们应该在北码头上船，师傅把我们送到了南码头。

他手里的船票上，赫然写着：北码头——漂山岛。

我回忆了一下上车后陈导和师傅说的话，陈导说去码头，师傅说嗯。

谁也没有错，谁也没有对。

结果是错的。

陈导赶紧给师傅打电话，告诉他送错了码头，叫他赶紧回头来接我们，可师傅说他的车都已经开出去大半个钟头了，马上就要接上另一个团了。又说你们反正已经耽误了，就算我掉头回来接你们到北码头，你们也来不及了，反而还又耽误另一个团，不如就着你们一家得罪了，你们自己想办法吧。

师傅的算法没毛病，他是对的，陈导得接受。但是接受了，就得由陈导想办法解决差错。

从南码头再打车赶去北码头，时间来不及了，南码头通知登船的喇叭已经响起来，北码头那艘渡船，下午的开船时间，和这边是一样的。

时间是一样的，船也是一样的，但是目的地不一样。陈导已经没有退路，游客们还都不知道陈导犯了错误，他们正在奇怪，人家都登船了，怎么我们这个团不登船，还在等什么呢。

我扯了一下陈导的衣襟，陈导已经失魂落魄，两眼茫然地看着我，我说，我出个馊主意哦，这个南码头的渡船，是开往漫山岛的，我们本来要去的是漂山岛，那个岛和漫山岛一样，都是一个小海岛，估计也大差不差，不如将错就错，你先假装不知，带着大家上船，先蒙混一下，到了那个漫山岛再说。

陈导举棋不定。但其实根本没有时间让他举棋不定了。仓促之间，他接纳了我的馊主意，隐瞒了事实，做出了将错就错的决定。

幸好码头的管理员十分通情达理，甚至没有要求陈导再去重新购买船票，他说平时坐这艘渡船的人不多，难得看到这么多人登岛，他也高兴。他还一本正经地点了人头，就把大家放上船了。

就这样，我们这个旅行团顺利地踏上了错误的船只，去往本来不是目的地的目的地。

此时的游客们，还都不知道我们已经大错特错了。船上很空，就各自找了位子坐下，有的瞄了一眼外面的水面，风平浪静，就开始玩手机，也有的望着水面发一会儿呆。有一个妈妈取出陈导发的旅行手册，给孩子讲述即将要到达的漂山岛，她念了几句：漂山岛，位于南海景秀区福临镇，距离临山半岛约3.5公里，面积约5.46平方公里。是一座山青水绿、风景秀丽的原始生态离岸岛——

她见孩子并不听她的，一心在玩游戏，这妈妈的眼神也飘忽不定了，只念了几句，就收起手册，掏出自己的手机看了起来。

我看陈导坐得离大家远一点，在船舷边上，还侧着身子，他会不会还有点惊魂未定，又时时担心大家会发现错误。他现在还无法预计后面的损失，肯定是心情沉重的。

我很无聊。即便碰上了活死人事件，即便又上错了船，我仍然无聊，我掏出手机，看到陈导的侧影，背景是阳光下的大海，觉得养眼，随手拍了几张，然后又无聊地查一查有关漫山岛的介绍，结果却发现查不到，心中不免奇怪，估计就是个很普通的小岛，没有开发旅游，也没有什么名气。

现在连个乡村路边店都能在网上查到，这个漫山岛却不知躲在哪里。

不过我并没有什么不安的感觉，路边店能够查到，那是因为它在陆地上，这个漫山岛，在大海上，查不到应该也属正常。

我看大家都自顾看手机看大海，并没有什么疑问，我就走到船头驾驶舱，找船老大了解一下漫山岛，果然，这是个无名小岛，并没有开辟旅游线路，最多就是有几个散客，自己上去的，岛上有小店，开店的是从前来的游客，来过后就留下不走了，把岛上一座废弃的小学利用起来，做了民宿，还可以喝咖啡吃饭什么的。

我听了个大概，心中了然，从船头回到船舱，正想着把打听到的情况去告诉陈导，可那一瞬间我忽然对自己的行为产生了怀疑，这本来应该是陈导的事情，我为什么要替代陈导去打听漫山岛呢。我真多事。

我还是多一事不如少一事吧。

船靠岸后，大家一一登陆，看到码头有一座竹子的牌楼，上面有"漫山岛"三个大字，是草体，也没有人认真辨认这三个字，却都挤在牌楼下拍照。

拍过照片后，大家就不看风景了，都盯着手机看手机上的照片了，后来有一个人看出来点问题，疑惑地说，这个是漂字吗？

陈导假装没听见，离大家远一点，由大家自行讨论，有人看了几眼，说，就是漂字，草书，写得潦草。

有一个眼尖点的，犹豫着说，我怎么看着像是个漫字。

还有一个说，哟，漫和漂，也差不多，这个岛和那个岛，也差不多的。

更有另一个会附和的，夸张地说，是呀是呀，有一次我连上了三个湖心岛，发现几乎一模一样，还以为是鬼打墙，三次上了同一个岛呢。

大家笑了笑，然后一起往岛上走，这是一个小村子，村口有一棵大树，一条通往村里的路，路边有个土地庙，庙里的香火既不冷落也不兴旺，一切恰如其分。

于是有人说，我好像来过。

又有人附和，乡村差不多就这一个样子，不管它是在海上还是在陆地上。

再一个人说，我上次去过一个村子，在深山里，山路简直是九曲十八弯，村里有个废弃的小学，本来房子都已经要塌了，后来有两个游客来了就没再走，把旧房子利用起来，开了民宿。

说话间大家已经走到了岛上的那个民宿，搞得挺有情调，但看得出是旧房子装修的，还特意留了一块旧墙，让喜欢忆旧的人忆旧，那上面有从前的小学生的胡乱涂鸦，写着，某某某，你是个王八蛋。

很有时代特点，大家看了，心领神会地笑笑。

店主热情地迎出来，告诉大家下午茶已经备好了，请大家喝咖啡喝茶吃点心看风景。

大家陆续找地方坐下，没有人感觉异常，但是我有。我倍觉蹊跷，明明是上错了船，上错了岛，怎么会有人提前把一个旅游团的下午茶都准备好了，我听船老大说过，这个漫山岛没有团队来旅游的，我差一点想问问店主，是不是我们没有上错岛，这里确实就是漂山岛，但是话到嘴边，我收了回去。这真的不关我事。

坐下来后大家就忙起来，一边吃吃喝喝，一边忙于发朋友圈，图片配小作文，也有光图片的，这些内容都在圈里引起一些关注，有人就留言说你字写错了，这个岛不是漂山岛，这是漫山岛。

立刻就有人跟上来反对说，不可能不可能，漫山岛好多年前就被海水漫掉了，沉没了。

又有人幽默，说，这挺好呀，上一个岛，等于上了两个岛，又是漂又是漫的，就当是漂去漫山岛了，你们赚了。

还有人考证这一带的海岛，说近些年海水上涨，海平面升高，不仅是漫山岛淹了，漂山岛也已经停止接待游客了，不知道你们这个旅行团是怎么上岛的。

反正朋友圈里挺热闹的，说什么的都有。说什么也不影响大家上图。

我老婆也拍了一些照片，自我欣赏了一会儿，就责问我说，你连一张照片也没拍啊，你出来干什么呢，失魂落魄的样子。

我说我也拍了，我把手机交给我老婆，我老婆看了看我在船上拍的陈导的侧影，说，咦，你这张照片不错，有点文艺腔调，谁帮你拍的？

我女儿始终是一切与我无关的腔调，我老婆又看不下去了，批评我说，你看看陈碧天，一天到晚戴个耳机，到底在听什么，你也不管管，你也不问问。

我说我问过的，她不说，给我个白眼，不过肯定是什么歌星明星在唱歌啰。

我老婆也给了我一个白眼。我明白，她需要我采取一点手段。我走到女儿身边，低三下四地说，宝贝，听什么呢，能不能让爸爸也听一听。

我是准备着再吃一个白眼的，却没有，女儿若无其事地摘下耳机，套到我的耳朵上。

我一听，里边什么声音也没有。

乔家丽的归去来

这一回和以前不一样了，这一回我要写一个非虚构作品，我就去实地考察采访了。

我进去的是一个老宅院，就是从前的大户人家的宅子，后来住进了许多户人家的那种。

当然，现在已经不是"后来"，现在是"再后来"了。

再后来，宅院老了，从从前的"富丽堂皇""冬暖夏凉"变成了现在的"颓垣断壁""冬冷夏热"，四面蹿风漏雨，到处吱嘎作响。所以，先是年轻人撤离了，然后有条件的老人也撤离，不是他们不留恋老宅，不是他们对老宅没有感情，实在是老宅太老了，不适合人居住了。就像一个人老了，做不动事了，无论年轻时有多么地风光，曾经有多么了不起的业绩，老了做不动了，就认命，千万别充老狠，遭人嫌弃。

所以从"后来"到"再后来"的某一段时间，老宅稍稍松动了一点，拥挤不堪的现状有所改善，只是这样的情况并没有维持多久，因为又有人来了。

这些人，刚来的时候，被统称为"农民工"，后来又称之为"外来务工者"，不知道是不是这样的称呼更合理更科学一点。

外来务工者需要住处，如果工作单位没有安排集体宿舍，他们只能租城里最便宜的房子住，也或者他们是拖儿带女的一家，那就更需要有个自己的窝。

我要做的工作，就是要实地考察，看一看老宅子的现状，摸一摸"再后来"的现在，这些老宅里，还有些什么人。

　　我自己小的时候也住这样的老宅子，所以我熟门熟路地往里走，一条狗突然蹿了出来，冲着我吼叫，它已经不认得我了。

　　我吓了一跳，往后退了几步，正在犹豫着是不是要和它打一声招呼，跟它说是自己人，它却淡然地朝我看了几眼，就走开了。

　　我并不值得它稍微多关注一点。

　　我顺利地踏进了宅子的过道，过道没什么特别的，也不像曾经的"后来"那时候，过道里堆满杂物，现在已经是"再后来"，文明洁净，过道很清爽，没有杂物，一有杂物，居委会就会来处理的。处理了几次，居民也就不好意思再乱堆乱放了。

　　过道虽然干净，却也不是一无所有，左侧的墙上，布满了电表，足足有大几十个，一看就明白，现在的住户电表都是独立使用的，每户一个，方便群众，真好。过道的右侧一面，有两间屋子。其实本来是一间，一隔为二成为两间，派上了更多的用场。

　　这就是老宅的墙门间。

　　两间屋子其中的一间，门关闭着，门上有一把锁，是那种老式的用搭绊绊住的小铁锁，已经有些生锈，普通到没必要多看一眼。

　　另一间屋子的门开着，我朝里张望了一下，里边没有人，却听到有人在我身后说话，我回头一看，是一位大约四十多岁的外来务工人员，他见我手里正举着手机，就朝院子里边指了指说，你要拍照吗，里边，里边大着呢。

　　他身上穿着印有"长洲服务"的三轮车夫的统一服装，我说我想跟他聊几句，主要是想听他说说住在这个老宅子里的情况，他说可以，让我进屋坐下。屋里非常热，没有安装空调，我也只能忍着，他把台扇拉过来对着我吹。

　　他蛮热情，把我要问的情况一一介绍给我，他姓黄，四百块钱租了半间墙门间，漏雨，他自己爬上去补漏，老宅子高，他借了两把梯子，拼接起来，才爬上屋顶，没有安装空调，因为没有钱，等等，又告诉我他的老家在哪里，家里还有哪些人，他为什么一个人在外面打工等等。我看他话语间有点文化，问他是不是初中毕业，他说上了两年高中，本来还想考大学的，后来实在读不下去了，就结束了。

我们聊了几句，我有点受不了热了，我指了指他隔壁的上了锁的那半间屋子，问他那屋子是谁住的，他似乎犹豫了一下，后来才说，好像，是一对母女。

我奇怪他为什么说"好像"，紧邻着的隔壁人家，怎么会"好像"呢？他似乎也觉得自己说的这个"好像"不恰当，就补充说，主要是我的工作时间和她们不一样，总是错开的，有时候，我看到一个中年妇女，有时候，我看到一个年轻女的，她们长得很像，我猜她们是一对母女。有时候后半夜里能听到她们窸窸窣窣的轻轻说话的声音，那个时候大概她们都下班了，她们好像是饭店的服务员。

他又说了"好像"，这回不等我奇怪，他先跟我说清楚。他说他租这个房子的时候，她们已经住在隔壁了，不过因为工作时间的原因，他们一直没有机会正面打过招呼，他就是看到洗了晾出来的工作服上面印着饭店的名字，叫来喜饭店。

我"哦"了一声，隐隐觉得我对"来喜饭店"好像有什么想法，但一时又不知道这想法究竟是什么想法。我想见见这对母女，毕竟她们也是新苏州人的代表，也许我的文章中需要她们。可惜她们上班去了。我心想着下次如果有机会再来一次。

按理我应该不会再来的，可是我在写作中碰到了瓶颈，写老宅子里的老苏州我感觉是手到擒来，写老宅子里的新苏州人我就有点露怯，甚至束手无策了，我明白是因为我的积累不够。

所以过了两天，我又来了，这一回两间屋子的门都关着，我只好往院子里边走。才发现这个院子和正规的苏州老宅院有些不同，也许是后来改造过了，也许是当年建造的时候，就别出心裁，但总的来说，它仍然是苏州老宅的风格，只是有一点曲里拐弯。

我从前面的天井绕到后面，再到最后面一进，最后一进是藏在一扇小门里边，小门虚掩着，我轻轻一推，它"吱呀"了一声，就开了。

我小心翼翼地跨进去，一边走一边四处张望，这一进保持得比较完好，还有一座袖珍假山，一棵老白皮松，隔开前一进的砖雕门楼上还有砖雕，虽然有些残缺，但还能看得出精雕细琢的模样……我觉得自己像个心怀不轨的窃贼。其实要说是窃也不是没有道理，写作的人，不都是偷窃了别人的生活让它们成为自己的文字么。

我没有看到什么人，这是上班的时间，估计都不会在家待着，我有点失望，正要转身离开，听得一声咳嗽，回头一看，哟，我粗疏了，后天井的角落里，有位老太太坐在一张旧藤椅上，她是在用她的咳嗽提醒我呢。

我心生欢喜。

对于一个采访者来说，看到人，任何人，都是惊喜，都是收获。

我看了一眼，就判断出这是一位典型的苏州老太太。都不用具体描写她的外形。这样的苏州老太太，有人称她们为最后的守井人。

老太太确实就坐在一口水井旁边。水井周围，非常洁净，周围的绿植，生机盎然。那个井圈，虽然很古很旧了，却依然醒目，六角，井圈上刻有花纹，还有"福寿泉"三个字。

我走过去说了一声"好婆你好"，好婆点点头。我说，好婆，这个院子，现在住的，大多是外来工？好婆说，一半对一半吧。好婆虽然上了年纪，面容、头脑和口齿都很清爽。

我说，我前面来过一次，没有进来，我在大门口看到牌子，这是汪宅。但是我回去查了查，没有看到 17 号汪宅的介绍，所以不是什么名人故居吧。好婆说，不是汪宅，是乔宅。

我说哦。这很正常，从前姓乔，后来卖给了姓汪的，这样的事，在一个古老的城市里，比比皆是，不足为奇。历史上苏州的名宅名园多半是要几易其主的。

老苏州我已经采访了许多人，我来王厢使巷是因为听说这一带的老宅里，外来工比较多，我主要是来采访新苏州人的，所以面对一位装满了故事的苏州好婆，我已经不想多关注她了，我放弃对她本人的有关经历的追问，直接扯到我感兴趣的话题上。我说，好婆你认得墙门间住的那对母女吗，在饭店做服务员的。

好婆笑了，说，你说死话哉，哪来的一对母女，就是一个女人。

我有些发愣，但随后想了想，是不是也有可能，那个踏三轮车的黄师傅，可能见到的是同一个人，因为时间不同，光线不同，或者情绪有异，眼神有差，他或许误认为一个人是两个人——但是我最后还是不能认同自己的荒唐分析，再怎么不同，两个人怎么可能认作是一个人呢。或者反过来，一个人怎么可能认作是两个人呢。

我再跟好婆确认一下，我说好婆，我问的是住在墙门间靠外面的那半间的母女。

好婆说，跟你说了没有母女，只有一个女人——那一间屋的房东就是我，是我租给她的，还能错吗。

好婆知道我还不够相信她，好像是为了证实她说的是对的，她口气确凿地说，没错的，就是那一间，是半间，紧靠大门的那半间，从前，乔家丽住过的。

乔家丽？

我一听"乔家丽"这三个字，顿时感觉"嗖"的一下，似乎有什么东西从不知什么地方升了上来，上头了。

乔家丽，乔家丽，这个名字怎么这么熟悉，再一细想，我想起来了，想起来我就大惊失色了，乔家丽，她是我小说中的人物呀。

我深深地呼吸了一下，赶紧镇定下来，我得再想想，捋一捋思路，有没有哪里搞错了，我作品中虚构的人物，怎么会出现在现实生活中呢。

因为我写的小说很多，里边人物的名字更多，我很少记得住他们的名字。真的很对不住。我几乎就是个白眼狼。创造他们的时候，我跟他们是相亲相爱的一家人，我感谢他们，我爱他们，我和他们共进共退，我和他们同喜同乐。但是一旦小说写成，拿出去发表，过不了多久，我就忘记了他们的名字。

我这是忘恩负义。他们只是我的写作生涯中的匆匆过客，其实有些人的名字还没等到作品发表就已经丢失了。比如我正在努力创造"张三"的时候，"李四"或者另一个"张三"，已经出现并活跃在我心里了，他们已经呼之欲出，他们毫不留情地把"张三"挤开了。

我也不想统计我总共创造过多少人物，更多的人物即便摆到我面前我也不一定认得他们，比如金桂子、蒋桃英，比如王君、诸秀芬，等等，我只是在过程中享受了与他们同甘共苦，后来很快就拜拜了。

但是乔家丽不一样，我一听这个名字，就认定她是我小说的人物，只是我一时想不起来她是哪一篇哪一部小说中的人物，我得回去寻找我过去的作品。因为作品太多，我得先找一下整理过的作品目录，如果小说标题中就带有"乔家丽"这三个字，那就好找了，但是小说直接用人物名字来做标题，或者把人名夹在标题里的，并不多，我现在想得起来的，有少数几个，比如《想念菊官》，我就知道这篇小说的主人公叫菊官，但我还是忘了菊官姓什么。还有一部长篇小说《赤脚医生万泉和》，这个没有忘，不仅名字没有忘，他的职业也没有忘。再比如《马镇长的错误时代》，也同样，马镇长姓马没问题，但是马镇长叫马什么呢？马千里、马虎、马夫、马前、马后、马大军、马小军……再比如《王曼曾经来过》，这个记得比较清楚。

扯太远了。

还是赶紧回到乔家丽吧。我已经被"乔家丽"三个字击中了，匆匆结束了这一天的寻访，回家去找"乔家丽"。

回家坐定以后，心思渐渐平定，思路渐渐清晰，先找一下作品目录，浏览一遍目录就花了一些时间，确定没有带有"乔家丽"这个名字的标题，我稍有些为难了，接着就要看能不能从标题中推测出有乔家丽故事的那一篇。

看来看去，较难判断，长得像的并不多，看到一篇《大家闺秀》，心里一喜，感觉像了，赶紧找到原作一看，那个大家闺秀不叫乔家丽，叫秦家慧，空欢喜。再有一篇《旧事一大堆》，既然乔家丽是个旧人，她的故事当然是旧事，却也不是，"旧事"确实和一个老宅有关，但那个是"沈宅"，不是乔宅，和乔家丽无关，人物中也没有姓乔的。再看有一篇《城西故事》，这个也有可能，我去寻访的那个王厢使巷，就在城西，可惜找出旧作一看，仍然不是，那个故事的女主人公叫陈汝芬。这都是在我现在的记忆中完全不存在的人物。

我有点恍惚起来，我想不通我怎么会写出这么多自己都完全忘却的小说，我也想不通我竟然有这么多被我忘记的亲人。这么做有意思吗？

但是我又很执拗，我得找到乔家丽。现在我好像已经没有捷径可走了，没有捷径，意味着我要把我所有的作品都一篇一篇地看过来。

那不可能。即便我有这个无聊的信心和决心，事实也不会赞同我，因为早年有些作品，只留下了一个标题，文本早已经找不到。更有甚者，还有连标题都没有留下的，那就是连根拔起随风而去，不留下一点痕迹。这样也好，没有痕迹，就是没有来过。

我正在犹豫着，是放弃呢，还是放弃呢——手机响了，我心想，我正烦着呢，别又是什么麻烦事，看着是一个陌生手机号，就当他是诈骗或推销的，不接，过了一会儿，又打来了。一般固执地打两次或两次以上的，要么是快递，要么是有人有事找，我接了，那边说，冯老师，打扰您了，我是文旅局文创处，我们的锡剧团，想改编您的一个小说《苏州大小姐》，想找时间上门拜访，冯老师您什么时间有空？

手机还没有挂断，我的目光已经回落到那个长长的作品目录单上，我一眼就看到了它。

我找到它了，它的标题是《苏州大小姐》。

这么明显的暗示，其实已经不是暗示而是明示了，为什么在我第一遍寻找的时候竟然跳过了它，漏掉了，疏忽了，或者，那个时候它躲着我，后来因为一个电话，把它拱出来了。

不管怎么说，我是欣喜的。我找到了它。

中篇小说《苏州大小姐》发表于 1998 年《天选》杂志第 5 期。

它的开头是这样的：

　　一直到三轮车夫将车子停到了苏州言桥巷的老宅子门口，乔家丽心里的憋屈还没有消散。

　　三个小时前，父亲的包车把乔家丽送到上海火车站，乔家丽提了自己的藤条箱下车，车夫回了一声，大小姐，我回了。车子就开走了。

　　这一趟苏州之行，乔家丽是极不情愿的，情绪一直别扭到该出发的时候，还没有捋顺，还在跟父亲执拗，可是最终又拗不过父亲。说了一句，是你硬劲叫我去的。出门就很匆忙了。

　　乔家丽随着人流进站，上火车，车上人很多，挤了一会儿，才找到自己的位子，想把箱子放上行李架，却举了几次举不上去，同坐的一个先生站起来，伸手一顶，帮她把箱子放好了。乔家丽说声谢谢。先生嘻了一下脸，表示回复。就听到过道对面的座位上叽叽喳喳的笑声，夸张的说话声，夹带几句洋泾浜英文的，朝那边一望，是几个女学生，佩着女中的校徽。

乔家丽也是女中的学生，今年刚好毕业，考了上海美术专科学校，是如愿以偿的。录取通知书来的那一天，家里又收到另外一封来信，是苏州的祖母差人写的，信很长，写了许多事情，其中重要的事情也有不少。

瑞丽丰绸布店的事情，瑞丽泰茶庄的事情，姑婆生病的事情，后花园的事情，白弟弟拆烂污的事情，慧文师太还俗的事情，还有祖望无望了等等。

祖母感觉天要塌下来的大事要事都数不过来，更不要说那些鸡毛蒜皮的小事，信上也写了不少，乔祖康一边读信一边叹气，他看得见，那个老宅子里，就是一摊世界，一地鸡毛，踏来踏去都踏在鸡毛上，粘得一脚毛。乔祖康心里也毛躁起来。

父亲晓得祖母是真的急了。她叫人家在信封上画了一根鸡毛。祖母一般是不会做这种事情的。但是现在她做了。祖母急等乔祖康回去解决问题。

乔祖康回不去。他自己也面对一摊子大事要事，肩膀吃到分量，感觉扛不起来了。乔祖康天资好，才识超群，因为长兄乔祖望的无望，所以一出道时就放弃了仕途，从事经济财务工作，起先是打理父亲留下的绸布店、茶庄等，不到而立之年，已积累丰富经验，与几个意气相投的朋友，募集资金，到上海成立了银行。

乔家丽刚满周岁，父亲就带着母亲和她去了上海，一直在上海生活，长到十八岁。

父亲知道乔家丽别扭，但是这个时候父亲不能心软。

（此处省略五百字）

家瑞比家丽小三岁，十五岁。若是生在穷人家，也是能当家的男子汉了，可是他没有生在穷人家，十五岁，还是个小人，什么也不懂，还懒怕读书，听到父亲和姐姐争辩，他还自告奋勇说我去好了。被乔祖康一顿训斥。

乔家丽不想回苏州去，但是家里的现状她心里是清楚的，不去也得去，只有她了。但她又生出花招说，老屋里一直是这样混乱的，好婆哪次写信不是这样说的，这么多年也过来了，随她去吧。

父亲不同意，父亲说，以前是这样过来的，但是不一样的，现在好婆老了，世道也不一样了，你叫好婆那么一个老太太，怎么管得了这些事情。乔家丽说，家里不是还有个姑奶奶么，还有舅婆，还有舅婆的什么侄女呢，不是有好多人呢吗，都是吃干饭的？

父亲也忍不住笑了，赞同说，这个你说对了，都是吃干饭的。

家瑞也在旁边笑着说，喔唷，全是女将，我不去了。

（此处省略三百字）

最后乔家丽拗不过父亲，她妥协了，离开学还有一个多月，父亲让她先回去看看，如果可以尽快处理好一些麻烦事情，到时候再回来上学。

乔家丽完全没有想到，她这一走，就再也没有机会回到上海，没有机会上学，没有机会离开苏州老宅，甚至，没有机会结婚生子。

乔家丽就这样被硬逼上了火车，听着旁边那些女生叽叽喳喳，知道火车开过了苏州河，开过了阳澄湖，又开过了哪里哪里。

（此处省略二百字）

三轮车夫收了钱离开，乔家丽独自站在乔宅门口。她曾经跟着父母回来过几次，但现在她眼前的这个老房子，似乎已经不是她印象中的那个老房子，乔家丽认不出来了。

　　墙门间门口的墙上有一块牌子，写着：言桥巷居民小组

医疗站。

　　……

　　打住，我不能再引用了，这样无节制的自我抄袭，不用别人指

责，我自己也知道无耻。

　　这是一个老故事，写的是苏州大小姐乔家丽被父亲从上海指派

回到苏州老宅，打理家事，所遭遇的种种事情，从被动地进入，身

不由己地卷入，再到担当起责任、与老宅彻底纠缠在一起，乔家丽

经历了动荡不安的一生。她没有结婚。不是一生中没有爱情，但每

当爱情来临时，就会有别的事情将它岔开，直至最后孤独终老。

　　有一段特殊时期，曾经寄住在她家的所有人都被扫地出门，乔

家丽也从最后一进的楼上，搬到墙门间居住，又过了些时间，乔家

丽又被允许搬回后院居住。

　　进进出出，几个来回，一辈子就过去了。

　　小说中还有一些情节，比如说早些时，因为家里住的人多，又

全是不工作不劳动的女眷，不仅没有收入，还都要靠用人侍候，家

里开销大，乔家丽只有不停地变卖家中物器来维持家用，太湖石假

山、门头上的砖块砖雕、院子里的一棵老白皮松，最后连一口"福

寿泉"井圈都卖了，后来实在没的卖了，她要自食其力了，托人介

绍进了饭店做服务员，那个饭店，在小说里就叫来喜饭店。

　　小说分上中下三个部分，上部是"归"，就是乔家丽归来；中

部是"去"，写乔家丽因为生活所迫，把老宅里的东西一一变卖出

去；"来"，就是后来乔家丽又把卖出去的东西一件一件千辛万苦想

方设法地找回来。

　　虚构出来的言桥巷乔家丽的故事，和现实生活中王厢使巷 17

号的日子，难道是同一段日子？我是不甘心、不服气的。我不相信无巧不成书。

所以我再一次去了王厢使巷 17 号，我得问问老太，她所说的现实中的乔家丽，有些什么样的经历和遭遇。

在门口的过道，我又遇到了黄师傅，黄师傅不太记得我，看着我有点面生的样子，我说我前两天来过，采访过他，他也就认了，相信了我，他朝我笑笑说，你来啦。

我怕他很快会忘记我，赶紧打听，我说，黄师傅，你们院子里最后面那一进的那个老太，是不是姓乔啊？

黄师傅想了想，有些疑惑，说，最后一进，老太？没有呀，我们这个院子里，没有老太太，只有几个老先生，苏州老伯伯，喜欢骂人的，不过他们骂什么，我也听不懂。

我说这院子这么深，好几进呢，还曲里拐弯的，里边你进去过吗？黄师傅似乎有些难为情，说没有进去过，因为没有什么事情，自说自话跑到后面，人家会怀疑的。

我说所以嘛，你都没进去过，你怎么知道里边没有老太呢。

黄师傅又想了想，想起一些事情，说，哦，我搬进来的时候，里边好像是有一个老太的，她也是房东，不过她不是我的房东，是隔壁她们家的房东，后来没几天就走了，也没有小辈来料理后事，都是居委会来帮忙搞的。

我问黄师傅，那个老太是不是孤老，黄师傅说他不清楚，他总共也没见过她几回。

黄师傅的意思是说我看到的那个老太是不存在的，或者也可以说从前曾经存在过，但现在不存在。

我当然不会相信黄师傅，但我也不会认为他在对我撒谎，他对我撒谎没有意义。只是我觉得黄师傅和老太，他们无意中正在互证对方说谎，这又是什么意思呢？我碰到了什么？

我赶紧提醒自己，别胡来，这一次玩的可是非虚构哦。

正是因为非虚构，所以更要穷追不舍，我要事实真相。

我不会迷失在黄师傅和老太中间，我决定在饭店上班的时间，去来喜饭店，看看能不能见到那对母女，或者，是那一位妇女。

来喜饭店生意很好，它是那种比较老式的大堂式饭店，没有包厢，一眼望去，整个大堂里，几十桌都是满座的，服务员穿梭不息。我站在一个角落观察了一会儿，发现有好几个人都能和我想象中的那对母女或那一个妇女对得上号，结果我就头大了，看看这个也像，看看那个也像，何况我知道厨房里边还有服务员在洗碗或干别的什么，那岂不是有更多人都像了。我一时有点手足无措，觉得无法上前询问，干脆走出了饭店，站在门外发了一会儿愣。随后有个年长的男人也出来，点了根烟抽，过一会儿他过来跟我说，老师，我看你站了半天了，你不是来吃饭的吧。他见我疑惑，又说，我是这里的老板，我见的人多了，你是来找人的吗？

我佩服他的眼力，点了点头。他问我找谁，我却说不出来，憋了一会儿，我只能这样问，你们饭店的服务员，都自己租房子住吗？那老板说，我们的服务员，都给他们安排集体宿舍的，除非有家小的，他们才自己租房。我说，他们通常租哪里的房子？那老板笑了，说，老师，你是明知故问，你明明是知道的，他们只能租城里的老宅子住，那个便宜。

我从他的笑意中感觉出一些异常，他称我老师，我怀疑他是不是认得我，犹豫了一下，正想要问一问他，他已经主动说了，他说老师，你忘记我了，我没有忘记你，这一晃，三十年都出头了，那时候我刚刚进这家饭店做会计，你到我们店里来采访，你那时候，嘿嘿，才年轻呢，我们店主任让我接待你，我那时候真是什么也不懂，我不知道你要了解服务员的身份背景是什么意思，那时候我们饭店还是大集体性质的，大部分员工，都是分配来的，中学毕业分配到饮服公司，也算不错的职业了。

我真想不起来，在我的写作生涯中，还去饭店采访过，我是要到饭店找什么呢？这位当年的会计、现在的老板却还记得。他说，老师，你是来找一位苏州大小姐的，就是大户人家后代那种，你说她曾经在我们这个店做过服务员，我当时还觉得你有点神神道道，大户人家的后代，怎么会来饭店做服务员，后来我们店主任说，在他进店的那个时候，是有个女的，大小姐，做事情抓手抓脚，后来就让她做账了。

我心中一荡，脱口而出，她是叫乔家丽吗？

他笑着说，名字我不知道，我只知道，我们这家饭店，多亏了老师你，原来我们叫鑫鑫饭店，估计想讨个多金有财的意思，结果却是生意冷清，门可罗雀，一点金也没有。后来你写书的时候写成了"来喜饭店"，我们就跟着你改名改成了"来喜饭店"，"来喜"两个字真的很讨喜的，饭店改了名，我们的生意就好得一塌糊涂了。

我一时有些恍惚起来，我怀疑我究竟是哪个我，是几十年前的我，还是今日当下的我。我也怀疑乔家丽，她到底是生活中的乔家丽，还是小说中的乔家丽。

我完全不知道，是什么时候、在什么关节上，突破了生活与虚构的边界，混淆了真实的人与虚构的人。

唯一真实存在的，就是老宅，它们虽然破旧，虽然风烛残年摇摇欲坠，但是它们仍然在那里，这个逃不掉，也改变不了。

我拨正、理清了自己的思路，我还是要去了解老宅以及老宅里的人。片刻间我就知道我应该到哪里去打听。

我去居委会。居委会的职责就是了解居民的情况，还有就是实事求是。

居委会干部小水接待了我，她听了我的来意，先纠正我，说王厢使巷 17 号，是汪宅，不是乔宅，虽然没有什么记载，但它一直就是汪宅。我"哦"了一声，感觉上了老太的当，我说，我是听那里边最后一进的老太说的，会不会因为她自己姓乔，所以她说是乔宅。

小水听了我的提问，她并没有回答 17 号里的老太姓乔还是姓汪，也不说里边到底有没有老太，她笑了笑说，冯老师，我们都认得你，你是写恐怖小说的，你的小说，很好看，你喜欢故弄玄虚，吓人兮兮的。

小水估计不是学文科的，她大概以为"故弄玄虚"是个褒义词吧。虽然她无意，我却有心，感觉有点难为情，我说，我其实不是写恐怖小说的，我是写严肃文学的。

小水说，冯老师，其实你说的这个事情，我们都知道。

我并没有详细说什么事情，至少我还没有来得及说出来，所以我听了小水的话，心下倍觉奇怪。看着我的奇怪的眼神，小水说，冯老师，可能您创作的作品太多，还有好多改成电影电视的，你自己都忘了，我们都看过你写的电视剧《言家巷》，活灵活现的，对了，那里边您还创作了一个人物，姓水，跟我同姓。我看了觉得很亲切，平时我很难碰到跟我同姓的人哎。

我不想再重新游走在我的千山万水似的作品中了，我跟小水说，我想了解一下王厢使巷 17 号现在的居民状况。小水说，好呀，冯老师，我陪你一起去看看。

我心里一喜。这一回，无论出现什么奇怪的状况，我至少有人证了。

我们往王厢使巷走去，走进巷子，就看到了黄师傅，他正推着三轮车出来，准备出车了，我上前喊了他一声，他却不认得我，我说你是住在 17 号墙门间的黄师傅嘛。他说是，我说，我前两天来过，还采访你了。他疑惑地说，采访，什么采访，采访是什么意思？

果然如我所料，他忘记了我。不过也无所谓，现在有居委会干部小水，她不光知道我是谁，她还了解我的许多情况，她可以证明我是存在的。

黄师傅听说我们要看看他隔壁的房间，他依旧说，那里边住的，是一对母女，在饭店打工的。

小水说，黄师傅你是不是搞错了，这半间墙门间，原本好婆是出租的，后来好婆走了，租户也走了，钥匙就由居委会代管，也一直没有小辈来认领。

黄师傅说，那我怎么看见晾出来饭店工作服，晚上有时候还听到她们说话呢？

小水笑了起来，说，黄师傅你别吓人哦。又朝我看看，说，不过这种稀奇古怪，冯老师喜欢听的。

其实也没有什么奇怪，更没有什么悬念，可能就是时间差的问题，黄师傅也许是见过住隔壁的一对母女或者一个妇女，但是后来她们或者是她搬走了，黄师傅把过去当成了现在。至于我在后院见到的他们说不存在的老太，更没有什么稀罕，因为那很可能是我从前来的时候见到的，我把时间搞乱了。

小水打了个电话，不一会儿就有人送钥匙来了，小水接过钥匙开了门，里边果然没有人住，满屋子的灰尘，在昏暗的光线中，看到一只黄鼠狼。黄鼠狼看见了人，十分坦然，并不逃窜。

黄师傅说，原来是你个鬼在里边弄鬼。

那黄鼠狼站立起来，朝大家看看，作了个揖，慢悠悠地走开了。

我们走出来的时候，我注意到大门旁边的角落里有个垃圾桶，我无意间瞄了一眼，看到有一个"来喜饭店"的包装袋。

参加演出

过年的时候，我妈让我去乘风村看看舅舅，说人上了年纪，看一次少一次。我才不想去，一个糟老头，有什么好看的。我还跟我妈辩论，看一次少一次，那不看不就不会少了么。总之我就是有意拖拖拉拉的，后来眼看着年就要过去了，我妈又催我，还顺便吹了个牛，说现在她娘家那村可发了，那里一直有种植中草药的传统，现在中草药好卖，所以村里家家致富。

这样我才有了点兴趣，就搭顺风车去了一趟乘风村。我舅还不到七十，看上去好老，我跟他说，舅舅，你怎么这么显老。舅舅说，你再不来看我，我就更老了。我顺着我妈的口气说，不是说中药包治百病还返老还童吗，你怎么不弄点吃吃。舅舅说，我舍不得吃，留给外甥吃。是个老猴子。

我趴在地上磕了几个头，拿到一个红包，伸手接的时候，捏了一下，感觉蛮厚实，心里喜滋滋的，抽空到个没人的地方打开来数一数，结果发现全是十元币，加起来也没到一百元，气得啐了一口，骂了一声"老东西小气鬼"。恰好被隔壁的狗看见了，以为是啐的它，也生气，朝我吼了几声，我不会跟它客气的，我也吼了它几声，人眼和狗眼瞪了一会儿，两散。

我在外面转了一圈，想看看有没有什么机会，没有看到。等我再回到舅舅家的时候，舅舅舅妈都不在了，我表哥葛根正在和一个陌生人说话。陌生人西装革履，口吐莲花，不像是周边乡下的人，我坐下来，听了几句，听出来他们是在谈价钱。

表哥表情拿捏地说，马总，我跟你说，你开这个价，招不到人的，我们乘风村，不比别的穷地方，我们祖上到现在，一直种中草药，现在药材销售，很火爆的。

那马总什么世面没见过，听表哥这么说了，他是胸有成竹的样子，随意地笑了笑，回答说，是呀是呀，其实情况我都是摸清楚了才来的，前几年你们村卖药材确实可以，但是现在人人学样，村村种植，药材多得卖不掉了，你们村的人太 low 了，都没有想到上些新手段，搞些新玩意儿，现在搞不过人家了，是不是，我说的是事实吧？

我一听才知道，原来我妈的信息已经落后了，也难怪，现在都是日行千里的速度。六十年风水轮流转，好风水这会儿又转走了。

表哥"喊"了一声，不知道他是"喊"的这个马总，还是"喊"的那些胡乱搞竞争的人。

我虽然听到他们在谈价钱，但是因为前面他们对话的内容没听到，不知道他们谈的什么，也不知道这个跑到村子里来招工的人招的是什么工，他们讨价还价又讨的是什么。

我怕有好事他们不带上我，赶紧插嘴问他们要干什么。

表哥说，年都过掉了，不是要出去打工么，现在人家找上门来了。

我也是见过世面的，我赶紧说，那是那是，现在城里的企业很缺人手，到处抢人呢。

这个马总都已经放下架子主动进村了，却还想着要保持一点脸面，他看了我一眼，认真地回撑我说，缺人手是缺人手，但我们也不是什么人都招的，我们也不是村村都去的，我们有严格的标准的。

他们又扯了一会儿皮，后来好像基本上谈妥了，总之他们也不瞒我，所以后来我也都知道了，这是一个生产中药饮品饮片的企业，产品非常好，可惜知名度不够，需要懂一点中医中药的人，担任营销人员，向中老年消费群体宣传他们的产品。以前他们也招过一些推销员，但是不懂业务，人家不听他们的，效果适得其反。

马总找到乘风村来，确实是做了功课的，动作稳准狠，乘风村不仅历来有种中草药的传统，连他们村民的名字，也都随着药名走，生个孩子，随便想一个药名就好，比如我表哥叫葛根，表弟叫葛藤，还有个表妹没办法了，就叫葛藤花，幸好就三个，若是再生几个，我舅就得改姓了。

这个习惯，连带嫁出去的女儿们也喜欢用，比如我吧，我爹姓陈，那时候正想着给儿子取名呢，苦思冥想说，叫个什么呢，陈辉、陈前、陈才——我妈看了看我，有点嫌弃，说，小脸皮皱巴巴的，丑死了，叫陈皮吧。

我就叫了陈皮。

我表哥葛根接受了马总的邀请，不仅接受邀请，他还接受了任务，负责在乘风村招十个和他自己情况差不多的人，初中以上学历，三十岁以下，男女不限，聪明即可。

这条件一点也不苛刻，我条条都符合，所以马总走后，我顺手把自己的名字也写在表哥的名单上了。这张名单看起来就是一张中药方子。

表哥看了看名单，对我说，你不是我们村的，你又不懂中药材，你想浑水摸鱼。

我说，哟，多大个事，不就是陈皮葛根那点东西么，难不倒我。

表哥说，你厉害你厉害，但是你混归混，去归去，到时候被人家赶出来，我可没办法帮你。

我连家也没回，就跟着乘风村的青年一起上了马总带来的中巴车，别人或多或少都有些行装，我没有，表哥简单地帮我准备了一个小包，塞给我，说，我才不想帮你弄，可是你两手空空，一看就不地道，人家马总，那可是火眼金睛。

我说，他火眼金睛就是了，我又不是白骨精。

表哥不跟我这种小人计较，朝我挥了挥手，像挥赶一只苍蝇一样。自从被马总指定为临时召集人，他就感觉自己当上干部了，说话的口气，肢体的动作，都有了干部的腔调。大家伙竟然也都认同他当领导，可我不买账，我心想，你让我当，我比你还像。

我们一直到后半夜才到了企业，黑咕隆咚的也看不清什么，十个人男女分开，两个房间里，都是上下铺，看来马总他们是早有准备的，分配了床位，就吩咐大家睡觉，明天起来再安排工作。

临走时收了身份证，我多了一句嘴，我说，收身份证干吗？不等人家回话，反应如我，又多了第二嘴，搞传销的都收身份证。

我都如此无礼了，马总倒不生气，他甚至还朝我点点头，一本正经地说，我们不是传销，我们是正规的企业，明天你们参观了就知道——至于身份证，你们现在反正是睡觉，睡觉不需要身份证，我们拿去，一大早工作人员就要帮你们办各种手续，注册登记，开工资单，都是要身份证的，顺利的话，等你们休息好了起床，一切都已经办好了。

表哥朝我瞪眼，好像我多嘴会影响他的地位，其实一点也没有。

我真替表哥他们着急，他们傻呵呵的一点警觉性也没有。

一夜无话，第二天起来，阳光灿烂，新的生活像阳光一样照耀着我们。到食堂吃过早饭，我以为会带我们去看企业，看车间，看生产，结果却没有，直接让我们进了会议室，会标也拉起来了，某某企业营销人员就业培训，还有个女的，拿了手机拍照片，以此为证。

我知道自己嘴贱，也知道这样不讨喜，但臭毛病就是改不了，这会儿我又多嘴了，我说，不是说要带我们去参观生产车间吗？

那个拍照的女生朝我一笑，说，你们不用去车间，你们不是一线的工人，你们的工作是做营销——她可能看到我的脸色有些疑惑，赶紧又解释说，我们这地方是企业的总部和生活部，我们的车间，不在城里，在郊区，挺远的，打个来回要半天时间，现在我们急需营销员上岗。

这个我明白，我们离一个合格的营销人员，至少还差着一个或者数个培训呢。

培训的教材是企业自己准备的，发到手里一看，居然是一问一答的格式，问的都是老年人的健康问题，答的都是怎么用中药饮片解决这些问题。

比如有一问：我每天晚上起夜六七次。

答：原因：起夜多是因为膀胱容量减小，功能下降，肾脏虚损。对症药物：女贞子饮片。作用：补肾。

比如又问：我早上起来嘴巴又干又苦。

答：原因：脾胃失调。对症药物：二黄饮片：黄芩，黄连。作用：去热清火。

再比如：我七八天也大不出一次便。

答：原因：年老力衰。对症药物：当归加柴胡。作用：润肠通便。

……

表哥他们只看了一眼，就笑了起来，说，这个不用培训，我们都知道。

还有个村民更转，说，小儿科呀。

那个负责给我们讲课的老师听岔了，还纠正说，不是儿科，是老年病。

老师跟我们说，把这些教材都背熟，就可以去做营销了。

我暗暗希望表哥照顾一下我的特殊情况，拖一点时间，哪知那家伙根本不考虑我，当下就说，我们今天就可以上岗。

这下子我着急了，我不是乘风村的人，我又不知道哪个中药治哪样病，要我死记硬背出这几十上百种的病症以及对症下药的药，就凭我这样的懒记性，还不知道要花多少时间呢，关键问题是，他们个个上岗了，我不上岗，我的假乘风村村民身份会暴露的。

我朝表哥眨眼睛，表哥假装看不见，我再眨，他就说，陈皮，你眼睛里进沙子啦，要不要我帮你吹一吹。

可恶。我说，不是我眼睛进沙子了，是你脑子进水了。

表哥装憨憨，挠了挠脑袋，又拍了拍，再朝我挤挤眼睛，他在调戏我呢。

另一个村民根本就不认得我，也跟着我表哥调侃我说，我看是老鼠混进了猫群里，哈哈。

他竟说我是老鼠，我一气之下，反应更快，立刻回撑他关于老鼠的说法，我说，你真以为你们是老鼠掉进米缸里了，你们都没觉得有什么不对头吗？

大家都没听明白，面面相觑。

我说，你们的身份证呢？

一群蠢货，这才想到身份证被收走的事情，凡蠢货，大多沉不住气，立刻乱喊了起来，糟了糟了，碰到骗子了。

有人说，现在骗子规模都这么大吗？

又有人说，现在骗子都这么明目张胆正大光明吗？

我哼哼说，你以为呢。好像我的身份证没被收走似的。

他们慌了神，回头四处找人，那个拍照的女生早就闪人了，只围住了老师，七嘴八舌攻击老师。

老师说，你们瞎说什么呢，这里是正规的生产企业——

立刻被我表哥打断说，哪个骗子会说自己是骗子。

我也助力说，是呀，现在满大街的人，哪个会说自己不正——

我的话音未落，就要被打脸了，因为马总已经来了，他手里拿着大家的身份证，一一核对名字和照片，一边说手续什么都办妥了，一边将身份证还给大家，最后到我了，他朝我笑笑，笑得我一身鸡皮疙瘩。

马总说，你是混进队伍的哦。

我说，也不能算混进来吧，乘风村是我舅舅家，八竿子还是打得着的。

马总居然认同我的说法，说，你说得也有道理，看你这名字，就和乘风村脱不了关系，也帮你办了手续。

我拿回身份证，应该欣喜的，可我却喜不起来，怀疑更甚，他们明明知道我不是乘风村的，不懂中药，成不了一个合格的营销人员，却还留下了我，那总是有原因的，凭我的聪明警觉，我能够想到，他们应该是怕我被赶出去后会乱说话。

那我就继续潜伏下去。

至于我不能像表哥他们那样，不用培训就能上岗的情况，马总做了特殊的安排，十个人是分成五个组到五个社区开展工作的，我就分配给我表哥，表兄弟一组，表哥不想要我也不行，委屈大了。

我说，表哥，咱们走着瞧，我们两个，不定谁的贡献大呢。

我的话是带着含意的，但是他们听不出来。虽然身份证还给我们了，但是值得怀疑的地方还是很多，比如为什么我一提看生产车间，他们就支支吾吾；比如他们怎么能容忍我一个混进队伍的人继续混下去；等等。

或者也可以换个说法，真不是我多疑，我也没有刻意为之，实在是因为如今我们看到的骗子行骗的内容太多了，如此之多的教训，吓也把人吓醒了，若你还不吸取，那只能怪你自己了。

当然现在我不会揭露什么，我还要更多地留意他们的动作，我需要真凭实据，再说了，假如他们真的像马总说的那样，特殊照顾我，甚至厚待我，我也不是白眼狼，但是如果他们搞我，我就不客气。

再过一天，我和表哥就到了工作岗位，是城里的一个社区，叫福星社区。

我们出发前，给我们发了白大褂让穿上，我嘴又滑了，说，啊哎，让我们假扮医生啊？

发白大褂的管理人员说，不是假扮，你们懂中药，就等于是医生嘛。

我还想多嘴，被表哥打断，让我闭嘴搬箱子，那是我们的武器，几箱产品，没有这些，大爷大妈们是不会来的。

产品先堆放在社区的会议室的角落里，甚至还有一个社区工作人员来帮忙，我心知肚明，这都是企业和社区对接好了的。

我表哥到底还是嫩呀，真是年纪长在狗身上，他看着这许多包装精致的产品，很心疼，对我说，这么好的产品，怎么能白送呢，哪怕打点折也好呀！

我说，嗛，白送人家也不一定敢要呢。

表哥没听明白，朝我瞪眼，说，等一会儿，你别说话啊，你一说话，事情就乱套，所有的问题，我来回答，你负责发产品就行。

我说，那如果正好是我懂的问题，我也不能回答吗？

表哥瞧不起我，说，你懂，懂屁。

通知的时间是两点，一点多，就陆陆续续有社区的大妈大爷来了，通常城里的这些老人们，都是成群结队的，一起来一起走——你也许要怀疑我了，我一个乡下人，怎么会知道城里老人们的习惯呢？

无疑，我是和他们打过交道的。但那是另一个故事和另几个故事，今天在这里不说它。

今天我注意到一个新的情况，大妈大爷们并没有一起进来，先是一个大爷，站在门口朝里边探头探脑，还有点鬼鬼祟祟的样子，年纪大的人这么做，显得有点奇怪，若不是因为他年纪大，我会以为他和马总他们是一伙的呢。

大爷看了一会儿，既不进来，也不走开，但是表哥已经很兴奋了，赶紧过去招呼大爷，请他进来。

大爷盯着表哥的脸看了半天，说，哦，不是上次来的那个了。

表哥说，一样的一样的。

大爷眼神不济，没有看到堆放在角落里的赠品，四处张望着，疑惑地说，咦，你们的赠品呢？

表哥把大爷请进来，带到角落，指着那一堆说，喏，这里，大爷你看，东西不多，先到先得。

大爷说，我知道了，你们等一等，我去去就来。

表哥着急说，大爷，你不会不来了吧？

大爷说，怎么会，你们赠品还没发呢。

还好没让表哥担心多久，没过一会儿大爷就进来了，后面跟了一位大妈，然后，又是一位大妈，又一位大爷，他们一个一个地进来了。

为了区别这个大爷和那个大爷，我心里暗暗地把头一个进来侦察情况的大爷称为"带头大爷"，这位带头大爷确实很负责任，他进来后就指着角落里的赠品对大家说，有的有的，在那里，我已经检查过了，是正品。

大爷大妈们都随之点头称是，其实我并没有刻意地观察他们，但是他们的神色，让我感觉有些奇怪，和我以前接触过的他们不太一样，我想了想，归结于他们可能是身体有恙，所以神态奇异。毕竟今次的营销，不是那种假保健品，也不是什么以次充好的治疗仪器，而是真正能治病至少能够缓解某些症状的中药饮片，这都是有政府批文的，生产也好，销售也好，不能自说自话乱来的。

谁知道呢。

等时间差不多了，第一个环节就开始了，居民提出健康问题，表哥负责回答，我负责发赠品，谁提问发给谁。

大爷大妈都纷纷举手，感觉高度配合的样子。

大妈问：医生，我七八天也大不出一次便，怎么搞的，怎么办？

马总果然把我们当医生用了，"医生"答：大妈，你这是年老力衰的原因。对症的药物：当归加柴胡。作用：润肠通便。

然后我把当归和柴胡饮片发给大妈。

大爷问：医生，我每天晚上要起来小便六七次，怎么回事，用什么药片治？

"医生"答：大爷，年纪大了，膀胱容量减小，功能下降，肾脏虚损。对症的药物：女贞子饮片。作用：补肾。

我又给大爷发女贞子饮片。

再一个大妈问：我早上起来嘴巴又干又苦。

这个我也能答了，但机会还是留给表哥吧，毕竟他比我更像个小头目。

"医生"答：大妈，你这是上了年纪，脾胃失调。对症的药物：二黄饮片：黄芩，黄连。作用：去热清火。

问答双方配合得很好，问，问得靠谱，答，答得标准。可是却更加引起我的怀疑，这不就是培训的教材上的内容吗，竟然如此地高度契合，难道这买卖双方是事先勾搭好了的？

我不得不出来说句话了，我说，喂，你们等一等，我问一下，你们事先排练过的吧？

那个带头大爷说，那当然，要不然呢？

我一下子蒙了，我看了看表哥，这蠢货完全没有感觉，他还暗自得意呢，以为自己倒背如流，应对自如呢吧。所以他又嫌弃我嘴贱，批评我说，陈皮，你哪根筋又搭错了吧，老年人问病，不就是这些病吗？

我不服的，我说，都七老八十这把年纪了，怎么都是些鸡毛蒜皮的问题。

表哥说，若是很重的病，他们都住在医院里，或者躺在家里，来不了的，若是一点病没有，他们也不会来这里咨询，所以都是这些鸡毛蒜皮嘛。

表哥说错了吗？真没有。

我也受到了启发，我还举一反三了，我说，哦，那我知道了，其实他们的病因，都一样，就只有一个字。

我这一说，显出我的与众不同，显出我的善于概括提升，我以为他们买卖双方都想知道我说的是哪一个字，他们会竖起耳朵听，那我就乘机卖个关子，我会伸出一根手指跟他们说，猜猜，哪一个字？

结果大失我之所望，他们对我的那一个字根本没有兴趣，他们的心思在继续进行咨询问答上。

几轮下来，大爷和大妈中间，有少数人开始不按脚本走了，他们的问题开始超出教材。

比如一个大爷说，怎么你们处处要提到黄连，好像黄连是百搭啊？

有个大妈说，黄芪明明是治妇女病的，怎么那个老头你也给他开了？

他们对药效的怀疑，让表哥的台词对不下去了，表哥又蠢，竟然说，大爷，大妈，关于药效，你们带上饮片，回去试了就知道。

大爷和大妈并不接受表哥的说法，如果等回家再试，那今天这半天的咨询很可能是白搭，甚至会是上当。

我把教材瞄了一眼，只记住了失眠和合欢皮饮片这一对，我壮了壮胆，上前说，我们的饮片，都是有成功的案例的，我展示出合欢皮饮片，说，我妈就是案例，她一直头涨，睡眠不好，吃了这个饮片，好了，头一沾上枕头就呼呼大睡。

一个大爷表示怀疑，你说你妈，我们又没有见到你妈，怎么知道她的状况怎样？

另一个想得更深入，说，就算见到你妈，就算你妈身体很好，精神焕发，也不知道是不是这个药品的作用，我们又没有看见她以前什么样子。

别说，这些大妈大爷们，逻辑思维还挺厉害，我崇拜地看着他们，说，大爷，大妈，你们真厉害。

这话他们爱听，脸色傲骄，说，这是我们长期积累的经验。

又说，就是和你们这样的人周旋的经验。

再说，若没有两把刷子，我们也不敢走进你们的圈套。

我表哥见我也遭到围攻，怕我坏事，赶紧把我扒拉开去，自己又冲到一线。

我退到二线，正在考虑怎么样才能说服他们，感觉有人在背后拉扯我的衣角，回头一看，是一个大妈，她也不容我说什么，把我拉到一边，鬼鬼祟祟说，听说你缺个"你妈"？

我蒙了，什么意思？

大妈说，我的意思，我可以扮演"你妈"，我可以现身说法，告诉他们，我的失眠症，就是吃你们的合欢皮饮片吃好的。

我简直又蒙了，这是干什么，这是企业营销，还是影视剧拍摄啊？但是看着大妈机灵的眼神，我感觉有戏，我赶紧问，大妈，那你要提什么条件？

大妈说，你再送几盒饮片就行，如果赠品送完了，我免费表演也可以的。

还好，赠品还有一些，我赶紧去取来交给大妈，大妈立刻就走到前面去现身说法了，大家听得津津有味，看起来他们是相信了这个扮演"我妈"的大妈，眼看着要成功了。

不料等"我妈"说得差不多了，有个人就哈哈地笑了一下，说，别逗了，刘宝宝，你老是玩这一套，有意思吗？

其他人也纷纷说，是呀，被我们揭穿过，你又来了，又来了。

有人说，当真我们每次都要配合你啊？

原来是他们都认得的一个爱开玩笑的大妈。

玩笑归玩笑，我们的工作继续，表哥的讲解，虽然无法当场验证，而且也确实有少数人表示怀疑，但是大部分的大爷大妈还是相信他的，你看看他们的渴望的眼神就能明白。

我现在心里有点佩服马总了，马总作为一个中药饮片生产企业的老总，对于他的消费群体了解透彻，太透彻了。

或者，马总作为一个骗子集团的首领，也同样是合格的。

眼看着角落里的赠品越来越少、所剩无几了，大家的积极性更高，有的人问过了还问，也有的人干脆两只手都举起来了。

表哥真是以一当二，越战越勇，能让大爷大妈们满意，他自己也相当满意，当最后一件赠品送出的时候，大爷大妈们一片惋惜声，批评企业太小气，赠品带得太少。

按照马总的布置，我和表哥这一组的任务已经完成，而且很顺利，如果打分的话，我感觉可以打九十分，虽然我对他们的事先排练表示不解，但就现场的效果来看，还是比较成功的。

可奇怪的是，明明活动该结束了，大爷大妈们却没有起身离去的意思，他们一直在朝我表哥张望，看着他的一举一动，看着他的手，看着他的包，好像还在等待他拿出什么来。

不知道他们要等什么，表哥本来就蠢，连我都不知道的事情，他就更麻木了，他看着老人们，两眼竟然有些茫然。

"带头大爷"等了一会儿，没见动静，直接站起来，成竹在胸的样子，说，喂，小伙子，别扭捏了，下一个程序，该填表了吧？

表哥愣了一愣，他不知道填表的事情，只好反问大爷，填什么表？

我肯定比表哥明白，我问的是，大爷，你怎么知道下一个程序是填表？

大爷说，咦，你们的脚本，不都是这么写的吗，你们的工作，不都是这么规定的吗？

大妈们也随之附和，说，是呀是呀，都是这样的，先咨询，再发赠品，再填表，再什么什么什么。

有个大妈很体谅我们，说，你们把赠品都发完了，收不到表格，回去不好交代的，填吧填吧。

最离谱的，甚至还有个大妈安慰我们说，没事没事，表格拿出来吧，填也没事的，反正我们填的都是假信息。

事情到此，表哥终于反应过来了，他有一种恍然大悟的聪明样子，他激动地说，啊呀呀，啊呀呀，大爷，大妈，你们搞错了，你们把我们当骗子了，你们说的，那是骗子的脚本吧，我也听说过，是有这样的程序，不过我们不是，不过我们是——

那大爷笑道，明白明白，你们的脚本也改进了嘛，你们的业务水平也提高了嘛，你们更专业了嘛，如果我是你们的领导，我要表扬你们的嘛——

一个大妈也笑了，说，你们别听这老东西嘛了嘛的，他原来是当官的，习惯了用这种官腔说话。

大爷说，这哪里是官腔，我根本没有用官腔啦，我真用起官腔来，他们会逃走的——老太，你不是说看戏要看到底吗，其实你明明都知道他们怎么演。

大妈说，知道归知道，知道了还是要往下看的，就像你看电视剧，你明明知道那个人死不了，不照样还是担心他会死，不是一直要看下去吗？

表哥完全听不懂他们在说什么，但是我听懂了，幸亏我警惕性高，事先也有预感，我顺着大爷大妈的思路说，填表是让你们留下子女的身份证号码手机号码等等信息对吧？

表哥还在朝我瞪眼，那大爷倒是机灵，说，难道不是吗，难道这回又有新的版本了？

大妈配合说，应该是的，原来的那个版本已经搞得人人都知道了，行不通了，是要改了，是要改了。

大爷说，却原来，程序变了，不填表了，那么，跳过这个程序，下面的环节，该是产品介绍了吧。

表哥说，产品介绍？不是已经介绍过了吗？再说了，你们拿的赠品包装盒上，都有详细说明，更何况，产品的功效，主要要看实际的使用效果，等你们回去用过，就是最真实的产品介绍。

大爷有些奇怪了，啊？这个也跳过了，这一次脚本改动很大嘛。

愚笨如表哥，也终于感觉到问题的奇怪了，他左顾右盼，没有人能为他答疑解惑的，只有我了。他无可奈何地过来问我，陈皮，你知道这是怎么回事？

我说，你自己没有脑子吗？

我多问了，他肯定是没有自己的脑子的，所以我也不为难他了，我直接问他，马总说什么，你就相信什么，你认得马总吗，你知道马总是谁吗？

表哥说，马总是我老板呀。

这脑袋，把我气得真想捶他几下。

我们的对话，一直被大爷和大妈关注着，现在他们有了新的表情，是一种豁然开朗的表情，大爷说，原来，真的改脚本了。

大妈说，台词完全变了，不过水平还是那么蹩脚，你们两个搭档太暴露了，一个唱红脸，一个唱白脸——

大爷则是满脸写着问号，一边思索一边犹豫着说，这是一个什么样的新剧呢，这个环节也跳过，那个环节也跳过，那么会用什么我们戳不穿的办法来搞呢，我们可不要聪明反被聪明误哦，大家警醒一点哦。

表哥现在已经完全清醒了，赶紧跟我说，陈皮我们走吧，反正马总交代的任务我们都完成了，我只是没想到，他们以为我们是骗子——

我说，我们难道不是吗？

前面表哥一直是理直气壮的，结果却被我随口一句反问吓着了，脸色也变了，他在努力寻找和马总接触上以后的所有的回忆，越想越心乱，越想越慌张。我提醒他说，你想想，这些大爷大妈，明明知道我们是骗子，他们却还围在这里不肯走，干吗，想被骗？被骗得不过瘾啊？

表哥翻着白眼，想不出来，疑问说，他们，他们要干什么？

我吓唬他，其实也在吓唬我自己，我说，他们不会是在等警察吧，可能已经有人偷偷地报了警呢。

一位大妈听到了，反对我说，喂，小伙子，我们不会报警的，报了警，你们就再也不来了，你们不来，我们上哪里去领这么好的赠品？

但我的预感还是准确的，其实早就有一个路过的居民，探头看了看，发现情况不对，他报了警，后来警察真的来了。

一看大爷，认得的，说，喔唷，这不是张大爷吗，你又来参加演出啦。

大爷笑道，怎么不是我，就是我哎。

警察也笑说，你们明明认为他们是骗子，为什么还要来跟他们搅？

不等带头大爷回答，其他大爷大妈都抢答了。

为什么不来，骗子归骗子，这个赠品是货真价实的。

他们这回真是下了血本的，不仅赠品靠谱，推销员也真懂一点医的，不捣糨糊。

再说了，他们帮我们打发消磨时间呢，不然呢，要么跳舞，要么麻将，动得太多不好，坐得太多也不好，还是来看看戏有意思。

也不是单纯看戏了，我们等于自己亲身参加演出呢，好玩。

……

原来，大爷大妈们是来玩我们的。

我以为警察会来找我和表哥查问情况，说不定还要扣留我们，可是等了一会儿，警察并没有这样的动作，他还朝我们笑笑，指了指那些赠品说，这个我认得，你们的马总，我也认得——他一边说，一边拿手机打电话，还开了免提，电话那头正是马总。

警察笑道，马总啊，你好好的企业，什么不好学，去学骗子的招数？

马总的声音带着哭腔说，周警官啊，我没招啦，什么招都用过了——周警官，你帮我们跟他们说一说，让他们明白——

周警官说，别，别别别，我可说不明白，现在的大爷大妈警惕性比警察还高，我都不以为你是骗子，他们却能看出来你是骗子，你看他们自带的剧本，编的那个水平——呵呵，我要是帮你说话，他们连我都一起编进去。

带头大爷得意地说，警官，我们的脚本，也是在长期的实践中总结出来的哦，接地气的，有实用性，你们警方如果需要的话，可以提供给你们作参考的。

他们的对话，听得我表哥一愣一愣的，整个人都蒙了，明明警官认得马总，也证明了马总的企业是正规企业，表哥却再也不敢相信了，他摸了摸口袋，嘀咕说，还好还好，身份证还给我们了——

我开导他说，表哥，你误会了，马总不是——

表哥毫不客气地打断了我，指着我说，陈皮，我怀疑你是马总的托，我早就听说你在外面就是干这个的。

表哥说完这句话，转向就走了。我呢，我当然不能让表哥一个人走，我们是一起来的，走也得一起走呀。

后来我回家了，我把这个经历说给我妈听，我妈听了听，就啐了我一口，说，你就编吧，你真会编。

我说，妈，我没有编，不信你问我表哥——

我妈打断我说，葛根一直在村里带领大家种中草药，现在销售渠道也越来越畅通了，他们还和人家制药的企业签了合同，大家都选他当村长了。停顿一下，我妈又说，葛根前一阵带信过来，叫你别在外面瞎混了，他喊你过去和他一起干呢。

我蒙了，难道是我做的一个梦？不可能，哪有一个梦做那么长，又那么生动逼真的。

或者就是我妈的信息又滞后又错乱了。

我正在疑惑，我的电话响了，是我老板打来的，说，陈皮，你还干不干啦，这都过了正月啦，我们再不动，老人家们都要想念我们啦。

我说，老板，我不干了，我找到新的活了。

我老板说，啥活？

我说，跟我表哥去搞中药。

我老板心大，他也不责怪我抛弃了他，"哦嗬"了一声说，哟，那个局更大哎，恭喜你啦。

冯荃女士

　　我父母去世以后，我家的老房子就没人住了。开始几年，我一直在忙于整理自己的生活，没有心思也没有时间去整理老屋。我在外面漂泊了许多年后，终于回到家乡，心才稍稍安定下来，也才想起了老房子，虽然暂时还没想清楚要把它怎么样，但至少可以找中介先把它租出去，就赶紧联系了一家中介。

　　中介就开在我家老房子所在的那条小街上，门面小，是我需要的，我家那一点点旧屋，找这样的中介恰好。互不嫌弃。

　　老房子是一处平房，只有一统间。不过好在这种老房子的统间，不仅开间大，层高足有三四米，我好像听我妈说过，从前房梁和椽都是明的，没有天花板，后来有了天花板，房屋上方就不会显得那么空荡阴森了。不过我并没有问我妈天花板是什么时候加上去的。这不关我事。

　　我从小跟父母不亲，是因为我和我爸不是一个姓，大家都说我是厕所里捡来的，我问过我爸我妈，问了好几次，他们都叫我不要听别人瞎说。但我心里一直是有怀疑的。

　　我家的门原先是朝南的，从大院里进出，和大院的邻居低头不见抬头见。后来大院里的居民各自为政，搭建了花式品种多样的违建房，害得我家的房门一开出来，就正对着隔壁邻居家的一间放马桶的小屋，他们连门都不装，只用一块布帘子挡一下，风一吹，帘子掀起，坐在马桶上的是谁，看得清清楚楚。

真是出门见屎。

他们也知道我家会有意见，夫妻俩轮番到我家来诉苦说，这也是没有办法，家里三个孩子，都长大成人了，马桶却一直放在爸爸妈妈的床前，这叫十七八岁的姑娘小伙怎么办。

气得我爸直接就把自家的门封了，把朝东的窗户改成了大门，从此我们的家门就沿着街巷，我们的家就背对着大院和邻居了。好像我们这一户，被这个大院踢出来了。

我妈老是嘀咕说，其实不合算的，其实不合算的。埋怨我爸做的都是吃亏的事。

那时候我在外地上大学，那一年放假回家，差一点没找到自己的家。我正想扭身而去，可是一个多事的邻居叫住了我，把我从院子里领出来，领到家门口。

我妈生病了，我爸写信让我回来看看我妈，我才勉强回来，我上大学的那个城市离我的家乡很远。是的，我是故意的。

准确地说，我家的那间房，确实不太好找：大宅东二路第二进五开间中最东边的一个统间。

从这样的文字里，你能把它想象出来吗？

至少，你可以想象出这个院子是一座大宅吧。

这座已经和我家背靠背的老宅，现在大家习惯称它吴宅，我们家已经放弃进出的那个大门门口，有一个控保建筑的牌子，上面写的也是吴宅，但是后来有一次，我无意中看到我小时候的邻居也是我的小学同学小曹，在朋友圈发了一组图片，就是这个宅子的，文字说明却是：丁宅。天下状元第一家。

吴州丁氏是状元大户，在吴州明明有他们家的老宅，那可是大名鼎鼎的名人故居，受到保护重视，修缮以后，重现辉煌。怎么又冒出来一个丁宅呢，是小曹搞错了吗？

当然不是。关于平江后街8号的这个宅子，到底是吴宅，是沈宅，是潘宅，还是丁宅，历来都是有争议的，也有不同的记载。

假如原来确实是丁宅，后来转卖给他姓人家，那么算谁呢，当然算后来的买主。但是如果后来的买主不如原先的户主名气大，那么也可以原来的户主命名。反正无论原来还是后来，都已经烟消云散了。

我特意问了问小曹，小曹说，我瞎说的。

我说你为什么要瞎说呢，小曹却又认真起来，说，其实我不是瞎说的，事实就是这样的，但可惜——

可惜什么？

可惜没有实证。

那等于还是瞎说。

我也瞎鼓励她说，如果你是金口，瞎说说，说不定也会说中了的。

我们一起笑了起来，笑声中含着一点对老宅的轻薄和蔑视。

因为它和我们一样，都老了，我们嘲笑老宅，也就是在嘲笑自己。

其实我们的目光不应该如此短浅，如果有一天，证实了如小曹所说，那么我们这个平江后街8号的命运就会发生翻天覆地的变化了。

至于是什么样的变化，现在它还没来呢，也不知道它会不会来，还是等它来了再说吧。

我也不着急。几百年都过去了，再过几十年、几百年，也都是一眨眼的工夫。

我就继续保持对老宅不即不离不痛不痒的态度吧。

这种老式的晚清时期的砖木结构房屋，经过了百十年的风吹雨打，已经老朽破败得很了，好在近些年政府统一把老房子改造修缮加固，又搞了独立的厕所和厨房，出租就方便多了。

只不过这种处于古城小巷深处的老房子，实在也租不出个什么好价钱，所以我没太放心上，只管请中介小刘代理就行。

现在的人都没有长心，租房子也一样，不长的时间里，就换过几个房客，不过都还说得过去，有一个女生走的时候丢弃了无数的网购垃圾以及许多还没有拆开的快递，还有一个租客把一台小型电扇带走了，这都是小事，也不用怪你怪他了。

　　好在房子虽旧，总有适合的人要住，上一个房客走后，中介小刘很快就联系我，说新的房客又来了，一切程序照旧，押一付三，房租是中介小刘根据行情，主动替我加了一百元。

　　每次有新房客到，我都要抽空去一趟，倒不是我多么想要见见房客的面，我和他们没有别的关系，只有金钱的关系。但是出租房屋有规定，户主要自己来签租房合同，要签名的，有几次我想请中介小刘代签，但是小刘很规矩，说不行，你好歹得自己来一趟。

　　就这样几年里我见过了好几个租客，大致记得，一个是银行柜员，一个是公司文员，一个是帮人画动画的，还有一个，起先在企业打工，后来开了直播间，想做网红，没做成，撤了。

　　现在，最新一个租客也到位了，是个女生，姓冯，名荃。这个名字好像有点熟。不过也管不了那么多，称她小冯即可。

　　手续办好后，我们就拜拜了，现在到处都是速度，真好。片刻，手机信息告知租金已到账。

　　我没有加小冯的微信，不需要。我们都是讲诚信的人，不会撇开中介私下直接联系的，所以户主和租客平时没有什么交集，租金是中介小刘代收代转的，中间出现一些问题比如水管漏了，老式空调要加氟利昂之类，都是中介两边协调的。

　　所以，除了第一次非见不可的面签，之后就形同陌路，相忘于江湖。

　　前面的几位租客，基本上都是这个路子。

　　但是正如你们所猜想，到了小冯这里，发生了状况，否则哪来的故事往下写呢。

　　先是中介小刘发微信给我，说是租客反映说房子里有声音，这话说得不明不白，也不合理，现在这个世界上，到处有声音，所谓的万籁俱寂，那可能是远古时代的事。

我想回信，又觉得写不清楚，干脆语音了小刘，我说，那是老房子，有声音很正常，木板壁，隔音差，我们小时候，隔壁人家放个屁都能听见，何况现在又过了几十年，这些板壁已经毁得差不多就是一张硬纸板那样了。

小刘语音回复说，她说不是隔壁人家的声音，就是你家房子本身有声音。

我说，那也正常呀，老房子有点声音，太正常了，没有声音才怪呢，木结构的，热胀冷缩，有点吱吱嘎嘎的声音，那才叫老房子。

小刘停顿了一下，好像是相信了我说的，他说，好吧，我跟她说。

安静了两天，小刘又来微信了，说，她说不对，她晚上仔细听了，不是木头结构发出的声音，也不是房子本身的声音。

那是什么声音？

不是要拍恐怖片吧。

不是木头的声音，不是房子的声音，难道会是人的声音？这间房子，据我所知，是我爷爷买下来的，那时候这个姓吴的大户人家败落了，后辈子孙卖祖产，可是要卖他们也不好好商量着卖，你卖一间，我卖一间，东卖一间，西卖一间，搞到最后，一个吴宅里的几十间大小屋子，竟然有了好几种身份。

这是另外的话题了，暂且按下不表，如故事需要，再拿出来说事。

我家的这一间，成为我家以后，就只住过我爷爷奶奶和我的父亲母亲，还有我。

难道是老人家们在说话？

不要吓人。

我也曾看到过类似的说法，说如果老房子地底下有空间，会吸收地面上的声音，等到具备了一定的外部条件，就会反馈出来。

也就是说，你会听到地下有人在说话。

难道我家老房子下面，有个空间？不知道大不大。是古墓？是防空洞？是另一个世界？

我想多了。

还有别的解释，说是有什么磁场，会将过去的声音或者影像吸走，然后到时候再放出来，这个有点像拍电影了。

而像故宫的那个电闪雷鸣之时宫女行走的传说，它的依据居然也蛮像个知识的，叫"四氧化三铁"，听起来很科学哦，所以许多人相信。辟谣也没有用。就是一直有人相信。

那么我也且照着"科学"的精神推测一下，如果小冯听到的是人在说话，那我先得了解一下，他们是什么口音，这样也许我可以判断出说话的是我爷爷奶奶，还是我的父亲母亲。

我爷爷奶奶是从苏北乡下逃荒逃来的，爷爷有点文化，就在巷子口摆个代写书信的摊子，也算半个文化人，做得还不错，至少后来能买下吴宅的一间房，很了不起了。只是他们的口音一直没有改变。

我的父亲母亲就不一样了，他们出生在这个城市，从小到大，一直生活在这里，受苏北口音的影响不大，讲得一口地道的本地话，尤其我的母亲，娘家就是本地人，在她的熏陶下，我父亲的那一点点苏北尾音，也消失殆尽了。

我耐心地跟小刘解释口音的问题，扯到一半，好脾气的小刘却打断了我，说，阿姨，可是她明确说了，不是人说话，她说她听出来，像是弹珠在地上弹跳的声音。

我"啊哈"了一声后，忽然就呆若木鸡了。

在我内心深处，或者是在我的大脑的某个角落，有一团被遮蔽的阴影，它一直守在那里，许多年来，我能够感觉到它的存在，却始终无法将它拉出摆到阳光下看清楚。

奇怪的是，当小刘转述出小冯说的"弹珠"两个字的时候，如同一道闪电，瞬间照亮了那团阴影。

就是弹珠。

我脱口而出说，弹珠？什么弹珠，玻璃弹珠吗？她一个——95后？00后？她知道玻璃弹珠？

小刘的态度一直很好，他年纪轻轻就知道和气生财，很好。但是现在碰到这样的事情，他终于有点忍耐不住了，他小心试探我说，阿姨，要不，你直接和她联系行不行，因为我在中间传话，传不清楚，这不是我能解决的问题，我做了好几年中介，还从来没有碰到过这样的事情。

那是，这种事情，吓人倒怪，要是天天碰上，会怀疑人生的。

我只能同意小刘的建议，其实中介原本是最担心户主和租客私下联络的，现在他主动地甚至带点生硬地把我和小冯拉在了一起，微信刚一加上，小冯就联络我了。

我说，我听中介转告了，说你听到疑似弹珠在地板上滚动的声音？

小冯说，不是疑似听到声音，是真的有弹珠，玻璃弹珠，非常分明，开始是从高处掉落，哒——哒——哒——，那种一弹一弹的声音，然后慢慢地降低，减慢，最后是滚落地板，然后还在地板上滚动一阵。

我说，再然后呢？

再然后就没了。

我又想了想，我问她，你小时候，玩过玻璃弹珠？

小冯说，没有。

那你怎么知道那是玻璃弹珠？

小冯对答如流，我从网上查的。

我心里嘀咕一声，那你怎么不查钢珠铁珠珍珠，还偏偏知道个玻璃弹珠。我觉得这个小冯有点奇怪，就提出跟她视频通话，我想看看她的脸。

视频一连接，我看到小冯的脸色，不是我所想象或预料的害怕或者惊慌，反而感觉有一点诡异，她似笑非笑，而且我的心理活动，她似乎能够察觉。她笑眯眯地跟我说，阿姨，我寻思，可能是你小时候玩过的，藏在家里什么地方，现在房子老了，松动了，它们就滚出来了——从弹珠落地第一声的音量和重量感来分析，它应该是从比较高的地方掉下来的。

还好，她没有分析出有人在半夜里扔弹珠。

她不仅有逻辑，还有推理。

她的推理，把我推回到小时候了。我小的时候，有一段时间，曾经非常痴迷玻璃弹珠，虽然女孩子不玩打弹珠游戏，但是五彩缤纷的玻璃弹珠，在那个色彩单调的年代，简直就是我们的花花世界呀。

女孩子不玩打弹珠游戏，弹珠就到不了女孩手里，那怎么办呢，捡。

现在回想当年的那一段时光，那就是今日归来如昨梦，云里雾里，走路都踩在棉花上。阴沟洞里，水井旁边，弄堂旮旯，天井角落，但凡有人脚印的地方，都是我的目光所涉及之处，我妈看我眼睛发直，眼神发定，以为我得病了，还带我去了一趟医院，结果还是医生眼睛凶，说，回去回去，这孩子没病，心术不正，心里有鬼。

鬼比病更可怕，我妈逼着我把心里的鬼说出来，我才不。

可是我已经知道，要想捡到弹珠，还想捡到很多弹珠，那是骗鬼。所以后来也就只剩下唯一的一个办法——对的，你们猜到了：偷。

我们大院里有个男孩，打玻璃弹珠凶得很，赢了很多弹珠，得了个绰号叫"弹珠大王"，每天走到东走到西，都有跟屁虫马屁精追在后面讨好。据说他有一百多颗玻璃弹珠，装了半书包，每天挎在身上，也不嫌重。

不求拥有，但求看上一眼吧。

有一天终于轮到我了，弹珠大王的爸爸从部队回来探亲，这可是家里、院子里、巷子里的大事，那一天大王也疏忽了，高兴使人麻痹，他竟然把书包搁在天井的水泥台上，就奔进屋去喊那个解放军了。

正好我经过吗？

才不是。

我已经久候着这一天了。酝酿了许久的我，抓住了时机，十分镇定地走到水泥台边，背起大王的书包，真的很沉哎，我肩一垮，腿一软，打了个趔趄，但最后还是挺住了。

是五彩缤纷给了我力量。

我跑回家慌慌张张把大王的书包塞到床底下，再反身出去观察"敌情"。

我没有想到大王失误的时间那么短就醒悟了，当我再次回到事发的天井里，大王已经躺在地上游动着身子大哭大闹了。

我吓得又赶紧跑回家，往床底下张望一下，顿时魂飞魄散，床底下的书包已经不见了。

那天晚上大王家大动干戈，组成了居委会、派出所、解放军三结合搜查小组，在大院和巷子里，挨家挨户询问——说是询问，实质就是搜查啦，他们东翻翻西瞅瞅，一群人到我家的时候，吓得我差点尿裤子。

当然，他们没有搜到玻璃弹珠，那只书包已经无影无踪，但是他们不甘心就这么撤退，派出所的公安警惕性高，朝我家的天花板看了又看，然后他"咦"了一声说，这种老房子，一般都没有天花板的，你们家怎么会有天花板？

我妈直接回答说，天花板是密封的。答非所问。

难道我妈做贼心虚，不打自招了？

不过幸好他们没有梯子，没有上天花板的办法，就留下一句话，明天借个梯子来，挖地三尺，上梁揭瓦，也要找出来。

一夜无话。

当然，是因为我睡着了，不知道别人有没有话。

一直到早晨起来，我才知道，一夜是有话的，有很多话，我爸我妈把我出卖了，他们把大王的书包交了出去，承认是我偷的。

反正我又不是他们亲生的。

因为爸妈主动代替我坦白交代并且退还了赃物，派出所和学校都没有把我怎么样，毕竟，能把一个七八岁的偷玻璃弹珠的孩子怎么样呢。

我走出院子去上学，看到大王走在前面，背着那个沉甸甸的书包，身后跟着一大串崇拜者。

这个情形，已经离我远去半个多世纪了，可是小冯的一句话，又把我打回了原形，因为弹珠回来了。

可是事情还是有蹊跷的，当年爸妈把我出卖了，大王的玻璃弹珠也物归原主了，几十年后，小冯听到的弹珠声音是从哪里来的呢？

我努力把自己的思路调整到正常的频道，一调整了，我就觉得自己想明白了，我说，那这样吧，你再试试，如果你觉得不适合住、不想住——

小冯立刻就说，阿姨，您别误会，我不是对房子不满意，我喜欢这样的老房子的，我只是想知道声音到底是怎么回事。

我可说不出是怎么回事。我又没有听到。

由小冯再住、再听，只过了一天，中介小刘又联系我了，希望我能够到他店里去一下，他口气有点急切，说小冯也马上就到，我估计小冯有了什么真凭实据，不想去也得去一下了。

果然我们在那个狭小的门面里一见面，小冯就朝我一伸手，摊开手掌，手心里真有一颗彩色玻璃弹珠，就是我们小时候玩的那种，细看，上面还有些小的坑坑洼洼，打弹珠的时候，弹珠互相撞击撞出来的。

小刘也凑上来看看，他小时候在乡下生活，好像没人玩这个，他有点疑惑，疑惑中还有一丝担心。

可我才不会上小冯的当，我说，这个，你可以去买呀。

小冯说，哪里有卖？

我一时间还真想不起来哪里有卖，毕竟这都是大半个世纪前的东西了，我想了想后，灵感来了，我说，你可以到小商品市场去买。

小冯居然坦然地点了点头，好像她早就知道，是故意试探我的。

难道她真是在小商品市场买的吗，那她到底想干啥？不想住了，要提前退租，又不想损失押金和提前交了的房租，所以搞个玻璃弹珠来挑事情？这都算不上什么创意，而且根本用不着的。

我直接就说，你不想住就不住吧，押金退你，你预付的租金，也好商量的。

小冯立刻说，阿姨，我不是要退租，我要住的，我很喜欢这个房子，我只是想了解一下，弹珠到底是从哪里滚出来的。

我不作声，我也不知道弹珠是从哪里滚出来的。

小冯见我装聋作哑，就直接推动说，阿姨，要不，你一起回去看看？

我不想回去。可是除此，我还能怎么样呢。

我们又朝小刘看看，看得出小刘并不想去，但也许是良好的职业素养或者是其他什么原因，让他觉得他应该一起去一下。

我们三人就一起往平江后街我家过来。我已经很久没有走进老屋了，当时打扫卫生，是请清洁工做的，我在门外等着，清洁工以为我怕灰，朝我看了两眼；换门锁也是锁匠来换的，我一直远远地站着，等到锁匠把新钥匙交到我手上，我都没有想到要去开一下门试试。

是的，我不敢进去。

为什么我上大学要走得那么远，大学毕业我就跟着男友远走天涯，母亲病逝时，我们正在北方的冬天里玩滑雪，滑雪滑得真快，一下子就冲到了山那边。我没有能够见到母亲最后一面。后来父亲去世时，我忙着晋级考试，接到父亲病危的通知，我没能立刻放下前途赶回家，也一样没能见上最后一面。

所以多年来我一直不怎么敢回去，好像他们还等在那里。

现在我不得不去和他们见面了，他们要责怪我，就责怪吧。

现在我们三个站在老屋中间，东张西望，毫无疑问，这时候弹珠是不会出来的。

这是我出生和长大的地方，尽管时光让它有了些陌生感，但毕竟我还是认识它的，我四处打量，上下张望，除了家里的一口大橱的橱顶，别的再没有"高处"了。

这口大衣橱是个老物件，它和房子一样，很高，橱顶上有东西，站在屋里的人是看不见的，作为户主的我，许多年都不曾踏进来，小冯是个租客，也不会爬上去看看橱顶，小刘端了凳子，在凳子上再踮起脚，看到了。

什么也没有，除了灰尘。

高处没有，只得往低处找，可是根据小冯的判断，明明是从高处掉落下来，然后弹跳，然后滚动。

所以，低处就更不会有了。

我不知道我的心情是怎么样的，我根本不知道我是希望找到弹珠呢，还是不希望找到弹珠。我只是知道，现在这屋子里没有弹珠，高处没有，低处也没有，它们无处可藏。

我想走了，可是小冯喊住了我，她指着天花板说，阿姨，天花板。

我心里忽然"咯噔"了一下，不由自主地重复了一遍几十年前我妈说过的话，我说，天花板是密封的。

其实我不相信。

可是天花板太高，站在下面看不清楚，假如它不是密封的，那里也许有一块活动木板，要不然，弹珠是怎么跑进天花板的呢。只是因为我有较严重的颈椎病，无法长时间地仰起脑袋细细地往上看，我请小冯和小刘朝上面看，他们仰着头看了一会儿，虽然天花板做工精细，严丝合缝，但是年轻人眼神好，仔细看了，是能够发现缝隙的。

小刘绕到后面的院子里，想去借一架梯子，结果梯子没借着，倒是跟过来两个邻居，好在他们不是老邻居，是新住户，我不认得他们，他们也不认得我。但是他们有点多嘴多舌，争相告诉我们说，这个房子很长时间没有人住了。

其中的一个，朝天花板看了看，转身出去，一会儿进来时，人没进屋，先顶进来一根又长又粗的竹竿。

接着他们就用这根竹竿顶我家的天花板，东戳戳西戳戳，不一会儿果然戳到一块松动的木板，听到"噗"的一声，大家都"呀呀"起来。

我妈说谎了，天花板不是密封的。

头顶上有个大大的储物空间。

从那个空间，没有滚出一书包的玻璃弹珠，却扒出来一个长方形的油布包，拆开来一看，包裹着一块金光闪闪的匾牌，上书"富贵"两字。

恰好小曹的电话来了，她问我在干什么，想约我喝茶，我说我在老屋，在天花板上看到了"富贵"两个字的匾。

小曹在电话那头尖叫起来，要死了，要死了，她大喊大叫，激动得语无伦次，她说，真的要死了。

事情就是这么简单。

这是一块嘉庆皇帝赐给丁家的匾牌，始终不知下落，想证明吴宅就是丁宅的一方，一直在寻找这块匾；反对吴宅就是丁宅的人，总是泼冷水，说不可能在吴宅找到丁家的东西。

他们一直找不到它，是因为这些年来，我家一直背对着大院，他们把我家忘记了。

现在好了，它跟着玻璃弹珠一起出来了。

我告诉小曹，除了这块匾，还有一张字条，上面写着受某人委托，现将"富贵"藏于天花板内，并不知何时何日能够重见天日。如若后人发现，望能物归原主。

落款是我爷爷。

小曹却不爱听，她胡乱地说，不管不管，只要有匾就行。

确实如此，有了匾，吴宅就恢复成了丁宅，迅速从控保建筑升级为市级文物，省级文物的批文也正在来的路上。

小曹终于约到我喝茶，还叫了一个小学同学小金，我们聊了很多话题，后来也聊了我把老宅出租的过程。

小曹是个马大哈，没有听出什么意思。小金比较细心，说，哦，租你房子的人也姓冯啊？

我没有听懂她的意思，朝她看了看，说，是呀，姓冯怎么啦？

小金问，那她叫冯什么呢？

我说，她叫冯荃。荃，就是草字头下面一个全部的全。

我的两个儿时伙伴，脸色古怪起来，她们先是愣了，蒙了，一言不发地看着我，好像不认得我，又好像怀疑我，过了片刻，她们共同发出奇怪的大笑。

可我更奇怪呀，就一个租客，名叫冯荃，有那么好笑吗？我说，你们笑什么呢？

小曹说，冯荃，你别逗了，你不就是冯荃吗？

小金说，怎么会这么巧，你难道碰到了一个同名同姓的人？

这下子轮到我张口结舌了。

小曹和小金就轮番地进攻我了，她们说，你是以为我们老糊涂了，捉弄我们吧。

我们老是老了，但还没有糊涂呢。

其实是我被她们搞糊涂了，我说，什么什么什么，我不是叫于梅吗？

小曹说，冯荃，你得了吧，还想搞我们，于梅是你的微信名，不过，我们早就把你改成原名了。

她们两个把手机给我看，果然，在她们的手机里，我的名字就是冯荃。

小曹说，装，你继续装——别以为那时候我们小，就不懂，你妈姓冯，你是跟你妈姓的，这个我们都知道。

我怀疑说，你们都是跟爸爸姓的，我为什么要跟我妈姓？

小金说，那还用说，你爸犯错误了，怕影响你吧。

虽然她们说得言之凿凿，但我不能相信她们，这俩货，小的时候，就喜欢联手作弄我，我不会轻易上她们的当。

我们散场的时候，经过茶室门口的柜台，当天的晚报到了，搁在那儿，我一眼瞄到一个通栏的大标题：冯荃女士子承父愿，找到并捐献金匾，为状元府正名。

小曹和小金也看到了，她们两个一脸诡异地朝着我笑，好像在说，看你再跟我们玩花招。

所以，我也不得不承认我就是冯荃女士了。

看　见

　　艾可从小到大一路学霸，会考试，而且不惧怕考试，只要一坐下来，进入安静状态，就有如神助，哪怕准备不够充分，也总是能够发挥出最好的水平，让人刮目相看。

　　可惜了就是眼睛不好。还不是一般的不好，是很不好，高度近视，高到多少度，到后来已经没有数了。小时候还知道，开始就是八百，然后就到了一千，很快又过了一千二，再到后来，都检查不出来了，但近视还在继续赶路。大家都说，艾可，你要瞎了。

　　其实这时候他已经比较泰然了。不像刚开始时那么焦虑，又时时怀着期盼，一直焦虑就焦过头了，一直期盼也一直盼不到什么，后来也就慢慢平静了。现在他是既不期盼，也不焦虑。随便。

　　他是个不戴眼镜的近视眼，因为无法戴眼镜，因为但凡能够配到的最高度的近视眼睛，对他来说，也只是个摆设，起不了作用，所以干脆就不戴了。好在光感还是有的，身边有什么东西，也能看得到，当然看到的并不就是那个东西，看到的只是一团模糊。好在模糊也是个东西，他只要看到了那团模糊，就不会撞到东西，就不会出事故。

　　他的工作，得到了照顾，但也可惜了他的学霸履历，他在单位办公室的后勤上做事，管管仓库，给同事发发办公用品，接转大家的报修要求之类。

　　这个工作不用长时候近距离用眼，对他还是比较适合的。他精力充沛，有劲无处使，哪个办公室说没有打印纸了，他就抱了送过去，哪个同事说这本新台历不喜欢，他就给他换一本喜欢的。

年终评选先进，人人想当先进，最后总是难平衡，给张三李四不高兴，给李四王五的积极性受影响，有人说那就艾可吧，他虽然眼睛看不见，但是工作很努力的，大家都觉不妥，但竟然也都没意见。

艾可原以为人生也就这样了，可是后来忽然又冒出了新的希望，有了一种新的治疗方法。其实从小到大，不知使过多少办法，近视眼不仅没有丝毫好转，反而每况愈下，艾可早就不抱希望了，可谁知道呢，希望现在又来撩他了，他又抱住了希望。

手术很顺利，拆了纱布，睁开眼睛，艾可一下子就看清了医生的脸，他这才真正地知道了，人脸居然是如此地生动，人的眼神是如此地有光彩，五官搭配得如此精妙，那嘴巴，说话的时候，丰富活跃，真是牵动着整张的面皮啊。

他激动得差点哭了，又差点想唱歌。医生说，别激动，别激动，还没到真正激动的时候，现在你是看得见了，但是手术到底是否成功，要有一个月的时间来考验，如果一个月以后，情况正常，手术才算成功。

也就是说，也有的人，手术后是看得见了，一切都清爽了，但是一个月后，又重新回到了模糊的状态，这也是常事。

艾可没想那么多，他还没来得及多想，现在他是吃惊、大吃惊，甚至是震惊，所有向他展开的一切，都令他十分地意外。

简直了，原来世界是这样子的呀。

他看到小区里的树也惊讶，他一直以为这里的树都是一样的，原来在他眼里那都是一团一团的，现在他才知道，原来小区里种了好多种树，有香樟树、银杏树、桂花树、广玉兰、枫树、梅花树等。看得见的世界真好，五彩缤纷呀。

看到邻居家养的一只吉娃娃在路边散步，他也惊讶，他以为那是猫，可是猫怎么长得这么奇怪呢？

他还看到了远处的高楼，简直就是目瞪口呆。城市发展高楼林立这事情他也是知道的，但是等到真正看清了这许多高楼，他还是震惊了。他一直以为他是生活在一个四处有山的城市呢，原来是楼。

总之，艾可简直像是换了一个自己，他都不敢相信，以前的那个人就是他自己，他是怎么理解这个世界的，他是怎么认识这个世界的。现在，他重新开始了，他的新生来了。

当然，相比树狗狗高楼之类，更要了命的是，他看清了所有的熟悉而又模糊的同事们的脸庞。

那一刻他惊愕地盯住他们的脸庞，他急着要拿平时积累起来的对他们的印象和判断，当然还有想象，来比对这张清楚而真实的脸庞。

结果就呵呵了。

原来，一个人的脸庞，和他的声音，和他的呼吸，和他的气味，和他的习惯使用的语言，和他的脚步声，和他的咳嗽声，甚至和他撒尿的声音，等等等等，竟然有那么大的差别。

比如艾可的同事小丁。小丁比艾可晚进单位，她和他成为同事，在一个办公室工作，艾可从来就没有看清过她的长相。其实艾可并不是瞎子。他不是一丁一点也看不见，但他若是想要看到一个人的脸庞，就必须凑到这个人的面前，几乎脸贴着脸，才能勉强看到一张模模糊糊的脸。

干吗呢，一张脸就那么重要吗？

正常的人应该不会这么想，一张脸自然是很重要的。只有一个无可奈何的人才会这样想。

所以艾可一直是凭着小丁说话的声音以及小丁说话的内容方式等来判断她的长相的。小丁嗓音轻柔，个性温和，说话从来不会高声粗气，艾可自然就觉得小丁会长着一张可亲可爱的圆圆脸。

所以小丁的脸庞，在艾可的脑海里，或是心里，一直是有具象的。

　　那时候同事还不知道艾可眼睛已经看得见了，他们和往常一样，该干什么干什么，并没有在意走进来的艾可像是换了一个人。

　　艾可一眼就看到了"小丁"，就在她平时坐的那个位置上，也就是平时她发出声音的那个地方，艾可上前笑着跟她打招呼，小丁小丁，你果然跟我想的差不多哎。

　　"小丁"朝他翻了个白眼。艾可好像还是头一次吃到这样的白眼，感觉挺新鲜的，尤其是一个貌美女孩翻出来的白眼，别有意境，这边艾可还在细细品味白眼的滋味，那"小丁"就说了，你谁呀？

　　艾可一听她的声音，立刻知道自己出错了，她不是小丁，他赶紧说道，咦，我艾可呀，平时是我看不见你，又不是你看不见我，你怎么会不知道我是谁？

　　"小丁"说，哦，你就是艾老师啊，艾老师你搞错了，我不姓丁，我是新来的，汪小君，你喊我小汪、小君或者汪小君都可以，随便你。

　　艾可蒙了，停顿了一会儿，他说，小汪，哦，小君，你什么时候来的？

　　汪小君说，上周五。来了一天，就双休了，不过主任跟我介绍过同事了，我听说了，有个艾老师在动手术，原来就是你啊，你动什么手术呢？

　　艾可说，眼睛手术，我原来眼睛看不见，现在能看见了——话音未落，其他同事也都已经得知了，他们放下手里的活，围拢过来，一个个死盯着艾可的眼睛看，好像要看看这双新的眼睛到底是不是艾可的。

　　一个同事说，艾可，你厉害呀，眼睛刚一看见，就勾搭妹妹啦。

　　汪小君说，艾老师以为我是小丁，小丁是谁？

大家就七嘴八舌对汪小君说，你当真呢，勾搭人都是这个套路。

又说，你以为艾老师眼睛看不见，心里也看不见哦。

大家都笑。

艾可也笑。说，原来我一直自以为是，我以为凭声音和这么长时间的接触，基本上能够判断谁是谁的。

大家来兴趣了，争先恐后，这个说，噢，那你猜猜，我是谁？

那个说，那我呢？

还有我呢？

艾可说，你们拿别人的痛苦寻开心啊。

大家说，怎么是痛苦呢，原来是痛苦，现在你看得见了，是幸福哎。

这倒也是，他看不见的时候，同事一般不拿他的眼睛打趣，现在他的眼睛好了，他们才会跟他开眼睛的玩笑。

艾可说，不一定哦，医生说有一个月的过渡期，如果顺利，就好了，也有人一个月以后又回到从前。

大家不当回事，说，一个月以后再说啦，反正现在你能看清楚我们的脸了，喂，你认出我来了吧，我是张子强。

艾可说，去，去去，张子强早就升官了，你小子，你的声音我听得出，我只是没有想到，你长了这么一张猪脸。

这个冒充张子强的同事又把另一个同事推到艾可面前，说，老艾，你看看他是谁？

那个被推过来的同事，也笑道，你觉得我是谁？

艾可一时竟有点应付不过来，让他把长期以来在脑海里形成的同事的脸庞，和现实中真实的同事的脸庞对上号，原以为是件很简单的事情，现在才知道，不是那么轻而易举，他还得一一地辨别。

艾可最熟悉的声音是小丁的，但是因为认错了汪小君，他不大敢重新寻找小丁了，他们的办公室是那种开放的超大办公室，办公室里有好些女同事，分布在每一个角落或者中心的位置，既然小丁原来的位置已经是别人了，他一时无法断定小丁现在在哪个位置，所以他先是四下环顾一下，然后问了一下，小丁呢？哪个是小丁？

他看到他的几个同事互相对视了一下，似乎有些奇怪，其中一个说，小丁？你说的哪个小丁？

艾可一时不知如何表达，总不能说，就是声音很好听的那个小丁，更不能说，就是圆圆脸的那个小丁，所以他含含糊糊地道，就是，就是，以前表格都是她做的，就是那个小丁。

那同事道，哦，那个小丁，早就走了，快有一年了吧，先是休产假，产假后就没来上班，听说是跳槽了。

另一个女同事不高兴地说，是呀，跳槽就跳槽，也不是什么稀罕事，可是她这么一走了之，连招呼也不打一下，更别说来告个别了，好像我们相处得不好似的。

那个男同事就说，那好像你们相处得很好似的。

大家笑了。

艾可心想，那我手术前一天还听到那个柔和好听的声音，难道不是小丁？不过他也没有再多嘴多问，既然自己的判断有误，就别再丢人现眼了。

小丁都离开这么长时间了，他还以为那个位置上的人是小丁呢，真是离谱。

有个同事热心，把和小丁一起拍的合影从手机里调出来，递到艾可面前，说，你看看，你问的是这个小丁吧？

艾可一看，这个"小丁"脸相尖刻，细长脸，尖下巴，和他自己形成的那个"小丁"完全不是一回事，他赶紧摇头说，可能不是她。

那同事说，就是她，我们办公室，从来都只有一个姓丁的，不是她，还会是谁？

大家又笑了，说，这就叫理想很丰满，现实很骨感。

艾可有点窘。

后来有一个同事从外面进来，他看到大家围着艾可议论他的眼睛，也凑过来说，小艾，你手术成功啦，眼睛看得见啦，我在这里呢。

这是老许。平时在单位里，老许是照顾他最多的，但凡有什么因为眼睛看不见而为难的事，大多是老许替他解决，帮他处理的，可是现在艾可看着老许，却有些疑惑，有些犹豫，他试探地说，你是老许？

老许说，呵呵，小艾你别装了，你还不知道我嘛，看都不用看的嘛。

咳，老许这么温柔和蔼的一个人，可他这长相，实在是有点、有点——那眼睛瞪得跟牛眼似的，眉毛又浓又密又长，人没到你面前，那眉毛已经戳痛了你的眼睛——看起来就不像个和善的人。

艾可心里十分感慨，真是人不可貌相啊。

其实，当艾可眼睛看得见了，回到办公室，看清了平时看不清的同事，他吃惊的事情还多着呢。

比如老吕，平时说话口音很重，他一开口，别说自己办公室，连走廊，连隔壁办公室都能听见，有时候他觉得什么事情带着点机密，小声地嘘大家，要大家小心听着，结果他自己就像一只大喇叭，搞得全体都知道他的小秘密。可是这个粗糙的老吕，他的行为动作却很轻巧，走路悄无声息的，一闪就闪到你背后了，你想说他坏话，可得小心着点。单位同事被老吕抓现行的，可不止一个两个。幸好那时候艾可看不见，也幸好艾可因为看不见，不知道身边有没有人，所以从来不说别人的坏话。

还有小关，在艾可的想象中，他是个唯唯诺诺的年轻人，他的成熟似乎和他的年龄不相符合，但等他睁开眼睛一看，沉稳？没有的事，这个小关，手舞足蹈，举止轻浮，简直就是个没有长大的孩子。

艾可简直就是刘姥姥进了大观园，到处瞧着新鲜，到处出乎他的意料。

这边大家正游戏着艾可的眼睛，主任进来了，咳嗽了一声，说，大家有工夫别闲扯了，赶快归整归整，我们摊上大事啦。

行业的年会暨大型国际性招商会，今年轮到他们了。其实，行业内的这种轮值，也是说说而已，归根结底，还是要看你的实力。

即便是差不多轮到了，总部那边可能会因为嫌弃你实力不够，会务能力弱，从而找个借口跳过，交给另一家同行。

这会让公司老总很没面子。当然也有的老总对面子没兴趣，轮不到最好，跳过我正好，省得我劳民伤财，得不偿失。这属于破罐子破摔了，基本上是那些快要船到码头车到站的一把手，不求施展，只求平安的思路。可是大多数的老总是有进取思维的，但凡是想进取的，都愿意接手这样的活动，这是接触上层、展示公司实力的最佳机会。

行内也不是没有先例，有分公司的老总或者其他职务的什么人，就是因为一次活动搞得出色，就被看中了，提拔到总部去了。

总的说来，现在公司发展很快，非昔日可比，过去即便是轮到了，也可能被跳过去，这一次却是跳过了别人，先安排过来了。

六十年风水轮流转，可见如今总部对公司的刮目相看。

也就是说，在艾可的眼睛好转的同时，单位里碰到了一件大事，不说千载难逢，至少也是前所未有，那可是目前这段时间，公司上上下下全部工作的重点，尤其是艾可所在的公司总办，那可是重中之重的部门了。

虽然单位碰上大事，但是艾可的工作任务暂时不会改变，在这样的重大活动中，每个同事都吊起了神经，绷紧了心弦，唯独艾可，相对是比较正常，比较轻松的。

可是人不能太轻松呀，轻松了就会生事，比如艾可吧，他是坐看一团麻，看他们乱中出错，看他们乱出什么意外。

他看到了，每次只要主任一进来，小金的脸就红起来，主任待在这里时间越长，她的脸色就越来越红，最后甚至都红得发紫，紫成一只茄子。最过分的是她居然把茶水打翻了，泼了艾可一身。

艾可被烫得跳了起来，忍不住说，哎哟哟，小金，难道我眼睛好了，你眼睛不好了？

小金慌慌张张，过来替艾可揩擦。

主任笑了笑，说，小艾，你眼睛不好的时候，嘴巴蛮厚道的，现在眼睛好了，嘴巴变厉害了？

艾可有点不好意思，确实不应该这么说小金，可是小金的慌乱让他十分好奇，他看了看其他同事，难道他们一点感觉都没有？

他们都在忙自己的事情，心无旁骛，什么感觉都没有。

等到主任走了，艾可过去问老许，小金怎么回事？

老许不明白，两只牛眼眨巴眨巴地看着艾可。

艾可说，不是一次，几次了，我注意到的，为什么主任一进来，小金就那样？

老许仍然是蒙的，说，就哪样？

艾可说，你看不见？

老许摊了一下肩膀，说，对不起，我一直在忙自己的事情，哪有时间看别的什么，你看看我手头，光这些资料，就什么什么什么。

艾可下班回家，眼睛好了，心情也好，把许多新鲜好奇事说给老婆听，老婆却爱听不听，似听非听，对于老婆来说，艾可的所谓的"新鲜好奇事"，一点也不新鲜不好奇嘛。他说个没完了，其实老婆心里早就起烦起腻，但好歹体谅他见了光明的美好心情，便忍着，一直到他说了小金的事情，说了主任进来小金就脸红，这时候老婆忍不住了，戗他说，是呀，别人都是瞎子，就你眼睛好嘛。

艾可再怎么瞎眼麻木，也从老婆的语气中听出问题，从此闭口不言了。

过了一天，艾可在走廊上碰见主任，主任对他说，艾可啊，有个事情跟你商量哦，人事处来和我们说，他们那个小孙生孩子，这一阵他事情多，来不及做，想借个人过去用几天，你看你去帮几

　　　　　　　　　　　　　　　漂/去/漫/山/岛

天行吧？

艾可一口答应说行的，但说过之后又有点担心，犹豫说，可是人事处那边的工作，我不熟悉，不知道能不能——

主任说，嘿，无非就是造表格，填表格，查表格，整理表格，依样画葫芦而已，你这样一个大才子，还不是小菜一碟。再说了，又不是一直留在那里，过一阵要回来的。

在办公室忙着准备重大会议的时候，艾可却去了人事部，果然如主任所说，人事处要造的表格忒多，要查的表格也忒多，这都是需要细心耐心对待的工作，好在艾可一直就比较耐心。想想也是，这么多年的半瞎子做下来，不耐心也得耐心了。

艾可借调人事处接手的第一件工作，就是配合工资调整，核查单位职工的工龄。核查工作并不复杂，只需将档案材料里的原始材料和现行的工资档案再核对一遍，真是应了主任那句话，对于艾可来说，小菜一碟，但艾可一直沉浸在眼睛亮了的激动中，工作热情高涨，他认真细心地做了这个普通到不能再普通的核查工作。

工龄上的误差真的很少，可能因为这个涉及了每一个人的每一项收入，即便组织上搞错，个人也一定会来纠正的。错误就越纠越少，艾可倒是很想核查出哪怕一两个误差，也算是工作成效嘛。

但他这么想是不对的，他有了工作成效，就从另一个方面证明了人事处的同事工作有失误了。

所幸，艾可还真核不出工龄上的误差，但是因为他太过认真细致，原始材料中与工龄无关的内容，他有时候也会多看一两眼，结果这一两眼，就看出问题来了。

先是一个叫刘子葵的同事，艾可觉得他的年龄有误，因为艾可记得去年单位春节联欢会发吉祥物的时候，他上台领了一只兔子。

也不是艾可看见的，那时候他还看不见，是他听见的，他听见刘子葵在说，我要这种，这只卡通兔子，我女儿喜欢。

这是单位每年的规定动作，属什么属相的，到年底联欢会，可以领取一只玩具动物，领了兔子的，那他就是属兔子的，可是他的原始档案材料上填的年龄，那一年不是兔年。

艾可疑疑惑惑，找了个机会悄悄地问了一下人事处处长，通联处的那个刘子葵，是属兔子的吗？

处长正低头忙着手里的活，听到了艾可的问话，却好像没有听懂，抬头看了他一眼，反问说，属兔子？刘子葵？他属不属兔子，有什么问题吗？

艾可说，可他的原始材料上，他是某某年的，某某年的人不属兔子呀。

处长轻描淡写地说，哦，那是他自己的事情。

艾可就奇怪，人事处不就是负责掌握每个人基本情况的吗？如果基本情况搞错了，他本人却不知道，这会耽误事情的，所以艾可忍不住说，李处，你们不告诉他吗？不让他纠正吗？

那处长撇了撇嘴，说，奇怪了，笑话了，怎么需要我们告诉他呢，他自己几岁，他哪年出生的，他自己不比我们清楚吗？

艾可似乎被问住了，但他想了想，觉得还是有问题，又说，也许他当初填错了，也许有什么误会——

那处长打断他说，误会那也是他自己误会，他都比我先进单位，我来的时候，他的档案就在那里了，我怎么能自说自话认定他几岁呢。

艾可说道，那他会一直误会到底的，到时候他会误以为组织上要他提前退休呢。

那处长说，几时退休也不是我们的事情，是档案的事情，我们说了不算——处长的脸色越来越难看，他觉得艾可莫名其妙，就忍不住直接挤对他说，艾可，从前他们都说你是个瞎子，你是不是以为你的眼睛比别人都亮啊？

艾可闷声不响了，但是他心里总是有事，后来找了个机会，就跟刘子葵搭讪，无聊地聊了几句后，就试探他说，老刘，你属兔子？

刘子葵说，是呀，不可以吗？

艾可说，哦，难怪你春节的时候拿了兔子。

刘子葵奇怪，说，怎么，不可以拿吗？

旁边的一个同事就笑说，去年他还拿了老虎呢。

刘子葵也笑道，怎么不是，今年我还要拿一条龙呢——笑着笑着，忽然感觉到哪里不对，停了下来，朝艾可看了又看，脸上渐渐呈现出怀疑之色，过了半天才说，艾可，你想干什么——对了，你最近借在人事上，是不是我有什么——

艾可赶紧解释说，没有什么，没有什么——自己也知道自己快要惹上麻烦了，赶紧走开。

在人事处帮助工作，接触的都是同事的人事材料，艾可后来越看越觉得可疑可怕，竟然好多同事的个人信息，都是错的，档案材料的内容和现实中的人比对不上，艾可在处长那里碰了钉子，不敢打扰了，只敢去麻烦另一个同事，问他怎么回事。

这个同事说，艾可，听说你一直是学霸，没有机会炫耀是不是，炫耀到我们人事部门来了？

艾可说，我没有炫耀什么呀，我只是看到那些材料上的信息有误——

那同事笑道，呵呵，你以为你真的看见了哦。

艾可也不笨，知道自己可能犯忌了，有些懊恼，眼睛不好的时候，反而一切正常，从无差错，大家对他也都很客气，都很照顾，现在眼睛好了，却一下子碰了几个钉子，他知道这里的水深，不想去试水了，只可惜，已经迟了。

刘子葵在走廊里拦住了他，满脸恼怒说，艾可，我跟你八竿子都打不到一块，如果我有什么事，领导会来找我的，你算什么，你凭什么造我的谣言——刘子葵直率，也不管旁边有没有人偷听，大声就嚷，你是他派来害我的吧，本来我这次有希望提一级，被你一造谣，对手乘机放风说我过龄了。

艾可奇怪说，过龄不过龄，难道是以别人说的为准？难道你自己不知道？

刘子葵冷笑说，我知道有用吗？

艾可还想着安慰他说，那你放心，到底过龄不过龄，组织上总归会给你搞清楚的。

刘子葵又气又怨又拿艾可无奈，恨恨地道，等组织上搞清楚，黄花菜都凉了，那位置早让别人顶上去了。

艾可整个蒙了。

他不仅自己被撑，连累人事处也受了批评，没几天艾可就被人事处退回去了。

艾可回办公室的时候，总公司大会紧锣密鼓将要召开了，主任也顾不了许多了，着急说，哎哟，小艾，你回来得正好，人手不够了，会务接待这块，你和王姐、汪小君一起搞吧。

艾可便和王姐、汪小君一组，他们的工作岗位，就临时挪到了会议宾馆的大堂。

这个工作并不复杂，在宾馆大堂直接报到的，大多是普通的与会者，来者报上姓名，经核对名单，对上了，就发放房卡、会议须知和餐券，然后指引电梯在哪里，他们就直接进房间休息。

重要来宾，都有专人去机场车站接站，最重要的，通常是大老板亲自跟车去迎接，艾可和王姐、汪小君基本上公事公办即可，都不用做那种小心翼翼伺候人的事情。

大批报到的人，都在晚饭前到达，忙过那一阵，后面就三三两两零零星星了，到了晚上八点多，又来了一个报到的人，这人来的时候，艾可刚好上厕所去了，等他从厕所出来，王姐、汪小君这边已经接待完毕，正将房卡材料之类，交到他手上，艾可勾头朝登记册瞄了一眼，发现他的签名和事先准备的名册上的与会名字不一致，就"咦"了一声说，这个人不是这个人哎。

王姐坐在一边看手机，没有理会艾可说话，汪小君倒是朝名册看了看，看了后她笑了笑，说，哟，老艾，还是你眼睛好。

艾可说，我眼睛一点也不好，但是你看看这两个名字，又不是相差一点点，会议名册上这个叫魏梓雄，来报到签名的这个叫丁一光，光看笔画就差了这么多，只要不是瞎子，一眼都能看出来。

汪小君还是笑，说，嘻嘻，我就是个瞎子吧。

艾可有点担心，又仔细地看了报到手册，犹豫着说，那，那，开会的这个人应该是魏梓雄呀。

汪小君见艾可不依不饶，有点不乐了，也不笑了，板起脸说，哟，现在还有谁稀罕冒充别人来开这样的会呀！

满脸"关我屁事"的王姐，也忍不住参与进来，帮着汪小君说，是呀，现在开会，又不发劳务费，也没有礼品，是想来混一顿饭吃，还是来混个房间住，晚上洗个澡？你以为还是在旧社会呀？

没等艾可再废什么话，汪小君也不耐烦再跟他纠缠了，她指了指手册上原先那个名字，故意一字一顿，揶揄艾可，说，喏，那个人，那个魏梓雄，临时有事来不了——又指了指报到的这个人说，这个人，丁一光，他是临时换来参加会的，听懂了没，眼睛不好使，脑子好使吧。

他们说话的片刻，那个来替会的丁一光，已经进了电梯上楼去房间了。艾可也已经无话可说了。

汪小君和王姐清点过报到的人头，全了，收拾了桌子，打算撤了，结果却被总台的服务员喊住了，说会上有一个入住的人没有来核对身份证，让赶紧到总台刷脸。

艾可看了一下汪小君手里的册子，找到魏梓雄的房间号，指着说，在这里，在这里。

艾可又一板三眼地说，因为他的脸，不是魏梓雄的脸，所以他没去刷，去刷的话也通不过，要重新换名字换身份证。

艾可就上楼去房间找丁一光，敲了门，丁一光一边接手机一边来开门，他眼睛凶，一看就认出了艾可，问道，你不是刚才报到那里的么，还有什么事吗？

艾可说，总台需要刷脸认证一下，还得麻烦你一趟，我陪你去。

丁一光指了指插在门口取电的房卡说，房卡都拿了，还刷什么脸嘛？再说了，我是用魏梓雄的名字入住的，刷脸是刷不出来的。

艾可说，对不起，现在住宿，规定都是很严的，你可能需要去更换住宿的名字——

那丁一光倒不生气，也想得通，还笑，说，呵呵，要是真严，没刷脸，就不应该给房卡嘛，其实我就住一个晚上，明天上午开过会就走了——他看到艾可一脸的坚决，也不跟他啰嗦了，说，行行，不说废话了，刷脸就刷脸—— 一边说，一边过去拔了房卡，一步跨出去。艾可紧紧跟上，不料还没等关上房门，走廊里忽然拥出了一大堆人，转眼就堵到这间房间的门口，因为房卡拔了，断电了，屋内一片漆黑，艾可跟在后面，就听到外面的人一个跟着一个在嚷嚷着丁总丁总，那丁一光说，哎哟，你们来得真快。

回身进来，摸索着重新插了房卡，电来了，大家眼睛一亮，一个个的脸色又兴奋又紧张，艾可这才认出了几个人，其中有他的大老板二老板，还有他的顶头上司总办主任。

大家簇拥着丁一光进屋，看到了艾可，大老板不认得他，问丁一光，丁总，这是您的秘书吗？

丁一光说，他是你们的人，我拿房卡时没有刷脸，他正让我下楼去刷脸呢。

大老板赶紧说，没事，没事，您不用刷脸，来我们这儿，您的脸就是通行证—— 一边说一边瞪着艾可，因为不知道他是谁，也无法批评指责。

主任在旁边吓坏了，赶紧出卖艾可，交代说，他叫艾可，是我们总办的一个办事员——想想不对，出卖艾可，等于是卖了他自己，又赶紧补充说，他的眼睛有问题，他是高度近视，先天性的，多少度？一千度？两千度？反正几乎就是个瞎子——

大老板这才松了一口气，对丁一光说，丁总丁总，请您多多原谅，我们这位同志，眼睛有问题，看不见——

丁一光笑道，他眼睛不好？我看他眼睛比你们都凶哦，就他知道我没有刷脸就入住了。他回头向艾可解释说，你姓艾？我跟你坦白说吧，我是故意不去刷脸的，因为我一使用真名刷脸，你们老板就都知道我来了，本来嘛，我是打算——

大老板赶紧接过话头说，早就听说丁总深入基层深入群众的好作风，丁总这回，又微服私访了——

丁一光笑道，当然，你们比我想象的厉害，我都没有刷脸，你们就已经追踪到我了，哈哈，既然被你们逮到了，就跟你们走啦。

要换到早就准备好的套间，艾可想帮着一起拿下行李之类，主任拉了他一把，低声说，没眼色，这一点点东西，轮得到你吗？

然后到了电梯门口，就分开了，一部电梯朝上，到顶层的套房，一部电梯朝下，到一楼大堂接待处。

艾可下到一楼，王姐和小汪还没有走，脸色都很难看，艾可说，吃批评了？

王姐说，你以为呢。

汪小君说，怪我们没有眼力。

王姐说，怪我们不关心集团大事，连总裁的名字都不知道，哼，本来嘛，我们每天窝在底下，两眼一抹黑，也等于是瞎子，哪看得见谁是谁。

汪小君抱怨得更离谱，说，他们当领导的换人，比翻书还快，上午还在台上讲廉政，下午就因为腐败进去了，谁跟得上这速度，不是瞎子，也只能做个瞎子了。

艾可忍不住笑了起来，说，领导倒没有跟我计较什么，还夸了夸我，幸亏我的眼睛跟你们不一样。

忙忙碌碌，一个月很快就过去了，艾可去医院检查完眼睛，回来十分沮丧地告诉大家，完了，我的手术失败了。

大家都关心他，问他是不是又看不见了，艾可说，不是马上就看不见，就是会一天更比一天差，最后回到原来的样子，等于是个瞎子。

大家哀叹惋惜。

果然，从那天以后，艾可的眼睛一天更比一天瞎，没几天，他就恢复到从前的那个几乎等于零的视力了。

有一天艾可去上厕所，蹲大，后来听到有两个同事进来小解，小解时他们顺便议论了他。

一个同事说，哎，听说办公室的那个艾可，眼睛又不行了，手术失败了？

另一个说，是呀，他好像运气不好，都说这类手术已经很成熟了，偏偏到他就不行。

那一个的声音似乎有点疑惑，他真的又看不见了？可是我在走廊碰到他，看他的眼睛，贼亮贼亮的呀。

这一个声音倒很果断，说，那谁知道呢？

他们一起呵呵了几声，小解结束，走了。

艾可坐在马桶上揉了揉自己的眼睛，心想，是呀，谁知道呢。

平江后街考

我又双叒叕写了一部长篇小说。

这些年来我一直在写小说，短篇、中篇、长篇，轮番地倒腾，厌烦得很。但是厌烦归厌烦，还一直在写着，为什么呢？

你说为什么呢。

这部新长篇叫《平江后街考》。快要大功告成了。满心欢喜。

这部小说的名字，看起来不像一部小说是吧？何况你们知道，有关苏州地域文化的考古书籍十分地多呀，多到只有你想不到的，没有它出不来的。《宋平江城防考》《吴门表隐》《百城烟水》《清嘉录》《吴地记》《吴越春秋》《吴郡图经续记》《太湖备考》《吴趋坊古录》《过云楼书画记》《吴歌吴语小史》等等，就连苏州的一条街，都有一本古书与它相配，比如山塘街，就有一本《桐桥倚棹录》，比如一条平江路，就编出一本《平江路志》。

我手边就有这许多，不止这许多，还有好多，很多，更多。

我的小说名字和它们长得很像，要说没受影响，那是骗人的。所以我得事先提醒一下，不要受标题党的蛊惑，误以为《平江后街考》就是一部以小说的形式来考证某些事情的作品。

考，不一定就是考证，还有考试、考虑、考察、考验、考究、考场、考问、考勤，考什么什么什么——我已经习惯了形式上的探索。好像不在形式上玩点花招，写小说就没有什么意思。这可能是老年中二病哦（过分，幼稚）。

现在，这一次的艰难探索，又将开出一朵奇葩了。真是欢欣鼓舞。

可是，可是可是，世间之事，皆为无常，后来就出事了，乐极生悲了——我的即将完成的小说丢失了。确切地说，不是全部丢失是丢失了最后的一个部分，第九章。

这第九章叫作"后街的后来"。

难道是因为这个章节的名字，暗含了什么，动摇或者引诱了这个章节，让它逃遁得无影无踪了？

无论后街前街，无论大街小街，无论东街西街，无论什么什么，到后来都是"白茫茫大地真干净"，不是吗？

既然到后来都一样，所以它不想等到后来了，它提前逃走了？

闻所未闻。

它是从电脑里逃走的。

但又不是通常我们都会碰到的电脑故障或粗心大意那些原因，现在的电脑已经进步到即便临时断电或者别的什么突然故障没来得及存盘，它也会自动留下痕迹，这简直如同救人性命。早些年我们刚开始使用电脑写作的时候，可是吃过无数的亏，我相信我的同行们都有差不多的经历和一辈子也去不掉的心理阴影，夜以继日、呕心沥血的书写，一瞬间就没了。

说不得，说不得，一说都是伤心泪。

最早的那个电脑叫 PC 机，没有硬盘，那时候我在五吋盘上写完了一部中篇小说，第二部中篇小说也已经进行得如火如荼，那时候电脑就出问题了，我请行家来修理，结果五吋盘里的几万字，瞬间就被吃掉了，简直是灭顶之灾啊。

顿足捶胸也没用，椎心泣血也无济于事，唯一的办法就是赶紧凭着记忆，把还记得的内容再写出来，是呀是呀，现在我得赶紧地，把我的《平江后街考》第九章"后街的后来"从大脑里复制出来。

记得多少算多少，想起什么算什么，虽说逃走的鱼总是大的，但是能在大鱼逃走之后，抓到小一点的鱼，也算是一点安慰呀。

结果却是再一次的闻所未闻。

我的大脑空空如也。里边没有第九章，完全没有，什么也没有，没有故事，没有人物，没有语言，一切的一切都没有。

"后街的后来"根本就没有存在过。

我慌了。

它不仅从电脑里逃走了，也从我的大脑中甚至从我的生命中逃走了。

我一口气地、昼夜不息地、神魂颠倒地把《平江后街考》的前八章读了又读，读了再读，但是我仍然想不起来第九章写的什么。

好在我还有笔记本。

我有好多的笔记本。从刚开始写作甚至写作还没有开始的时候，我就开始记笔记。

我对笔记本没有要求，所以我的笔记本是极不规范的，各式各样，有16开本的，有24、32、48等等开本的，也有各种大小卡片，有手撕小本纸，有A4复印纸，也有随手记在信封信纸上的，还有许多会议室和宾馆酒店提供的会议记录用纸之类，后来有了电脑和手机，更加方便，我记笔记的习惯就更随意也更混乱了。

就说手机吧，在一只手机的可能记事的所有角落，都有我的随手记下的东西，在备忘录里，在文件传输助手里，在收藏里，在自己的微信框里，在图库里，在录音机里，总之，爱记哪就记哪，简直无法无天。

当然，比起我的笔记内容，我的笔记本之乱真是算不了什么，我的笔记的内容，堪比鬼画符。

它们简直就是一堆游走的灵魂。

比如在我的某一年的笔记本上，有这样一则记录：

"先拿一根电线杆当听众，又嫌人少，跑到小树林，对着树点人头，拔签，发签，抱个枕头当琵琶开唱"——这个肯定是疯了。

另一则："借尸体，火葬场，要解剖，不同意，几包烟，装出去，医学院，一胃血，送回去，后半夜，不开门，跳进去，找钥匙，停尸房，怕。"

当然，我自己还大致知道是个啥意思，却想不起来为啥要写成三字经。

莫名其妙。

吓人倒怪。

当然，笔记乱归乱，但是在我的心里，还是有据可依的，所以我很快就找到了记录有《平江后街考》内容的笔记，不幸中之万幸，里边果然有关于最后一章"后街的后来"的构思记录，是这样写的："后街的后来"这个故事，本身已经具备了一个小说的几乎全部的要素，它其实就是小说本身了——也可以换个说法，"后街的后来"其实就是《平江后街考》整个小说的起因、动力、灵魂。

也就是说，如果不是先有了第九章"后街的后来"这个故事，就不会有这部《平江后街考》。

看到这段话之后，我更着急心慌了，前后翻找，前面或后面一定会有完整或不完整的"后街的后来"故事记录。

可是没有。

空白。

一个灵魂丢失了，我不把它找回来，《平江后街考》不仅不完整，它就是一部没有灵魂的小说。

小说的灵魂丢了，我的灵魂也丢了，我丧魂落魄，逢人就诉说我的遭遇，大家听归听，根本不往心里去，那是当然。如果反过来，他们遇到了什么问题，来找我诉说，难道我就会往心里去吗？

你以为呢。

当然听我诉说的人，也有不同的情况，有人纯粹是不好意思拒绝听我的诉说，就硬着头皮听了，也有的是听了个开头，就不想听，但又不好强行打断我，就算给我一点面子，听吧，反正闲着也是闲着。

这都还算正常，可以理解，也有人挺替我可惜惋惜，皱着眉，噘着嘴，但他的眼神却逃避不了我的尖锐的注视，他眼睛里分明藏着幸灾乐祸，他的眼睛在说，活该，让你拼命写。报应。

其实这个也还不错，至少他是听进去了我碰到的事情。

有一个人说，噢，那你可以去起诉他们呀。

我蒙了一下，我说，我起诉谁？

他也蒙了，想了想说，咦，你不是说有人，有人那个什么，剽窃了你的文章——哦，不对，是偷取了你的灵魂，你告他呀。

还有一个更逗，说，我有个建议，你去农家乐玩玩吧——他什么意思？是感觉我太紧张了，压力太大？

更有几个人一致认为，说我可能根本就没有写过第九章，却以为自己写了。

那就是我的记忆出问题了？

当然，记忆本来并不可靠，它甚至可能是个最大的骗子，人的一生中不知道要被记忆耍骗多少回，但是它把我呕心沥血写出来的东西骗走，那是有多残酷。

我差不多彻底失望了，算了吧，没有这一章，小说也能成立，但是我的执拗的习惯，是不允许我丢失第九章的，我必须找到它。

这个丢失了的故事，在我寻找它的时候，也许它暂时地挪移到了另一个空间，不知道平行的那一个空间是不是适合它。

我坚信它会回来的，但是我不能坐等，我要去找它。

但是我已经束手无策了。我找遍了所有的笔记，一些破碎的纸片、卡片，只要是曾经用来记录想法的那种小小的手撕本，都找过了，没有。

我又翻遍了我的电脑的每一个角落，甚至连云里雾里都去找过了，没有。

最后我气恼地将它们统统抛开，我把它们统统藏起来，远离我的无力的视线和倒霉的心情。

现在我的眼前，只有手机了。

手机？它不会躲在手机里吧？

这似乎是不可能的，我再怎么骚包，再怎么迫不及待，也不至于拿个手机来写作吧。

但是除了手机，我还能到哪里去找呢？

我万念俱灰，无聊而随意地翻看手机，眼花缭乱，头晕目眩，我终于要放弃了，可是就在放弃之前的那一瞬间，有如神助呀，我的眼角，瞄到了一个名字：陈西。

前面我已经扫过了无数个名字，在我的微信通讯录里，有几千个名字，我的目的，无非是想从名字中搜索和关联出和"后街的后来"有关的内容。

但是说实在话，那么多的名字，别说和"后街的后来"联系不上，我连它们本身，都已经忘记了。

谁是"了不起"？

谁是"阴沟里的天使"？

谁是"宝宝的宝宝"？

谁是"吃狗屎长大的"？

各种的微信名，简直是五彩缤纷，五光十色，让人眼花缭乱，心乱如麻，谁知道谁是谁。

即便用的是原名、真名，也不一定都知道呀，张桂林就有三个，刘加明也有两个，李伟，有五个，这怎么办呢？

总有办法的，比如加个地名吧，某某地方的李伟，这总不会再搞错了吧——且慢，照样叫你摸不着头脑。

那就加了前言再加后语，前后都将他绑住，这总逃不掉了吧。

你以为呢。

比如有一个人在我的微信里叫"福平蒋维部长"，我早就不记得他是谁了，但是还可以推想，推想起来，当初加微信时，肯定是想要记住这个人的，只是不太熟悉，第一次见面，又没有什么特别之处让人一见如故或过目不忘，所以就得用点心，防止忘记，就加了前言"福平"和后语"部长"将"蒋维"固定了。

既然现在"蒋维"我记不得了，那就看看"福平"吧，找到了"福平"，就可以联系上蒋维嘛。可是"福平"我也不记得了，我甚至不知道"福平"是一个地名，还是一个人名。

如果是地名，那再推想一下，应该我是去过的，就在那个地方，和这个"蒋维"加上了微信。可惜的是，我也同样不记得哪个地方名叫"福平"。不过这也不难，我搜一搜吧。

不搜则已，一搜就搜出好多个"福平"。

福平粮油批发站，福平药房，福平龙虾，福平金店，福平窗帘……这些都是可以毫不犹豫地排除掉的，即便我们加微信的地点是在"福平"龙虾店，我想我也不至于用龙虾给一个新朋友冠名吧。

还有一条"福平铁路"，那是"中国福建省福州市境内一条连接晋安区与平潭县的国铁Ⅰ级电气化铁路"，这个离我也太远了，想必与我无关，与我的微信新老朋友无关。

我心里以为，会有一个"福平"县之类，但是看来看去没有"福平"县，倒是有一个"富平"县，会不会是我当初写错了呢——这也同样绝无可能，因为这个"富平"县，地处陕西省中部渭南市的那个地方，和我也是八竿子打不着的。

再往下看，有一个村子叫"福平"村的，更离谱更遥远了，在广西贵港市平南县安怀镇。

关于"福平"是不是一个地名这个推想和猜测，已经走到尽头，前面无路可走了。

那么再换一条路试试，再试着推想一下，福平如果不是一个地名，那么他应该就是一个人啰。这当然有可能，因为这也是我拿手的办法之一，要想记得陌生的张三，就把他和中间人李四连在一起，简单地说，就是在新朋友的名字前面加一个老朋友的名字，意思就是，这个新朋友是由那个老朋友介绍而加了微信的。

比如我认得一个叫金总的人，和金总交往的时候，有时候会结识金总的一些朋友，对于我来说，他们是我新认识的人，记不太住，如果加微信，我会写上金总常总，金总朱总等等，这样即便今后不再一来二往，但只要一直和金总有联系，那几个"总"被忘记的概率也会小很多吧。

但这也只是我的一厢情愿而已，事实证明，即便是如此细致如此精到，也仍然无法保证什么，过不了多久我就把他们给忘了。

所以，这个"福平"，他虽然可能是一个人名，但是我同样不记得他，不认得他，这个名字，是个陌生的名字。那我怎么会以他来作为标志和标签，从而判断和记住另一个人呢？皮之不存毛将焉附。

我想我曾经一定是认得他的，甚至可能和他很熟悉，但是现在不是曾经了。

"前言"已经没有指望了，那再看看后语，说说"部长"。

这个"蒋部长"他是个什么部的部长呢，宣传部、组织部、统战部、人事部、后勤部、联络部、营销部、策划部、海外部……

我不能再为"福平蒋维部长"这个人物多说废话了，毕竟在《平江后街考》这个小说里，他连次要人物也算不上，他只是个举例说明的"例"。

在我的和每一个人的微信通讯录里，都躺平安睡着许多我们所不认得不记得的"熟人"，让他们睡去吧，爱睡多久睡多久。

可是为什么偏偏这个"陈西"会触动了我呢？

陈西是我的小学同学。

不过我早就忘记她了。

几十年以后的一个饭局上，我们意外地相遇了。其实用"意外"这个词也许并不妥当，因为我并没有记起她来。

那天陈西跟我说了许多小时候的事情，有些我依稀想了起来，也有一些始终模模糊糊，如果不是她报出了我一直记得并始终保持联系的小曹和小金的名字，我几乎怀疑她认错人了。

最后陈西还告诉我，她不仅和我是小学同学，还是我的邻居，紧隔壁，因为是板壁墙，隔壁人家的声音都是清清楚楚的，两家就近得跟一家差不多。

那天我们加了微信，重新续上了前缘。

她的微信不是原名，有另一个名字，我现在已经忘了，我只记得我当场就给她改回了原名陈西。

对一个人，原名你都不记得了，你还想记住她的微信名，想多了。

事后我查看她的朋友圈内容，想从中找出一点小学同学加邻居的印象，却没有找到，近三个月里，她只发了两次朋友圈，一次是晒自己做的美食，还有一次是旅游图，看不出什么个性。

本来我还想问一问小曹和小金，我们小学同学中有没有陈西这个人，但是后来发现陈西说得有鼻子有眼，我也就打消了质疑她身份的念头。

我们加了微信后不久，有一次陈西和我语音通话，说，你是冯荃吗？我说是呀。她说，哦对，那没有搞错。

我也不知道她是什么意思，也没放在心上，现在加微信的人多，加几千个人的微信，搞错几个人，也是正常的，可能陈西的微信出了什么差错，所以来确认一下。

后来我还留意，除了我和陈西直接加了微信，我们还同时出现在三个群里，一个群名叫"小伙伴"，一个叫"当年平江"，一个叫"不老"，三个不同的群，大致都和"从前"和"后来"有关。

现在我把陈西的事情交代得差不多了，但是我仍然不明白，为什么我在寻找"后街的后来"时，目光和思想停留在"陈西"这里了。

不耻下问，我发微信询问陈西，但是思来想去却不知道该怎么问她才能让她明白我的意思，最后干脆就直接写道，你对"平江后街"和"后街的后来"这几个字有什么想法吗？

　　陈西没有回复我，我一等再等，也没有任何音讯。我也不怕打扰她了，直接语音通话，也没有人接听。我是个急性子，想到我们还在三个群里有交集，赶紧先进了其中一个群，到群里去找她。我先艾特了所有人，给大家送了三朵花，看看动静，结果等了半天也没有动静，也没有人接受我的花。我只好再艾特"陈西"，仍然未见动静，又过了好半天，有个"蒋康"艾特我了，说，我加你微信。

　　有希望，他这是要和我私聊，也许聊的就是陈西的精彩故事。

　　加微信时，发现他不叫"蒋康"，叫"大王"，因为有前车之鉴，我有点不敢相信微信背后的这个"大王"就是我的发小蒋康。我特意问了又问，确认"大王"就是蒋康本人，一聊，发现我们住得很近，他说要来我家面谈，我觉得多此一举，虽然我急着找陈西，但我又不希望别人上门来打扰，想着法子推三阻四，结果只是微信来来回回几次的工夫，蒋康已经来敲我家的门了。

　　还好，我认得他，他确实是蒋康。我问他认不认得陈西，他说认得。我让他说说陈西的情况，他说陈西和我们差不多，就这样的人生。我问他最近有没有见过陈西，他就说，我跟你都几年没见啦，好像有了微信，人跟人就不用见面了似的。我问陈西在哪里工作，他说这个年龄都退休了吧。我差不多已经无话可问，忽然又想到一问，是谁把陈西拉进这个群的，他说，我自己都不知道是谁把我拉进这个群的，最后我终于知道他根本不知道陈西，我直接戳穿他说，你不认得陈西是吧？

　　他笑了起来，说，不瞒你说，我确实不认得陈西，以上那些，是我随便说说的。

　　我有点郁闷，但也不好发作，我保持理智，耐心地问他，既然你都不知道陈西，为什么要加我微信，还要跟我谈陈西？

他说，其实吧，我是想找你帮我个忙，但是一直想不到用什么借口联系你，正好你在群里艾特，给了我机会，哈哈。

他拿出厚厚的一沓稿纸，上面写满了字，目测足有三四十万字，我的脑袋"轰"的一下，果然就听到他说，你知道的，我从前也喜欢写作的，只是后来没有像你一样坚持下去，现在有时间了，我又开始写了，这是一个长篇，第一卷，你帮我推荐出版吧，版税稿费什么的我随便，等书出来，你再帮我写个评论文章吹一吹。

我接过他的巨著，翻开看了一眼，我难道指望陈西会在这里边吗？当然不可能。

后来我很快撇掉了"大王"蒋康，另外物色了一个靠谱一点的，老蔡。可是才聊了几句，就发现老蔡像是变了个人，我差一点提出跟他视频看看脸，可还是忍住了。从前的老蔡随和而又认真，是那种"待人有分寸，心里有底线"的高情商，可现在我找到的这个老蔡，竟然成了一个傲骄的老男人，和我大谈一通人生哲学，我都插不上一句嘴，怎么也绕不到陈西的话题上去。最后他问我，天下之大，其实只有两件事，你知道是哪两件吗？我说我不知道，他"嗯哼"一声说，一，关我屁事，二，关你屁事。

真有哲理。然后老蔡说，老冯，我知道你有路子的，你帮我把我女儿调个单位吧，现在那个狗屁单位，怎么怎么怎么，什么什么什么。

我气得差一点喷他，不是关我屁事吗？但我毕竟是个文明人，我忍住了，他急切地说，我等你的消息哦，我"嗯"了一声，在心里对他说，等屁吧。

群友如此地遥不可及和不可理喻，我不能把希望寄托在"他们"身上，唯一的直接的办法就是再次联系比较近切真实而且是直接的当事人陈西。这一回我幸运了，陈西的回复很快就来了，她先是道了歉，然后说明她现在人在外地，很忙，微信常常不能及时回复。

我本来想约她见面谈的，可她在外地，我只能跟她视频了，一视频，我一看，傻眼了，这不是小曹吗？

我说，咦咦，怎么是你？

小曹说，你还咦，我才咦呢，不是你找我的吗？

一直到这时候，我才发现，原来是我操作失误，当时错把小曹的微信名改成了陈西。

小曹那边好像真的忙，人声嘈杂，还有人在不停地喊她，我无法在这样的环境里跟她仔细探讨陈西的事情和后街的后来，就匆匆拜拜了。

手机里的"陈西"原来是小曹，那么真正的陈西在哪里呢，她又叫什么名字呢？

晕。我怎么可能从几千个名字中判断出她来。

"不是我"

"是你错"

"无事生非"

"有情有意"

"异想天开"

"老不死"

"小东西"

"活久见"

……

天哪，陈西淹没在那个大海里，我怎么捞她？

再换个方向，赶紧上岸来，努力回忆和陈西加微信的那个饭局，只要把那个饭局回忆起来，陈西是不是就会出来了。

只可惜饭局太多，也太乱，我实在记不清了。我努力地想了又想，脑子里涌现出好多乱七八糟的饭局。

人在江湖，身不由己，难免会有各种意想不到的事情要面对，也经常会有莫名其妙的饭要吃。有一回，我坐下后才发现一桌上十几个人除了邀请我参加的主人，其他人都是陌生人，我差点怀疑走错了包间。

因为无聊，我一边嘴不应心地跟他们瞎说话，一边开始暗中观察研究他们：这里有两个东北人，两个广西人，两个安徽人，四个本地人，一个北京人，一个上海人。

其中，三个是经商的，经的是什么商，主人倒是介绍过，但是没有听明白；一个画家，好像说是专画动物的；一个中医，自己开了个小诊所当所长，有秘方什么的，还擅长推拿；一个退休干部，在职时是管水务的；一个年轻人，正在做一个以石头为主题的动画片；还有一个人始终面目不清，怎么打探也不知道他是干什么的，只是隐约感觉蛮有实力的。

这一桌人的年龄阶梯也比较有意思，从二十五到七十五，代代有人，层次分明。

……

既不是同事同行，也不全是老乡；既不是同学聚会，也不是发小重逢；既不是老友，也不是熟人，但硬生生就是能坐到一起，还喝得那么嗨，话还那么多，表情还那么丰富，也是醉了。

还有一次也挺逗，说是有人想和我谈一个项目，就把一些人拉到一起吃饭，结果一直到饭局结束，也没有任何人提起任何项目，我始终也不知道那是个什么项目，也不知道是不是根本就没有什么项目，后来想了想，大约就是吃饭的项目吧。

既然没有人提项目，这饭吃了也是白吃，可我为什么不问一问项目呢？可我为什么要问一问项目呢？难道会有好事在等着我吗？

陈西的那局饭，就淹没在许多的局中，时隐时现，让我捉不住，吃不准，后来我急中生智，不再纠缠现在隐藏着的陈西，而是沿着现在的陈西逆向而行，终于找到了思路：既然她是我的小学同学，从小又同住一条巷子，那么我可以找到其他小学同学和儿时玩伴打听陈西，不是吗？小曹忙的话，我就找了小金。

小金说，啊，有那顿饭吗，我没参加。

我说，不可能，你肯定在的，我记得住的小学同学没几个，你若不在，除了小曹，别的人，还真有点夹生，一顿饭，几个小时，从头到尾，说什么呢，很尴尬的。

小金说，喔唷，不就是一顿饭吗，你那么认真干什么呢？你要找陈西是吧，陈西我记得的，就是我们班上最帅的小哥吧，别说全班女生了，连班主任都喜欢他，前几天我遇见他了，老了，一点也不帅了，一个糟老头，特别糟，你看见了会失望的，哈哈。

我说你记错了，她就不承认，还说是我自己搞混了，甚至还编了个故事说。他们发现我神魂颠倒五迷三道已经不是一天两天了，一定是因为我写作过于劳心劳神。

这不是说我有病吗？

我有点冒火了，我说去你的，我只不过要找一个小学同学而已，你记得就记得，记不得也拉倒，犯不着往我头上扣一顶神经病的帽子。

小金感觉有点说重了，赶紧往回扳梢说，这可不是我说的噢，那天吃饭时，老万说的，当你面说的，不过，当时你在和小曹说话，可能没注意。

我十分敏感，立刻抓住了缝隙里的萌芽，我说，你不是说你没参加吗？

小金说，咦，你不是说我肯定参加了吗，那就以你为准吧。

我赶紧去问老万，老万倒没否认自己参加过"那天饭局"，但是我已经不再敢直接提陈西的事情了，换了方法，我问老万，那天吃饭，我们拍照了吧，你那儿有照片吗？

老万一榔头就把我打回去了，他夸张地说，什么什么，吃饭拍照，找死啊，不怕被网暴啊。

我只好直奔主题硬着头皮问他陈西有没有参加那次吃饭，老万说，那我哪记得呀，现在的饭局，千奇百怪，多是些半生不熟的人，吃完喝完，拍拍屁股走人，谁记得谁是谁呀。

刚刚闯开的一点思路，又堵死了，电话那头感觉得出老万也在犹豫，估计是没能给我准确的回答，心里有点过意不去，所以他又补充说，要说全忘了也不对，有些人不记得，但有些人是记得的，那天还有个人也参加了，她记性好，你不妨去问问她。

我一激动，赶紧问是谁，老万说，咦，你忘了，就是冯荃呀，她是个作家，作家一般记性都好的是吧。

我"啊哈"一声说，喂，老万你别搞了好不好，我就是冯荃哎。

老万愣了片刻，说，你才别搞了，你怎么是冯荃，你不是于敏吗？稍一停顿，再开口时，语气也有点变了，说，你跟我开这种玩笑，我们很熟吗？

你说呢，小学同学，几十年未见，忽然凑到一起吃了个饭，算是很熟，一般熟，还是不熟呢？

我跟老万解释，我是冯荃，于敏是我的微信名，可是老万好像不怎么相信，但是他并没有太往心上去。他先是嘀咕了一声，你是冯荃，那么于敏是谁呢，他嘀咕得很轻，并不是在问我，我也没有回答，因为他的问题完全是多此一举。老万后来似乎是想通了，自己给自己个台阶下，他说，哦哦，好好，行行，无所谓，随便你，都挺好——他的半方言半苏普，搞得我差点笑出声来。

后来小曹外地的破事搞妥了，她回来我们就约了见面，到茶室坐下，小曹就说，我忙过一阵了，现在有点空了，我听小金老蒋他们说你走火入魔了，为了以前的一个什么饭局，到处找人问人，干什么呀，其实那个饭局，你自己根本就没有参加——

小曹来得太晚了，我已经很疲惫了，我不想再从她那里听到任何东西了，我也不想知道那个饭局是什么时间在哪个饭店进行的，桌上坐了哪些人我也已经没有想法了。

可是小曹有想法呀，她觉得她有义务帮助我，她说，听说你在找陈西，你早点问我我早就告诉你了。

我不置可否。

小曹继续说，可是你竟然把我当成了陈西，搞笑，我跟你说，确实是有陈西的，她是后街洗浴中心的老板娘，但她竟然晕浴，倒在浴池里没人看到，淹死了。

她的说法，让我重新又燃起了希望，我赶紧试探她，你从哪里得知的？

小曹朝我看了一眼，说，呀，你还问我，就是从你的小说里读到的呀。

我先是大惊失色，后是大跌眼镜，再后来我就大喜过望了，我激动地说，那个小说的标题你还记得吗？

小曹想了想，说记不太清了，里边的情节倒是记得清清楚楚，毛骨悚然的。

我说，是不是叫"后街的后来"？

小曹听后，想了想，随之眼睛慢慢地亮起来，最后她确定地说，想起来了，就是这个，后街的后来。

原来我的"后街的后来"没有丢失，而是早就发表了，还有读者读了——

读者小曹说，你也写得太多了，烦不烦人啊，自己写的东西自己都忘了，你可以歇歇了——那个写陈西的小说，你是从传说中的"混堂公公"写起的。

传说中，每年到年底的时候，"混堂公公"都要在浴池里吃掉一个人。混堂公公一直躲在浴池下面，他哪天出来吃人，浴池的老板是知道的，因为那天早晨，他会看见一双没有身体的光脚在浴场里走来走去，心中就有数了。不过他不仅不会停工一日，更不会通知浴客今日小心，不要下水，反而把水烧得比平常更加热烫，让浴客舒服得忘记一切，混堂公公就乘机出来吃人了。

不然呢，你若是关门停业，若是提醒浴客不要下水，混堂公公吃谁去，岂不是要吃到老板自己头上。

据说从前的浴池，到彻底清理打扫的时候，把水抽干，底下会有人的眼珠子、牙齿、头发等等，都是混堂公公吃人时吐出来的。

真够恶心的。

其实混堂公公是没有的，从前的浴场，没有窗户，密不通风，被称作"馒头"，所以容易引起晕浴，人一晕了，沉入水底，没有被及时发现，死人的事也是会发生的。

按小曹的说法，在我的小说里，陈西就是这样没了的。

那么我的小说"后街的后来"到底是要写什么呢？揭露"人心叵测"？批判"平庸之恶"？或者，是宣传"破除迷信讲科学"？

搞笑。

算了，我服了，我认了。

世界之大，人物之多，我再也不想去搞清楚了，一辈子自以为头脑清醒逻辑性强的我，终于厉了。

过了一天，晚上入睡前，来了一个号码陌生的电话，我心想，现在骗子也加夜班了。我不会接的。

可是它不依不饶地响了三次，我又想会不会有什么贵重的货来了，只好接了。我一接，那边就说，是冯荃吗？听说你在找我？

我警觉地说，你是谁？

那边说，我是陈西呀。

我想，我明天还是去医院看看医生吧。

等我从医院回来，再决定我的平江后街，要不要考了。

无情物

　　钱千里碰到棘手的事情了。

　　虽然棘手，但又不算是什么意外的事情，因为这本来就是他自己的工作。

　　小坝村要被征用了。

　　钱千里是镇上分管新农村建设的副镇长，这块工作现在可是头等大事，所以钱千里的排位也越来越靠前了，从第四位排到紧随正镇长之后，相当于常务了。

　　肩上的担子重呀。

　　而且因为书记镇长不和，两边都向他示好，他在中间有点如鱼得水的得意。这也是他的能耐。如果是个没有能耐的蠢货，夹在两个领导中间，那就是风箱里的老鼠，两头受气。

　　钱千里提拔当副镇长不久，就干了一件惊天动地的大事，征用大坝村。

　　征用土地，你以为是闹着玩的？

　　现在在农村干这样的活，拆迁一个村子，安置几百个农民，不死也得脱层皮。哪个不是把脑袋提在手里干的。

　　可是钱千里还好啦，不用提着脑袋，只是多操点心而已。这一来是因为他到这个岗位的时候还不够长，屁股上还没来得及沾上屎，他就很牛转，我是一心为公的，我怕谁？二是因为他的脾气好，是个笑面虎，无论对方怎么不讲理，他都不会生气，不会动怒。碰到钉子户，他也不会动粗，只会可怜巴巴地坐在他家，一边讨饶，一边慢慢做工作，做得人家都没有了脾气，说，算了算了，你镇长都天天在我家上班了，你还不吃我们一口饭，你都自带干粮，我们还能说什么。

其他的乡镇，在征用土地的过程中，不知道出了多少问题，捅了多少娄子，给领导添了多少麻烦，害了多少领导，换岗的换岗，下台的下台，进去的进去，唉。

既然搞土地征用风险如此之大，那就不能不搞吗？

当然不能。这是大势所趋，谁又敢螳臂当车呢。

所以，当钱千里顺利地搞完了大坝村，钱千里也就出了名，上级开始关注这个人了。前不久，组织上已经来考察过，程序也走得差不多了，如果不出什么差错，近期召开研究干部的常委会，然后一公示，他就要到另一个镇上去当正职了。

可偏偏就在这时候，要征用小坝村了。

这难道是一个劫数吗？

这事情连正镇长都还不知道呢，镇党委书记在第一时间悄悄地告诉了钱千里，让他有个思想准备。

而且，要他绝对保守秘密。只不过一个小道消息，不要搞得鸡飞狗跳。

尤其不能让小坝村的农民抢先知道了，若是他们先听到风声，那可是了不得的一场暴风骤雨，谁都保证不了谁会在这样的风雨中倒下。

从书记口中听到这个"小道消息"，钱千里有点厌了，这和当初他雄心勃勃接手大坝村的时候完全不一样的精神状态了，他甚至冒出了冷汗，浑身都瘫软了。

无风不起浪，所谓的"小道"，常常来之于"大道""正道"，只是提前走漏出来而已，很快事实就会证明，"小道"就是"大道"，就是"正道"。所以对于征用小坝村的消息，钱千里是宁可信其有，决不信其无的。

钱千里十分纠结郁闷，唯一的希望就是暴风雨来得晚一点，只要"公示"一出来，他立刻就拍屁股走人了。

可是也许他走去的那个地方，也要征用呢，那就只能走着瞧啦，逃过一劫是一劫。何况他过去，是担任正镇长一职的，拆迁的事情，一般由分管副镇长具体抓，书记亲自坐镇指挥，正镇长反而可以超脱逃避一点。

只是公示这事情，他自己是急不得的，急也没有用，上一级的常委会讨论干部也是有规矩的，不是啥时候想开就开，即便方方面面都准备好了，还要看一把手的时间安排，也有碰到不凑巧的阶段，这个阶段常委会就老是开不起来，或者因为其他中心工作太忙，或者这一批将要提拔的人不成熟，甚至中间有人被举报，更有甚者，也可能是常委会的主要人物比如书记或者组织部部长出事了，等等，反正只要有一点风吹草动，讨论干部的常委会，就会往后挪，挪到哪一天，不知道。

凡是被考察过的在等待被开会的人，没有不心急的，但最急急不过那些年龄擦边的同志了，这是他们熬了一辈子最后的机会了，不比那些年轻的像小公鸡一样骄傲有资本的年轻同志，后面还有的是机会。如果一等再等，等到会议终于开了，他的年龄却已经到了，过了这村就没那个店了，急呀，真急。

所以钱千里心里非常清楚，想靠"公示"躲过这一劫，是靠不住的。那靠谁呢？这世道，谁也不可靠，不敢靠，只有靠自己呀。

自从向钱千里透露了这个小道消息后，书记每次碰到钱千里，都会有意无意地朝他多看几眼，似乎要从他那里得到点什么反馈，但是钱千里觉得既然只是"小道"，他就只作不知，假痴假呆，甚至有点躲避书记的意思，害得书记只好直接跟他说，钱镇长，你早做准备啊，文件是说到就到，方案是说要就要的啊。

钱千里心里"咯噔"了一下，文件说到就到，看来已经不是

"小道"了，他也真的应该有所准备了。

在新农村建设的过程中，干部们都总结出一套经验了，拆迁这样的事情，政府可以拿政策，可以搞宣传，但是涉及到具体谈判、具体协商的事情，已经社会化，交给接盘侠。

接盘侠就是所征用这块地的日后的建设方，他们和拆迁的农民一样，是最积极的两方。这最积极的两方，又是利益最大化的两方，让他们坐在一起谈，谈好了，是政府的功劳；谈不好，可以甩锅给其中的任何一方。当然，甩给接盘侠的概率更大一点。你若是甩给农民的话，农民顶着锅跑到省城，往省政府大门口一躺，往嘴里倒一点假农药，热点就出来了。

现在这年头，什么都怕，其中最怕的就是成热点。

但是接盘侠就这么好糊弄么，让接盘侠成接锅侠，他肯定是不干的，不过这不用担心，盘和锅，他都会接的，因为这都是你情我愿的事情，都是有互补合同的，你跟我签一份某坝村拆迁的合同，我再跟你签一份几年内镇上的基建百分之几十归你的协议。你这边为难一点，我那边就补偿你一点。事情都是这样做起来的。要不然，你以为呢。

所以现在钱千里要做的事情就是找到一个接盘侠，但又不能是真的接盘侠，因为如果是真的，事情就立刻泄漏出来了，小坝村就要沸腾了。没到沸腾的时候就沸腾，肯定要坏事。

找个假的接盘侠，签一份假的协议，做一个假的项目方案，捏在手心里，如果那个该死的征用小坝村的红头文件真的来了，书记就会找他要方案，他就交出去。他完全不担心假协议假方案会露馅儿，因为这样的方案，在他手里，不经过来来回回上上下下几十次的反复，是不会确定的，书记也决不会急急忙忙冲到第一线，在这个过程当中，"公示"他老人家应该来了。

当然，我们知道，钱千里并没有把全部的希望都押在"公示"上，他也是有后手的，如果经过了无数次的反复，确定后又再确定的方案已经完全无可挑剔了，这时候"公示"他老人家还没来，而假接盘侠的事情就暴露了，那么，这怪谁呢，当然怪那个假接盘侠骗子啦，谁能想到那个公司居然是个骗子公司呢，而且被戳穿以后，居然拉黑了他，一去再无踪影。

戳穿了骗子，又没被骗子骗去什么，只是白白耗费了一点时间，那就是上上大吉了，再重新物色接盘侠，这也许又是一个漫长的过程，就不信"公示"他老人家真走得那么慢。

如果真走得慢，钱千里也还是会有办法拖延的，总之，在他离开这个乡镇之前，他是不会做征用小坝村这件事的。

找假接盘侠这事情，难不倒钱千里，现在满大街都是假东西，找真的难，找假的易。

而事实上钱千里的办法更简单，连假的也不用找，相信谁也不如相信自己，甲方乙方都是我。先胡乱编一个名字填入乙方就行了，反正反反复复的谈判都是由他出面的，一直到第三者比如书记要直接过问了，就哎呀一声告诉他，那公司出问题了，是个假公司，骗人的，怎么办，重新再找吧。

钱千里自己动手起草了一份关于小坝村拆迁的协议书，协议是十分规范的，一二三四五等等写了好多条，还故意在关键的地方搞一些漏洞，错别字，语句不通，甚至是反过来的意思，反正一切都在他的掌控之中，到时候如果真的派上用场了，再修正一下就是，这才显得初稿和二稿三稿和最后的定稿有区别。

当然，一份合同最重要的是甲方乙方，现在他只写了甲方乙方四个字，至于甲方是谁乙方是谁，现在谁都不知道，他也不知道，这个不着急，随时都可以填写。他当然希望到最后也用不着由他来填写。

钱千里把这份别出心裁的不完整不成立的合同又看了一遍，十分满意，打印出来，放进公文包，他要做的事情就基本完成了。

现在钱千里镇长，已经备好了那份假协议，他在相当长的一段时间里，可以兵来将挡，水来土掩了，所以他胸有成竹地在镇街上行走着。

这时候钱千里的手机响了，有个朋友要找他喝酒，说是谁谁谁，谁谁谁，都会来。钱千里犹豫了一下，现在禁酒令很严厉，但这是私人聚会，不违反规定，何况朋友提到谁谁谁中的谁谁谁可能会有"公示"方面的内部消息，所以钱千里只是稍一犹豫，就答应了。

可是到了那里一看，谁谁谁并没有来，谁谁谁也没有来，朋友是带着个朋友的朋友来求他办事了。

这个朋友的朋友的朋友，是东北来的，想在钱镇长这里，找点活干。钱千里心里不太高兴，求办事就说求办事，不能骗人嘛，让他空欢喜一场。但既然来了，也不能翻脸就走，毕竟他是个笑面虎嘛。人家还给他带了个礼物，一只口袋拎到他脚边，他朝里边望了一眼，一堆黑乎乎的东西，也看不太清楚。想起来，东北有三宝，人参貂皮乌拉草。但这都是老话了，现在谁还稀罕这些东西。

笑面虎隐忍下不快，为了朋友的面子，多少喝了一点，喝了点酒，情绪就好起来，交换名片，把人家的名片随手撂进公文包的时候，顺便瞄了一眼，刚刚明明介绍这个东北人姓王，这名片上印的却是李总，他也没在意，管他王总李总，今夜过后，恐怕八辈子也打不上照面。

散场的时候，他不想提那袋东北土特产，假装忘记了，但是人家特意提了追出来，硬塞到他手上。

钱千里走了几步，看到一个垃圾桶，随手就一扔，"扑通"一下，声音有点沉闷，感觉垃圾桶里垃圾肯定很多。

钱千里脑袋有点晕乎，酒这东西还是需要常喝常练，才能保持住水准，现在酒喝得少了，酒量明显下降，回家倒头就睡。

第二天早晨起来，老婆说，你昨天晚上拎回来什么东西，黑咕隆咚的，你现在没人送东西了，连野草都收呀？

他朝门角落那儿一望，那袋东北土特产果然在那里，可是依稀记得昨天晚上是扔了的，难道酒后记忆错误，没扔？看来酒量真是不行了。

现在钱千里还不知道，他是扔了东西的，只不过是他酒后有些糊涂，扔错了，扔掉了自己的公文包。

镇上有个以捡垃圾为生的老太，每天早晚两次，准时到垃圾桶来收货，当天晚上钱千里扔了公文包后不久，老太就来了，捡走了垃圾桶里一些她认为有价值的东西，当然，其中肯定有钱千里的公文包。

老太打开公文包看看，里边有几份打印出来的文件，还有一张名片。老太不认得字，文件和名片对她来说，还不如一只空的饮料瓶有意思。但老太是个有道德的人，她想到丢失了公文包的人会着急，第二天一早她就坐在垃圾桶边上，看看那个丢包的人会不会找过来。

钱千里并没有来，倒是有个小学生经过，老太喊住了她，说，妹妹，你帮我看看。

小学生看了看文件和名片，她虽然已经认得出那些汉字了，但是以她的认知水平，还不能理解这些汉字组织起来后的意思，何况这些汉字还被钱千里有意组织得乱七八糟，小学生更加云里雾里，除了小坝村三个字的意思她是知道的，因为她自己就是小坝村的，但她不能告诉老太，这个文件的内容是小坝村。万一老太追着问，说小坝村什么呢，她回答不出来，很没面子。她想在老太面前显摆一下自己的水平，所以她撇了撇嘴说，喔唷，没有用的，人家扔掉的。

其实小学生想得也不错，小坝村三个字，算什么呢，太平常了。

老太一听，放了心，说，噢，那就好。

小学生说，老太，这几张废纸你也没有用，给我做草稿纸吧。

老太就把文件拿出来，交给小学生。小学生本来是向母亲要了钱买日记本的，老师早些天就布置要小学生自己去买练习本记日记，要定时检查。小学生口袋里揣着母亲给的钱，经过游戏房的时候，没忍得住，进去玩了。

现在她可以把这些文件纸裁一下，订成一个本子，来解决这个难题了。

小学生学习不咋样，日记也不会写，一直在拖拉，老师已经催了几次。她的手倒是蛮巧的，她把文件纸装订成本子，做得还像个模样。

老师终于收齐了学生的日记，学生的日记本大多是规规矩矩的练习本，但其中有一本很奇怪，比一般的本子小得多，也薄得多，是用 A4 纸裁成四页后装订成的，老师想可能这个学生的家庭条件比较差，就没有计较日记本的不规范。但是看了这个学生的日记内容，很一般，没有写作天赋，有的地方甚至狗屁不通。这下老师有点不高兴了，随手一扔，本子翻了过来，老师就看到了本子的反面，那是打印出来的小四号字体，用的是宋体，十分工整，她看了一眼被裁得零零碎碎前后倒错不成文的内容，只看到小坝村三个字是完整清晰的。

老师是刚刚分配到这个地方来当老师的，她还不太知道小坝村或者其他的村子是怎么回事，但老师是个负责任的人，她觉得小学生可能闯祸了，可能把人家的重要文件搞掉了。她认真研究了一下，甚至还把小学生订的订书钉给拆了，想把文件重新组合起来，虽然非常难，但老师还是大体上看懂了拼凑起来的内容，是一份关于小坝村的合同书。

老师把小学生叫来，问她这个纸是哪里来的，小学生说是老太给的，老师叫她去还给老太。

小学生听老师的话，去把本子还给老太。老太说，啥，老师是说有用的东西吗？那么是谁的呢？

小学生翻白眼说，我不知道，老师没说是谁的，老师只说叫你负责任。

老太有点着急了，急忙去把公文包拿过来，摸出那张名片，叫小学生念，小学生念道：内蒙古建群公司总经理，李利春。

老太想明白了，肯定是这个叫李利春的人丢的，可是他在内蒙古呢，应该很远吧，怎么办？

老太虽然不识字，一直捡垃圾为生，但许多年下来，也已见多识广，寄吧。

老太找到小区的保安，请他把日记本寄给名片上的这个人，邮资由老太出。怕保安不乐意，老太给了他两包烟，他同意了，还说，老太，真人不露相啊，你捡捡垃圾的，居然有总经理这样的关系。

老太说，你要用快递的啊，人家着急的。

保安寄快递的时候，除了写上收件人的电话，还需要留下寄件人的电话，保安没有留他自己的电话，随手留了个同事的电话。

小区保安周德才看到一个陌生来电，他没有接，可过了一会儿又打来了，如此反复打了三次。周德才想，这个骗子还真执着，反正闲着也是闲着，接了看看他使什么花招，跟他玩玩。

到第四次打来的时候，他接了，说，哎哟，人家骗子一般只打一次，你怎么打这么多次。对方说，我不是骗子。他虽然说的是普通话，但是周德才听出了乡音，感觉十分亲切，那边的人问他，你给我寄的快件，是一本小学生的日记本，啥意思？

周德才有点蒙，愣了半天才说，谁，你谁呀？

那边说，你给我寄了东西，你都不知道我是谁？那你是谁呀？他见周德才不回答，又说，你寄我的这个日记本的背面，好像是什么文件，但是裁得乱七八糟，看不清了，只看得出小坝村三个字。

周德才说，哦，你是说小坝村啊，我们这边是有个小坝村，你是要找小坝村的人吗？这样吧，我把小坝村村支书的电话给你，你直接联系他吧。

小坝村村支书也接到李利春的电话，李利春说，我也不知道怎

么回事，就是觉得这事情蹊跷，当然也有点担心，怕万一是什么重要文件，好像给小孩子搞成了日记本，

小坝村的村支书也没当回事，随口说，小坝村怎么啦，名气有那么大吗，大到你们内蒙古都知道呀。

李利春说，我仔细看过了，好像是一份关于小坝村的合同。

本来洋洋哈哈、爱理不理的村支书，一听到"合同"两字，似乎触动了某根神经，立刻兴奋起来，什么什么，什么合同？

李利春说，我看不清楚，要不，我再给你寄回去。

村支书说，寄什么呀，你加我微信，拍下来发给我。

于是距离遥远的八竿子打不着的两个人，就互加了微信，李利春很认真，将裁成小块的合同，一页一页地拍下来，发给小坝村的村支书，最后两人还约定，等到春暖花开时，村支书邀请从未来过江南的内蒙古人李利春，来小坝村看看。

村支书在手机上研究这份破碎的七颠八倒的合同，放大了看，横过来看，倒过去看，看着看着，村支书觉得背脊骨阵阵发凉，村支书受惊吓了，受到了很大的惊吓。

小坝村要征用，他居然一点也不知情，人家居然已经签下了合同，虽然看不见甲方是谁乙方是谁，可小坝村三个字是真真切切的，合同的内容也已经是白纸黑字了。

村支书一边出着冷汗一边胆战心惊地想，这可真是应了一句老话，被人卖了还帮着数钱。

现在小坝村的村支书惊吓过度，简直有点惊慌失措了，他其实已经戒了烟，但是现在不行了，他必须点一根烟来镇定一下神经，他要静下心来想一想，这到底是怎么了。

乘着村支书点烟的时候，我们还是回到钱千里这里来看一看吧。

钱千里始终没注意自己的公文包丢失了，反正他家里的公文包多的是，都是从前开会时发的，大多质地很好，还有不少名牌真货，只是因为太多了，堆在家里嫌占地，丢掉又有点可惜，所以家

里添置家具的时候，特意买了一个超大的鞋柜，让那些公文包和鞋子堆在一起。公文包也和鞋子一样，需要的时候就拿出来用。

其实钱千里的公文包本来也就是做做样子的，以防有上级领导突击检查工作，一看这个干部两手空空，吊儿郎当，没有好印象，仅仅是这样一个作用而已。公文包从来都不是钱千里会关心的东西，重要的材料，搁哪里也不要搁在公文包里呀。有个干部还把和情人开房的房卡放在公文包里，傻呀。

扔公文包的第二天早上，他出门前，随手从柜子里又拿了一个，那一瞬间依稀有点印象，好像不是昨天的那一个，他还用心回忆了一下，昨天的公文包里有什么，记不很清。因为不重要，也就不需要记得清，应该是有几份打印的文件。凡是打印出来放在公文包里的，都不属于重要的东西。却忽然间记起昨晚喝酒时的一些片段，那个姓王的东北人给了一张姓李的名片，随手放在里边了。

当然，钱千里不把公文包的事情当回事情，最主要的原因是跟书记有关的，书记这几天到县里学习去了，见不着面，就不会给他眼色，没有书记那吓人的眼色，钱千里也不会庸人自扰，小坝村征用这样的令人忧心的事情，还是不要时时想起为好，决不放在心上，"公示"已经走在路上，他只管安心地等待。

这一天晚上，时间很晚了，钱千里已经睡下了，忽然就接到了小坝村村支书的电话，口气急得不行，如同遭到天打雷劈了，一分钟也不能等，有天大的事情要当面向钱镇长汇报。

村支书摸黑找到了钱千里的家，跌跌撞撞进来，慌得口不择词，不好了钱镇长，不好了钱镇长！

钱千里心头一凛，此时此刻，要说钱镇长有什么"不好了"的事情，除了"公示"还会是什么？

钱千里心里一"咯噔"，脱口而出，啊，举报了？

村支书不知道"举报"是啥意思，赶紧说道，不是举报，不是举报，是暴露！

一边说，一边取出自己的手机，翻出李利春发给他的微信，举到钱千里眼前说，钱镇长，你看，你看——

　　钱千里看到"李利春"三个字，感觉略有点眼熟，但想不起来是哪里的，他也看不明白那些拍成照片的支离破碎的东西是些什么东西，他倒是对村支书的屏保页面有点兴趣，那是小坝村的一幅全景照片，用美图秀秀修过，看起来很美。

　　村支书见钱千里竟然还在关注他的手机屏保，看起来这事情真的很可怕，实在太可怕，连分管这块工作的镇长都一无所知呢，他急得说，钱镇长，晴天霹雳了，小坝村要征用了！

　　钱千里听村支书说"晴天霹雳"这样的词，差一点要笑出来了，但是随即他心中一荡，想道，天下真是没有不透风的墙，小坝村征用的事，到底还是泄露出来了。他颇有些奇怪，整个镇上，这事情貌似只有书记和他两个人知道，那消息是谁泄露出去的呢？再看小坝村村支书的神态，可不像是听了小道消息那样的猜疑和征询，那完全就是铁板钉了钉的态度。

　　钱千里立刻问道，小坝村征用？谁说的？

　　村支书急道，钱镇长，都到这时候了，还用问谁说的吗？

　　钱千里说，难道，文件下来了？嘴上问着，心里越发觉得不对劲，又接二连三地追问道，支书你看到文件了？你怎么会比我先看到文件？难道是周书记直接找你谈了？

　　村支书说，钱镇长，你怎么消息如此不灵通，现在已经不是文件下不下来的问题了，人家连合同都已经签下了，嗬，他们瞒得太紧啦，滴水不漏呀，我们被蒙在鼓里也就算了，竟然连钱镇长都不知道，简直了！

　　钱千里简直目瞪口呆，说，什么合同，什么合同已经签了？

　　村支书又把手机举起来，就是这上面的，刚才给你看的。

　　钱千里赶紧再把村支书的手机接过来，认真仔细地研究那些奇怪的图片内容，只是那些图片里的用词，都是十分规范的合同用语，除了小坝村三个字有特指性，其他的句子和字眼，放在任何一份合同里都是适用的，钱千里挠了挠头皮，正有些茫然，忽然间，他眼前一亮，因为他看到了一个词：

无情。

用在"解除合同"前面，就是"无情解除合同"。

钱千里一看到"无情"两个字，立刻"嘻"了一下，脸色很不严肃。几乎所有的合同都是板着脸的，字字句句背后都隐藏着杀机，都是冷酷无情的，只是这种无情，从来不会从字面上体现出来。

所以，对于一份合同来说，"无情"真是一个十分罕见的词。钱千里当副镇长的几年里，起草过许多合同，他当然是十分清楚的，所不同的是，他曾经起草的那些，都是真合同，而这一份合同，则是真呵呵，感觉好像是特意让他在紧张焦虑地等待公示的日子里，轻松一下，起草的时候，甚至带了点调皮的心态，有一点忘乎所以、心血来潮，在规范的"解除合同"前面，敲上了不规范的"无情"两字。他甚至还自鸣得意了一下，作为一个曾经的文学青年，参加工作以后，就没有任何机会让他使用一两个自己喜欢的词语。

这个词，放在任何合同中，都是不适合的，一般的正常的正规的合同中是绝对不可能存在的。当然，如果钱千里的这份假合同最后要变成真的，这个词肯定是会取消的。只不过，钱千里完全没有让假的变成真的的想法，所以他才敢，也才有机会调皮一下，用了一个不规范的合同用语。

这个不规范的特殊的词，让钱千里明白了，村支书手机里这些图片，正是他亲手做出来的又被切割了的假合同。

他完全不知道这份假合同有过怎样的曲折经历，怎么会从一个内蒙古的李利春那儿，拍成了碎片到了村支书的手机里，他一路回忆过去，只能回忆到自己酒后将公文包当成土特产扔了。

除此之外，他怎么可能知道它的经历呢。

虽然他可以觉得侥幸，因为合同上并没有具体的甲方乙方，他自己没有暴露，但是小坝村征用这件事情已经暴露无遗了，要指望村支书守口如瓶，保住秘密，那是不可能的事。

原来设计好的，万一出问题就甩锅给别人，难道结果要自己背锅吗？

还好，还有一把手书记在呢。

一把手是什么，就是个子最高的那个，天塌下来，肯定是他先顶着的。

书记已经结束了学习，返回镇上了，钱千里一大早就抢在所有人的前面，进了书记办公室。他琢磨了大半夜，觉得在书记的火眼金睛面前，还是不要耍小聪明，不要抵赖，直接先认错，承认不小心搞丢了合同，然后建议书记干脆将消息公开，先声夺人。

书记学习回来心情不错，笑眯眯地看着他，又看看秘书准备的日程安排，说，哟，钱镇长，什么急事，一大早，也不分个先来后到，抢别人的先头啊？

钱千里急切道，书记，等不及了，小坝村——

书记笑着打断了他，说，哦，小坝村啊，上次跟你说的情况，你准备得怎么样了？

钱千里说，书记，我就是来坦白这个事情的。

书记说，呵呵，坦白？我就知道，你没有准备吧，你那天跟我汇报，说合同都已经准备妥了，那是缓兵之计吧。不过你也别紧张，我早料到你会敷衍的，你不敷衍谁敷衍？都要公示了，都看得见明天了，你还揽这档子麻烦事吗？

钱千里愣了一愣，竟听不出书记这是批评还是鼓励。

他只是有些奇怪，怎么书记口气轻佻，神情轻松，眼睛里也没有了试探和加压的意思，很快他就知道了，原来书记那里又有了新的"小道"，小坝村还没有开始的征用叫停了。新来的县委书记的工作思路，和前任有区别，更符合新时代潮流，不要把农民的地拿来造新房子，而要在原来的泥土上打造美丽乡村，所以就无情地毫不客气地把前任已经酝酿成熟的想法扼死在想法里了。

本来嘛，你拿走农民的地，在乡下造了房子，风景再好，价格再便宜，城里人也不会来买。你农村就该是个农村的样子，该种粮食种粮食，该养猪就养猪，只要搞干净一点，再种点花花草草，打扮打扮就行，城里有好多人，好久没见过农村了，也有好多人，从来就没见过农村，如果是美丽乡村，他们会来看看，因为这里有他们的乡愁。

钱千里如释重负，长长地松了一口气，忽然就想起了自己的合同中使用的那个词：无情。

无情真好。

此时此刻，小坝村征用的消息，已经在小坝村全面传开了，小坝村的村民，纷纷谋划着自家的未来，纷纷行动起来，他们强占不属于自己的地方，他们抢搭违章建筑，他们甚至连猪羊圈都扩大了几倍，他们真是无情的一群人。只是他们不知道，因为他们是农民，他们常常是消息到达的最尾端，其实在消息的开端之处，他们的梦想的翅膀，已经被无情地斩断了。

邀请函

　　马尚在集团总办工作，主任助理，听起来还不错，好像除了主任就数他大了。其实主任有好几个助理，他只是其中之一。何况还有正正式式的副主任若干，副主任们对"助理"的心态各不相同，但有一点却是一致的，就是觉得，助理虽然和他们一样级别，甚至也都有正式批文，但毕竟有点名不正言不顺，好像那都是随便喊喊的，不够硬气。

　　不过对马尚来说，这也无所谓，只要能够做好自己的本职工作，拿到那份比较可观的年薪就好。

　　马尚所在的企业是国企。国企了不得，又在体制内，又能拿高薪，既体面，又实惠，两头都占上。在好长的一段时间内，大家都是削尖了脑袋往国企钻。现在稍微有点弱，其实也不是实力降低，主要是老百姓和舆论看着他们好处两头占心里不爽，抨击得比较厉害。好在抨击归抨击，国企仍然是国企，该干吗干吗，不受影响。

　　集团规模挺大，分工也就比较细，马尚给主任当助理，主要的工作任务就是安排各种会议和参加各种会议。

　　你也许不相信，一个年轻力壮、年富力强还是高学历的人，难道光是为开会而生？

　　要不然呢？

　　不开会你想干啥呢？

　　老大的要求就是这样。老大一贯的想法就是这样。开会是企业发展最重要的最不可或缺的工作内容，多开会，多请人，就是造势，只要造了势，就会有效果，就会有影响，生意就会好起来。

你能说他说得不对吗？

就算他真说得不对，你能怎么样？你想告诉他你错了？

你想多了。

他哪怕说，天下的事，就是靠开会开出来的，你也只能认了。难不成你还能撑他说不是？

老大真是天生的会议思维，不仅自己的集团要开会，对于合作单位、兄弟单位，甚至来往较少的单位，甚至八竿子打不到一块的单位邀请的会议，也同样重视，再三强调，只要有人邀请，必须有人参加。

集团上下，对于老大的指示，向来贯彻落实到位，所以马尚平时所做的事情，基本上就是为自家的各种会议做准备以及参加别人家的各种会议。

先说自家会议的准备工作吧，虽然千头万绪，但是如果经常开会，天天开会，也就习以为常。对于马尚这样久经会场、经验丰富的人来说，不敢说小菜一碟，也敢说手到擒来。

其实刚开始的时候，马尚也犯过很多错误，被几任主任都骂过，严重的时候，甚至被老大骂过，那属于老大越级骂人了，那是真急了。

最后他终于在错误中成长，适应了。

其实你们难道没有发现，这里边也是有问题的。老大又不会永远是老大，有的老大，很快就升到更高一点的地方当老二去了。这很正常。有个段子说老婆见老公老是纠结，就总结出一套，对老公说，你们男人就是这样，刚当了老二，就急吼吼要当老大，好不容易当上了老大吧，才过不久，又急吼吼想当老二了。呵呵。

也有的老大，一直干到退休，那也是正常。而且是坚挺强硬的正常。

当然，还有少数出事的老大。他们已经出事了，就不说他们了。人还是厚道一点的好。

虽然老大走马灯似的经常换，但是在马尚看来，他们虽然经历、脾气、背景各异，但绝大多数都是会议思维。他在总办负责开会已经伺候了五任老大，差不多一个比一个更重视开会，简直了。

你瞧，这，现任的老大，才来不久，就召开领导班子会议，在领导班子会议上，一下子确定了近期的八个会议。

其中首当其冲的就是：

集团成立十五周年庆祝大会。

十五，又不是个整数，一般十年二十年才是大庆，十五搞什么名堂嘛。但是老大不这么想，老大才来，急着要造声势，要出形象呀。集团是全省国企中数一数二的大户，所以但凡集团的大型活动，就有希望能够请到上级领导，所以必须要办，一定要办。

只是，有点遗憾，按照现行的规定，庆典要低调，喜事要从简，活动名称也很讲究，不能太张扬，又不能不张扬，换个说法就是，又要夺眼球，又不能太刺眼。

这个有点难度，于是，有人出来贡献智慧，他在集团号称"金点子"，在前老大那儿就是鞍前马后，金句迭出的，现在他又为新老大出金点子了，他说，把庆典和年会合起来搞，就不会太刺眼。

年会是年年搞的，十五庆典是现老大特有的，所以现老大对这个两结合并不是十分满意，但是考虑再三，觉得还是安全第一，所以同意了两结合的建议。

然后仍然是大家出主意，最后由老大认可，给庆典取了个名称叫"吉祥之夜"。

有点暧昧，有点诗意，也突出了重点，恰到好处。

第一天晚上的庆典加第二天上午的年会，完美。

现在这张"吉祥之夜"的白纸已经到了马尚手里，需要马尚在白纸上画出最赞的图画来。这是老大新上任后的第一个会议，马尚自然是全力以赴，视会如归。

决定召开会议的会议，马尚是没有资格参加的，但是有主任列席，主任列席回来，自然会向他细细传达会议的各种要求，时间地点，规模名单，住宿伙食标准，会议议程，等等一切。

就这样马尚开始了他的新一轮会议准备工作，首先就是发邀请函。

发邀请函是一项既简单又复杂的工作，当然对于马尚来说，早已经是小菜一碟。先将名单分为三类，一类，不用太讲究，平时来往比较多的，使用微信的，只要通过微信把邀请函发过去就完事了。第二类，没有互加微信的，属于一般的工作关系，见面机会不多，不太亲密，但是由于长期合作，肯定是有联系方式的，比如邮箱，对这类人，马尚一般是通过邮箱发邀请函，这和微信一样地方便。这一类和二类人物，他们的联系方式都存在于马尚的手机和邮箱通讯录里，其实他甚至可以选择出被邀请的人，打个钩，群发。

但是马尚不会这样做，因为受邀请的大多是尊贵的客人，你不能连称呼都不给他，就请他来开会吧。所以马尚在每一封邀请函发出之前，会修改称呼，需要的话还会修改个别词语，然后一对一地发送，尽可能做到万无一失。

最后就是第三类人物了。这类人物，是不用马尚经手的，马尚不能直接用微信或邮箱通知他们，必须把正式的邀请函打印出来，用红色的封面套住，由主任甚至得由老大亲自送上门去。

至于邀请函的设计，也很简单，把去年的活动邀请函拿来作个参考。所谓的参考，也就是把名称时间地点改一改而已。会议连着会议，谁会在意其中一张邀请函的设计呢，何况去年还是前老大，今年已是新气象，万机待理，工作重心怎么也到不了一张小小的邀请函上面。

所以现在，发邀请函这工作，在马尚这里基本上是可以做到万无一失的。

"吉祥之夜"在千呼万唤中终于到来了。

会议下午报到，庆典晚上开始，但是集团自己的人马，肯定要提前到位，马尚尤其了。

马尚到达会场的时候，接到主任的电话，说老大已经在来的路上，要他小心着点。

马尚心里一喜，他没有什么可小心的了，已经面面俱到了，已经完美无缺了。

他心里正酝酿着小确幸，忽然就没来由地打了个冷战。其实要说完全没来由也不对，那是因为他听到了一个熟悉的声音。

这个声音正在什么地方嚷嚷：你们什么意思，你们想干什么，人没走，茶就凉啊？啊？

马尚心里顿时"咯噔"一下，我的天，这是前老大的声音？

马尚真是有点惊魂了。

前老大刚退二线不久，一线的会议是不会邀请他来参加的，他怎么会出现在这里呢——马尚脑筋正紧张转动，前老大那个速度，简直了，已经出现在他前面了，仍然是当老大时的口气，马尚，你给我过来！

只差没说个"滚"字。

马尚赶紧滚过来说，钱总，钱总，您，您来了！

前老大面孔涨得通红，青筋直暴，骂人说，马尚，没想到你也是个忘恩负义的东西，你这算是通知我参加会议吗？你是存心不想让我参加吧？你那邀请函，昨天晚上才发给我，一点提前量也没有，你让我一点准备也没有，怎么，你以为我到二线就偃旗息鼓啦？

马尚简直一头雾水，邀请函？他根本没有给前老大发邀请函，也根本不可能给他发呀。他来了，老大咋办？

可是既然已经来了，都面对面了，虎去威还在，马尚现在可不敢实话实说，他只有点头哈腰，连连检讨，尽量含糊地说，抱歉抱歉，对不起，对不起——

抱什么歉——前老大一声断喝，我告诉你，你这邀请函，问题大了！

马尚赶紧说，您说，您批——

我批什么批，你们傅总，是怎么领会现在的精神的，吉祥之夜，这是个什么东西？

前老大说现老大什么东西，这话就有点粗糙了，但这是前老大的一贯风格，前老大一向以粗见长，以大老粗自居，可以随便骂人，如果有群众反映，上级觉得他过了，说说他，他就会说，哎哟，我是个大老粗，有口无心。

你还能怎样他？

真是以粗卖粗。

好不容易挨到霹雳虎离去，哪料今又杀回，大发虎威，逮住个小小的助理，马尚是被骂惯了的，早已经习惯成自然，爱骂骂吧，一个耳朵进一个耳朵出便是，他心里慌张的不是挨前老大的骂，而是现老大来了怎么办。

他嘴上讨饶，其实任凭前老大怎么装蒜，他心里也不再把他当根葱，却不知道前老大还真当回事了，要来会议手册一看，这下委屈真大了。

会议手册上，竟然没有他的名字，到总台拿钥匙，居然没有他的房间，这下子马尚担当不起了，如果是他邀请的，却没有名字也没有房间，那是想要对前老大干什么呢？马尚都能想出一身冷汗来。

恰好这时候，主任电话又到了，你在哪儿呢，老大到了。

马尚双腿一软，两眼发黑，目光昏暗，就依稀看到主任陪着老大过来了。

老大在半途站定了，朝这边张望，好像有些疑惑要不要过来，马尚感觉老大是在问主任，那个人，是前老大吗？

怎么不是。

老大的反应够快，轻重缓急更是分得清，他立马就调整了情绪，堆起满脸的笑容，急步过来和前老大打招呼。

前老大本来就觉得，这么大的委屈，简直是天大的侮辱了，逮住一个马尚，有什么意思，正好老大送上前来，来得正好。

前老大上前就说，傅总啊，年会年年搞，今年你搞大了。

老大完全不动声色，笑眯眯道，哪有哪有，尽力而为。

笑虽笑着，说话却滴水不漏，连虚假地应付一句都不肯，比如说，你完全可以随口对前老大说一句，这是建立在您的基础上，没有您的打拼哪有我的今天，之类，明明是假的，但你说了人家也会高兴一点。但是老大偏不，我的就是我的，与别人无关。

前老大见老大连客气话都不肯说一句，挺不住了，直接挑战说，傅总，我得问问你了，你们工作是怎么做的，邀请我来参加会议，怎么没有我的名字，也没有我的房间？这是在打谁的脸呢？

老大是个笑面虎，人家都挑明了，他仍然含糊地笑着，说，喔唷，怎么会这样，是谁，哪个工作人员，粗心大意了吧——

前老大一时气急，大概忘了自己已经被退出战场，雷霆霹雳又起来了，啊？啊？这是粗心大意就可以解释的事情吗？我看这是狗眼看人低哦，工作如此不到位不细致，以前的良好作风这一下就没啦，什么什么什么。

老大本来就有很好的涵养，现在看到前老大嘴上狗来狗去，明明自己像只疯狗，狗急跳墙了，于是老大的好涵养就愈加充分地体现出来，他自然是占着绝对的无比的优势，优越感爆棚，稳坐钓鱼台，笑看风云，好爽好过瘾。

马尚现在知道轻重了，不能站在一边事不关己了，他赶紧站队说，我没有给钱总发邀请函，我是根据主任给我的名单一对一发的，又不是群发的，不可能搞错呀。

前老大暴跳说，没有发？没有发我怎么会收到？我若是没有收到，我怎么会到会上来的？马助理，你这个助理怎么当的，明明邀请了我，却不给我安排，你这是搞我呢，还是搞傅总啊？不知道内情的，还以为是傅总让你这么干的呢。

老东西厉害，都已经二线了，还如此较真，对部下还如此歹毒，这是逼他二选一吗？马尚也不是什么高尚的人，他只是个一般的人，如果真让他二选一，他必定要选现老大的。

只是现在还没有到山穷水尽的地步，他还得再挣扎一下，他赶紧拿出手机，并拍了拍一直随身背着的笔记本电脑，说，钱总，您可以查看我的手机和邮箱——

马尚下意识地看了主任一眼，这是求救的意思，这才发现主任脸上藏着诡异的笑，马尚一时判断不出主任是什么心思，他可是前老大的主任，现老大来了，仍然用他，够意思的了，他不会是身在曹营心在汉吧，这么想着，马尚不由心里一紧。还好，主任虽然鬼笑，但在关键时刻还是替马尚说了句话，说马尚工作还是很细致的，很少出差错。

他们真是昏了头，他们难道这么快就忘了前老大是什么样的人，有什么样的水平，即便惯常以粗卖粗，但如果不是铁证如山，他不会如此嚣张，霸气外露，往往自称粗人的，无不粗中有细哦。

怎么不是，你瞧，前老大一听马尚和主任否认，立刻掏出了自己的手机，塞到他们面前，看吧看吧，有没有邀请函？

真有。

是一个微信名"也许"的人发的邀请函。

那张粉红色的邀请函赫然躺在前老大的手机里。

马尚顿时傻眼。

老大才不傻眼，立刻上前搂过前老大，哟，钱总钱总，老领导老前辈，您来，就是对我的工作最大的支持，我还怕请不动您呢——一边回头吩咐主任，赶紧的，赶紧的，安排好，会议手册，这些，销毁，重做，房间，搞个套间，晚上有时间，我亲自陪老领导搞两局。

两人竟然像哥们似的，勾肩搭背走了。

马尚彻底傻眼了。

他的微信和邮箱都没有"发送"，那前老大微信里的邀请函是从哪里过去的呢？那个"也许"到底是谁呢？

难道，是同事搞的鬼，有人要整他，或者，是想整老大或者前老大，或者想两个一起整，偷偷地拿了他的手机，改了网名，给前老大发了邀请函，然后再删除发送内容？

马尚冷汗都冒出来了。

至于吗？

谁呀，跟他有什么仇什么恨呀？

马尚的同事小李，在一边吭哧吭哧，马尚说，你吭哧什么？

小李说，我说的，我一直就说的，你还一直不信，听说我们集团，可复杂了，在同事办公室装窃听器的都有。

马尚不想听小李鬼鬼叨叨，窃听器摄像头什么的，爱装就装吧，无非就是想听听谁谁谁说了老大什么坏话。可是，说老大坏话，这就是单位的日常的重要工作内容之一呀，哪天真没人说了，那不用问，只有一个原因：老大不在了。

"吉祥之夜"已经隆重开场了。一般说来，只要邀请的人员一一顺利到位，活动开始，后面就没马尚什么事了。但是今天不一样，今天的"吉祥之夜"成了马尚的"不祥之夜"，邀请函的谜没解开。虽然老大搂着前老大去开会了，但是会后老大杀回来的样子，他脸上的那种奇怪的笑容，已经足够让幻想中的马尚打几个寒战了。

马尚必须在老大腾出手来之前，把那封奇怪的邀请函追查出来。

马尚不愿往小李说的那方面去想，那实在太恶心。可是如果排除人毒，那也只能甩锅给病毒了，因为前面也遇到过类似的一些情况。比如有一次，他的邮箱收到别人发来的一份邀请函，打开附件，却是一份看不清的名单，他赶紧删除了，但是病毒比他更快更聪明，就在他打开附件的一刹那，它已经钻进来了。它钻进来后并不立刻发作，还休息了一天，到第二天，这封已经被删除的邀请函就在他的邮箱里自动恢复了，并且往他邮箱通讯录里所有的联系邮箱自动发送。凡是收到病毒邀请函的人，纷纷来打听询问，马尚怎么给他们发了个看不见的邀请函，啥意思？

马尚十分狼狈，一一解释，最后感觉差不多闹完了。马尚刚刚定下心来，却不料这个病毒甚是狡猾，完全不按常理出牌，有的速度正常，发出即到，有的却故意在路上多走一会儿，以至于到了十天半月以后，甚至一两个月、半年以后，还在捣乱。真是一次中毒，终身受累。

虽然现在马尚无法确定发给前老大的邀请函，是人毒还是病毒，但是他至少已经知道了它的名字，就是那个"也许"。

如果"也许"是个真人，他能够把集团的邀请函发到前老大那里，那应该是马尚身边的人，至少是在集团工作的人，这样的人必定是和马尚有微信关系的。马尚无法检查前老大的手机，就先把自己的手机检查一番，通讯录里的人实在太多了，先跳到最后一看，吓了一跳，竟有近两千个。其中有一大半不太熟悉的，也不经常冒泡，马尚完全不记得。有的人还经常自说自话地换名字，隔三差五就会冒出几个陌生的新名字，搞到最后，虽然大家都在微信朋友圈里，但其实谁都不知道谁是谁了。或者有个仇人，有个恶人，取了"美丽心灵"或"风清云淡"这样的名字，再配上美味鸡汤，秀秀美图，真会让你觉得，世界真的很美好，人间自有真情在。呵呵。

马尚得把自己所有的微信朋友以及他们的昵称一一查过来，查得头晕目眩，也没有找到"也许"，眼看着"吉祥之夜"已经在歌舞声中结束了，马尚还是一头雾水。

马尚躲在自己的房间找"也许"，主任的电话追过来了，让他立刻去套间待命，到那儿一看，原来前老大已经回到房间，正三缺一等人呢。

估计老大是食言了。本来么，说说客气话，哪能玩真的呢。那气氛该多诡异呀。见面搂搂抱抱，说几句不嫌肉麻的话，还行，真要几个小时甚至通宵达旦地坐在一起面对面促膝打牌，那可实在是熬不下去，装不下去，挺不住的。

主任是随老大的，老大不在，他也必定不在。但是有副主任呀，还有那个一天到晚胆战心惊的小李，他们看到马尚进来，都阴阴地盯着他，好像一切的不情愿，都是马尚惹出来的。马尚只能忍气吞声低眉顺眼。在事实真相出来之前，他是背锅侠。

好在牌这东西是个调和剂，一抓到了牌，心情立刻阴雨转晴。本来老大食言而撤，前老大是不高兴的，他虽然不会幼稚到相信老大会陪他打牌，但老大是当着下属的面说出来的，不兑现，就是不给他面子了。

还好，这一点点小气恼，打对手一个双下就消掉了。

前老大打着打着高兴起来，调侃马尚说，小马哎，我今天到会，你明天要吃排头喽。

马尚赶紧说，钱总，那个邀请函确实不是我发的呀，我没有您的微信。

前老大抓到一副天炸，高兴地说，小马，我当然知道不是你发的。

马尚赶紧说，是呀是呀，我的微信名就是马尚，不是也许。

前老大笑道，你当然不是也许。

马尚的心一下子收紧了，直觉暗藏的线索就要露出来了，他赶紧说，钱总，您知道也许是谁？

前老大哈哈笑说，也许就是也许呢。

这话怎么听都听不出真正的意思，大家就哈哈一笑，当是笑话了。

不一会儿前老大的手机响了，他正在紧张地抓牌，手气好着呢，都不能让别人代抓，按了免提，他老伴急吼吼的声音就传出来了，你在哪里？你快回来吧。

前老大一边抓牌一边将头勾下去一点，嘴靠手机近一点，说，干吗？我今天不回，住会上，明天还有年会呢。

老伴急得说，哎哟哎哟，你快回来吧，别在那边丢人了，人家没有邀请你，哎呀，跟你实说了吧，是你孙子拿你的手机跟你搞的鬼——

前老大呵呵说，你才鬼呢，明明也许给我发的邀请函。

老伴那边急得几乎在叫喊了，哎呀，哎呀，也许就是我呀——

前老大仍然呵呵，说，也许是你？你搞什么搞，你不是喇叭花吗？

老伴急道，你孙子，小猢狲捣乱，给我改了名，我都不知道，刚才还是群里的老姐妹提醒的我。

前老大反应够快的，片刻之间就恢复正常，或者，他根本就没有出现片刻的不正常，仍然一边抓牌一边笑呵呵地说，哟，多大个事，不就改个名嘛。

前老大面不改色心不跳，甩出一对小王，说，一对小鬼！又勾着头对着电话说，喔唷，多大个事嘛，我丢什么人嘛？他们不邀请我，是他们丢人嘛，我虽然不在一线岗位上了，但毕竟那个什么嘛，我还是在职的嘛——他"嘛"了又"嘛"，把个老伴"嘛"得无话可说了，他才哈哈一笑，对几个牌友说，其实我早就知道是小赤佬跟我弄白相，你看，刚才我说也许就是也许，你们不相信，呵呵，现在相信了吧。

也许是应该相信了，可总还是觉得哪里不对呀，尤其是马尚，感觉哪里都有陷阱在等着他踏进去，心慌得不行，酝酿了好半天，才小心翼翼地问了一句，钱总，您孙子哪来的邀请函呢？

前老大又抓了一手好牌，随随便便就出一张大鬼了，满脸得意，嘴上说着，大鬼——小马，你说呢？

见马尚说不上来，他又开心地呵呵了，说，今天手气简直了，全是抓的鬼，小马啊，看在你今天输得惨的分上，我告诉你吧，你也别伤脑筋啦，你们傅总不会找你麻烦的，呵呵，你又不是我孙子。

又说，小马，你什么时候变得这么喜欢听故事了？你爱听故事，那我就给你编啦。故事其实很简单，我先是听说你们要搞吉祥之夜，没有收到邀请，这也正常嘛，毕竟退二线了嘛，干吗手脚还要伸那么长呢，伸得再长也总有一天要缩回去的嘛，不该伸的乱伸，最后被人斩断，这点境界和修养我还是有的嘛。可是后来我又收到了邀请函，有邀请函那当然是要来的啦，不能给脸不要脸嘛。但是我来了，你们又说你们没有邀请我，我就到厕所里去看了一下，才发现这是去年一个活动的邀请函，一直在微信群里没有删除，小猢狲整出来又发给我了，呵呵，小猢狲才六岁，是个人才。我呢，虽然是知道了真相，但是呢，我来也来了，再走，岂不是更丢了尊严，小马，你说呢？

马尚简直了，目瞪口呆。

不管马尚怎么惊愕，事情总算是过去了，他的嫌疑解除了，心里轻松了，接下来的牌局，发生了根本性的逆转，气得前老大连连说，失误失误，就不该告诉你真相。

马尚以为没事了，不料过一天上班，主任就让他到老大办公室去，进去的时候马尚是很坦然的，反正事实已经有了真相，怎么也栽不到他的头上。

进了老大办公室，老大冲他笑了笑，还亲自给他泡了一杯茶，然后老大说，小马啊，别有思想负担啊，钱总邀请函这个事情跟你无关——那个邀请函，是我发给钱总的——哦，事情是这样的，这次我们请到的张部长，和钱总关系好，请他的时候，他就问到钱总了，所以我考虑，虽然钱总二线了，而且你们大家也都不愿意看到他再来，但我的位置不一样啊，我还是得请他来一下哦，可又担心他会端架子，所以我让你们主任想办法，你们主任，是个人才，想出个"也许"，用这个名字给他发了邀请函。我原来呢，只是想请他到一到晚会现场，和部领导见个面而已，没想到他又要名单又要住宿，嘿嘿，但是不管怎么说，这次活动还是十分顺利的，小马，也有你的功劳啊。

马尚听着老大叨叨叨叨，感觉有点晕，这也许还真是个也许，也许还有许多也许呢。走出老大办公室，听到口袋里手机叮咚一声，根据不同的铃声，他知道，这回是手机邮箱来邮件了，打开一看，是一封会议邀请函，是集团的一家合作单位，要搞一个未来之夜。

马尚前去异地参加未来之夜，到了酒店大堂，掏出手机，展示邀请函，会务人员就给他发了房卡。马尚坐电梯上楼，进了房间，看看离晚饭时间还早，就在大床上躺下，刚要迷糊一会儿，就听到房门"嘀"的一声，门开了，有人进来，朝里一望，看到他躺在床上，这人吓了一跳，说，咦，你是谁，你怎么进来的？

马尚举着房卡给他看。

这人顿时生气了，说，难道现在都安排两人一间了吗？这不是倒退吗？想了想又说，不对呀，这钱都是我们自己掏的，订的就是单间，凭什么——他说着说着，居然气得笑起来了，说，呵呵，还是个大床房，两个大男人合睡一床呵。

马尚说，你是来参加未来之夜的吗？

这人说，是呀，这里的活动不就是未来之夜吗——但他毕竟也有点疑惑，于是掏出了手机，马尚也凑上去看一眼，顿时傻眼了，发出邀请函的，居然也是一个叫"也许"的人。

马尚顿时头皮发麻，立刻问道，也许是谁？

这人听岔了，点头说，是呀，也许是谁搞错了，你，你也姓马吗？

马尚说是，这人又气得说，这会务组工作也太粗糙了，以为姓马就是同一个人——他气呼呼甩门出去找会务组去了。

留下马尚一个人在房间，他心里已然清楚，这个姓马的人，是没有被安排房间的，可能类似吉祥之夜他前老大的遭遇。而且马尚知道，也许已经升级了，并且大大地拓展了业务，总之，也许已经是一款升级版的新毒了。

旧事一大堆

　　老太有个邻居老王，从河南来的。老王的朋友在苏州开古玩店，干得风生水起。苏州民间喜欢收藏的人多，所以古玩店多，生意也好做。他的朋友做了几年，生意很好，后来觉得古玩店不够他玩的了，要转行到房地产上去，就把古玩店转手，问老王愿不愿意来苏州接手。

　　老王愿意，他就从河南来到苏州，接手了朋友的古玩店。

　　老王经济上有点实力，可以租住酒店公寓，也可去购买新房，但是既然开的是古玩店，住老宅肯定气息是对的。老王在苏州观察了一通房子的情况，最后就走到老太这里来了。

　　这是一幢民国时期的老洋房，虽然已经破旧，但是稍作打理，外表看起来还蛮硬朗的。老王喜欢这种既陈旧又硬朗的气息，他一咬牙，买下了这个院子里二楼上三间房。

　　说是买房，其实也不算是真正的买房，因为他买的是房卡房。说到底，他买的是卡，而不是房，他可以一直住在这个房里，房却不属于他，他还要交一点租金。但是和一般租房不同的是，他多出了一大笔钱，买个心安，除非政府需要，其他没有人可以随时赶他走。

　　老王就安心地在苏州的老宅里住下了。

　　苏州和河南都是有宝贝的地方，不同的是，老王老家的宝贝，大多藏在地底下，说河南的农民，随随便便耕一下地，就耕出了秦砖汉瓦。苏州呢，地底下有没有东西、有多少东西，尚不知全，但是地面上的东西已经不少，苏州人随便在街上走走，就走到唐伯虎住的地方，就走到了范仲淹办学的地方，随便踩一踩，可能就是康熙皇帝踩过的鹅卵石，随便一抬头，就看到了乾隆皇帝题的匾，哈哈，真赞。

所以老王到苏州接盘古玩店，感觉捡了大漏，不是朋友给的大漏，是苏州大街小巷里都有大漏。于是暗自觉得朋友太过浮躁，转投房地产，呵呵。

老王住的老宅二楼，因为年代久了，中间虽然也大修过，但毕竟陈旧了，哪里哪里都不像新房子那样，地板是重新修整重新油漆过的，颜色挺好，也没有通常老宅地板的那种嘎吱嘎吱的声响，可是老王踩上去时，总觉得空空的，不太着地，不过还好，住了一段时间，也就适应了。

老宅子有蟑螂和老鼠，这也不难，现在灭蟑螂灭老鼠的办法多的是，都没经老王怎么对付，蟑螂老鼠都不见了踪迹，这些东西都是有灵性的，见了外地人，走路说话都和苏州人不一样，身上有股陌生气息，吃不透，不敢恋战，转移战场去了。

但偏偏有一只老老鼠，年纪大了，和老太一样，恋着旧家，不肯离去，夜里出来作老王。那时候老王家属还没有过来，一只老老鼠，也就随它去了，可是后来不久，老王家属迁来了，女人通常都恨老鼠，她就要跟老老鼠过不去了。

白天老王去店里上班，老王家属就在家里对付老老鼠，老王家属捉来一只猫，结果猫被老老鼠吓跑了。这也没什么稀奇，现在有什么东西不是和从前倒着来的呢。

老王家属去买了老鼠药和老鼠夹子，但是老老鼠经验丰富，它才不上当，它和老王家属斗法斗得来了劲，有时候白天也大摇大摆地出来，老王家属就去追它，追到窗角落那里，一脚踩空，一块地板翘了起来，地板下面出现了一个大窟窿。

其实不是什么大窟窿，就是地板下有个暗道，望进去黑乎乎的，老王家属心里有些不妥，浑身没来由地打了冷战，好像那只老老鼠会变成一个妖精从暗道里出来，吓得赶紧给老王打电话，把老王叫了回来。

老王一回来，看到老宅里有个暗道，顿时又惊又喜。他先是用手机电筒朝暗道里照了照，看不清，又找来一个大号的电筒，这下看清楚了，老老鼠当然不会在那里等他们，却有一个包袱在里边，好像是用旧床单包的，包袱挺大，他估计自己一个人拖不出来，叫家属和他一起拖，他家属不敢。老王想到下楼去喊邻居老刘，可是刚刚下了两级楼梯，他又返回来了，他觉得这事情不要让更多的外人知道。

可是外人已经来了，住在一楼的老刘，听到楼上有声响，动静还挺大，就上楼来看看，老王想瞒也瞒不住了，就喊老刘来帮助，老刘一边过来，一边不以为然地说，能有什么东西，能有什么东西。

果然不是什么金银财宝，包袱里是一些旧书，还有几本笔记本。老王翻开来看看，是钢笔字，老王心里凉了小半截，又仔细看了看有没有署名，会不会是什么名人的手迹，但是笔记本上除了写的文章内容，没有任何人的名字。老王又仔细看看文章当中有没有提到什么人，当然是有的，但是没有看到什么有名的人，都是些普通的名字，也不知道是真人，还是虚构出来的人。

老王心里又凉了小半截。

老刘说，我说的吧，没有花头的，你以为捡个大宝贝，呵呵，这房子，进进出出住了多少户人家，轮得到你？

老王有些失落，但他的心还没有凉透，后来他留心观察了一下周边的人，本宅院的和巷子附近的，他琢磨了一下，觉得可以去向老太打听。

老太这么老了，她一定见多识广。

可是他没想到，老太是个怪。

一个人老了，很老了，老了又老，却一直不死，这不是怪吗？

现在这个院子里，只有老太是原住民了，她从貌美如花的新娘子，渐渐成为阿姨，后来大家叫她好婆，再后来就叫老太。因为很老了，邻居也都换了好多茬了，大家也不再关心她姓啥叫啥，只管叫老太。

她已经在这个宅子里住了许多年，到底有多少年，如果你问老太，老太就说，一百年。

大家知道老太是瞎说的。

或者有人瞎操心，问老太几岁了，老太说，一百岁。

老太又瞎说。

随她吧，反正她已经这么老了，说几岁都无所谓。

或者还有人不识相，又要问了，说，老太，你姓啥？老太说，我姓王。就有人指出，老太瞎说。

老太说，你说瞎说就瞎说。

她还是瞎说。

邻居都是后来、再后来搬进来的，不认得老太，所以刚搬进来的时候，都会问一问老太，也算是人之常情。不过很快他们就闭嘴了，不再问老太的事情了。

老太都这么老了，还会有什么事情呢。

开始的时候，隔三差五，会有人拎一点营养品或者时令食物来看望老太，邻居就猜一猜，然后问老太，这是你儿子吗，这是你女儿吗，这是你孙子吗，等等。

老太说，你说是谁就是谁。

到后来，看望老太的人渐渐地少了，再到后来，越来越少。

老太有话不肯好好说，也不知道她是说不好，还是不想好好说，总之她的每一句话，都能把人一下子顶到南墙上。

所以当老王抱着那些本子来问老太的时候，老太就说，我写的。

老王没有信以为真，因为他听得出老太方言中夹着不诚恳的意思，外加老刘还在一边窃笑，老王诚恳地对老太说，老太太，我想这个肯定是从前宅子的主人写的吧，我只是想问问，这个宅子，从前是谁住的。

老太说，我住的。

老王说，您住了多少年？

老太说，一百年。

老王觉得哪里不对，他不知道这个宅子有没有一百年了，他犹豫着又问，老太，那您，您多少岁了？

老太说，一百岁。

老刘又笑了，说，老太，花样经也不晓得翻翻新，老是这一套。

老王因为刚来不久，没有吃过老太这一套，还不知道老太的妖怪，他还蛮顶真的，仔细想了想，算了一下年头，才说，那就是说，您是出生在这个宅子里的？哦，就是房子造好的那一年，你们家搬进来，你出生了。

老刘说，你说书呢？

老太说，一百年。

老王终于领教了老太的一套，打消了从老太这里打探消息的想法，他把这些东西带到自己店里，打算空下来再研究研究。

老王店里有个伙计小金，学历史的大学生，看到老王带了旧书和笔记本堆在桌上，没事的时候就拿来随便翻翻，结果竟然读进去了，他觉得写得很好，差一点拍案叫绝了。

老王说，怎么，这些本子写得有这么好？

小金说，文章很独特，文风都比较随意，没有套路，好像想怎么写就怎么写，有点天马行空的意思。

老王虽然懂一点古玩，但对文章是外行，想不出天马行空的文章是什么意思，就问小金写的什么。

小金告诉老王，写的是从前一家人家有三姐妹，三个姐妹个个才貌出众，而且她们的婚姻也个个门当户对珠联璧合。

老王一激动，脱口说，不会是宋家吧，宋美龄什么的。当然他也知道不可能，自己就笑了起来，知道自己心里的贪念。

小金说，反正，总之，肯定是人物。

小金这样说了，老王心里又起了一点希望和盼头，正好前任店主老许来了，他现在搞房地产了，心里却还是惦记古玩这一块的，这天有空闲过来看看老王和从前属于他的店，老王赶紧把这些本子请他过目。

老许才翻看的时候，老王就性急地说，老许，这些文章很好的，天马行空的，肯定是什么大人物写的，至少也是名人。

老许稍微翻了翻就放开了，说，文章是不错，但是这不稀奇，这种东西，苏州城里打翻的，遍地都是。他见老王似有不服，又说，你想想，苏州城里这样的读书人多的是，写的文章一个比一个赞，要不然怎么会出那么多状元。

老王真是个沉不住气的人，一听老许这话，心里又凉下来。就这样反反复复，凉了热，热了凉。

老王后来渐渐地冷静下来，觉得从文章入手解决不了问题，还是得从宅子入手，虽然老太作怪，不肯好好说话，但好在来日方长，慢慢打听便是了。

可惜好景不长，老王家属不肯住这宅子了，闹着要搬家，她白天一个人在家，老是觉得有人在走地板，吓人倒怪，可是等老王下班回家，晚上却一点也听不到声音。真是出奇。

老王只好考虑换房了，他要出售刚刚买来不久的房卡房，找到一家连锁的中介公司。这个中介公司做了好多年，越做越大，声誉也很好，老王委托给他们，放心的。

接待和联系老王的是中介小张，小张对这一带的房子，烂熟于胸，听到景德巷，脑海里就呈现出条巷子形状，那里有好些民国时期的建筑，仍旧属于公房，所以不等老王具体说明，他就估计老王卖的是房卡房。

小张先是详细跟老王介绍房卡房买卖的情况，然后他问老王，是景德巷几号。

老王说，17号。

小张听到17号，心里似乎有些恍惚，他还追问了一句，是17号吗？

这种多余的废话，不像是小张这样的中介大神问出来的，倒像是个菜鸟。但是小张确实就是重复问了一遍，以便确认这个17号。

老王以为小张不了解17号的情况，赶紧介绍说，里边有个老太，住了很多年了。

小张十分敏锐，立刻追问，什么老太？姓什么？

老王说，不知道姓什么，她一直就是住在17号的，好多年了，她自己说是一百年。

小张愣了愣，说，一百年？她看起来很老了吗？

老王说，老，老，真的很老。

小张说，那她是姓沈吗？

老王从小张的口气中听出点异样，是压抑着的紧张，是期盼中的兴奋，他也跟着紧张和兴奋起来，赶紧问小张，如果是姓沈，怎么样呢？

小张说，如果姓沈，这个17号，就是沈家的啦。

老王心里"别别"一跳，沈家是谁家？

小张，沈家是谁家，嘻嘻，沈家就是沈家，哦，你不是苏州人，苏州沈家你不晓得的，沈家有三个女儿，厉害的。

老王心里又是"别别"乱跳一阵，说，三个女儿，都会写文章的吧，都是才貌出众的吧，她们的婚姻，也都是珠联璧合的吧？那，那后来她们呢？

小张说，都是很久以前的事，我也不太清楚，据说有一本书，叫《沈家旧事》，就是写他们家三个女儿的，说后来全家迁去了上海——小张见老王把兴趣放在人的身上，觉得他有点走歪，赶紧扭过来说，我的意思，如果 17 号是沈宅，那你这个房价就那个什么了，呵呵。

这其实是老王能够预料到的，可惜的是那个老太太古怪，总是七扯八扯，不正经讲话，无法知道她到底姓不姓沈。

小张不觉为怪，说，老太大概不想让人家晓得呗，沈家，向来是低调的。

后来他们就一起到了老王的家，小张拍了照片和视频，准备挂到网上，这是卖房的规定动作，必要的程序。

从二楼下来的时候，他们在一楼的小天井里碰到了老太，老王对小张说，喏，我说的就是她，老太。一边跟小张介绍，一边就抢上前去问老太，老太，你是姓沈吧，沈老太？

老太说，你说姓啥就姓啥。

老王有点不乐，不过他还是忍耐的，跟一个古怪的老太，生什么气，所以他好声好气地说，老太，人总是有姓的，你说对不对？

老太说，赵钱孙李，周吴郑什么——

老王终于不够耐心了，他打断老太，也有点不讲礼貌了，你不要扯那么远，你有那么多姓吗？

老太说，你说有就有。

虽然老王有点沮丧，小张却一点也不，他对老王说，没事，今天我们先不议价，你只管继续打听老太，我也做点功课。

小张回去，先是想办法找到了那本《沈家旧事》，这本书虽然不是什么畅销书，但也有几个版本，小张搞到的是一个旧版本，心想这种东西，旧的比新的可靠，就兴致勃勃地读了起来。

旧事写的是沈家三个女儿的事情，关于她们的父亲沈白生从安徽迁到苏州，购买了景德巷一幢民国建筑，只是一笔带过，没有写是景德巷几号。

其实不写几号也没事，沈家三女的故事，老苏州几乎没有人不知道，大家都津津乐道，好像自己和沈家沾亲带故的。这是苏州人的特点。为家乡骄傲，为家乡人自豪。而不像有些地方的人，家乡的人，家乡的好，都成为他们嫉妒恨的对象。

只不过那是从前的故事。从前的人知道，现在的人就不一定知道了，比如小张，也是因为他做房屋中介，和这个老城区地段有关，才会知晓一点点，否则的话，以他的年纪，以他的来路，以他的知识结构，他也不会知道沈家旧事的。

所以现在他捧着《沈家旧事》读来读去，想从字里行间探究出沈宅到底是景德巷几号，那个老王来委托的 17 号，到底是不是沈宅。

结果是无果。

大概从前的人，对于几号几号十分地不在意吧。

或者，那时候，景德巷里就只有他们这一户人家？

小张联络了一个朋友小周。小周是搞婚纱摄影的，现在有很多年轻人喜欢到老街上去拍结婚照。旧物成为新时尚，算是历史的循环往复吧。

所以小张想问问小周了不了解景德巷这条老街巷，进而再问问 17 号的事情。可是小周说，呀，景德巷我还真不清楚，我们的点没有拓展到那儿。小张说，那你还号称老街路路通呢。小周说，呀，我关注的多是知名老街。

小张听小周这样一说，心里有些凉，但他不会这么快就死心的，又跟小周说，听你的口气，好像你没关注到的，都是不知名的啦。

小周蛮谦虚，说，那倒不一定，苏州的老街小巷实在太多，知名的也很多，我哪可能都关注得到。他停顿了一下，又说，我电视台有个朋友小李，一直在做苏州老宅旧宅的记录，你可以去问问他。

小周推了小李的微信给小张，小张就和电视台小李联系上了。

小张本来是想通过小李了解一下景德巷 17 号的前世今生，看看在小李的寻访中有没有接触到这个宅子。不料小李一听小张说出"景德巷 17 号、沈宅"这几个字，二话没说，带了同事，扛了机器就来了。

小李到景德巷来，并没有告诉小张，这跟小张没关系。但是小李手贱，喜欢晒朋友圈，啥事都要冒个泡。他在去往景德巷的路上，就已经发出来了，无非就是显摆自己寻访名人故居。

小张在朋友圈里看到了，赶紧跟小李私聊，有一点责问的口气。小李回复说，咦，我是拍电视的，你是卖房的，两不相干，难道以后我的工作都要经过你批准？

小张没有回复他，直接就追到景德巷来了。

小张在来的路上，通知了他的同事，让同事把景德巷 17 号的资料准备好，写上沈宅的内容，等他信息一到，就挂上网。

小李来的时候，老王在店里做生意，老王家属在家，她从二楼探头，看到有人扛着摄像机来了，不知是什么事，有点紧张起来，一边下楼，一边打电话给老王让他赶紧回来。

后来她看到小张来了，认出他是那个中介，才定了点心，说，怎么，上次手机拍的视频不行吗？

小李没有搭理老王家属，他的注意力都集中在老太那儿，因为他一直在做老东西，所以虽然年纪轻轻，却是看到老人家就兴奋，他举着话筒上前就问，老太，您是姓沈吧？

老太说，你说姓沈就姓沈。

小李又说，老太您是沈家的几女儿呢？

老太说，你说几女就几女。

小张已经看出小李的马虎和牵强，心想到关键时刻还是得我上。小张可是做足了功课的，他说，沈家的小女儿是 1914 年出生的，活着的话，有一百零五岁了，你看老太像吗？

老太也说，你看老太像吗？

小李可不会在一个中介面前服输，他今天虽然来得急，没有做功课，可是他的功课做在平时，肚子里还是有货色的，他说，沈家除了三个女儿，还有好几个儿子，他们家最小的儿子，比三女儿小十五岁，沈家最小的儿媳妇，姓黄，叫黄淑君。

小张心想，这个年纪倒还对得上，于是赶紧问老太，老太，你是姓黄吧？

老太说，你说姓黄就姓黄。

邻居老刘说，哟，原来不是女儿，难怪她屋里挂的年轻时的照片丑死了，一点气质也没有，原来不是沈家的女儿。

这时候老王回来了，他听到了他们的推理和判断，心里已然明白，赶紧上前跟老太说，老太原来你真的不姓沈，不过你到底还是沈家的人哎。

老王到底是做旧这行的，嗅觉灵敏，他的脑海里，已经呈现出一幅蓝图了，将沈宅重新整合打造，名人故居，如今可是香饽饽哦。

想到这儿，老王毫不犹豫地和小张摊牌说，合同不签了，房子不卖了。

小张心想，明明是我的敏锐和执着，让一个普通的旧宅，成为了名人故居，老王却过河拆桥，不地道，所以小张也不客气，说，可是我们已经挂到网上了，如果有人来询问，我们是要守信用、要如实介绍的。

老王说，咦，你不是说暂时不定价，不定价怎么上网呀？

小张说，所以我们写的是价格面议。

但小张还是有经验的，行事也比较稳妥，尽量不要刺激老王，所以他又把话说回来，当然，房卡是你的，就算挂出去了，你还是可以自己做主的。这样让老王的情绪先稳定下来。

当天的晚间新闻，播出了小李做的节目，介绍了寻找沈宅的故事，再一次讲述了沈家三姐妹的经典往事，观众百看不厌，十分欢迎。

电视播出，立刻有了反响，虽然沈宅的归属还没有最后确定，但是性急的人已经赶来看沈宅了。有一位老先生，老眼色眯眯的，说自己是沈氏三姐妹的忠粉。他们就让他去看老太，老先生凑过去看了，说，哎哟哟，到底给我寻着了，我一世人生，就是想看一眼三姐妹的样子，到底给我看着了。

老刘跟他打趣，说，三个你最欢喜哪一个？

老先生说，三个都好的，三个我都喜欢的。

邻居骂了几声老十三，他也没有听见，心满意足地走了。

小周动作也很快，他迅速开辟了新的婚纱拍摄点，还不惜成本，把老宅的外表整理装扮了一番，不仅许多新婚夫妇纷纷前来拍照留念，沾一点沈家姐妹的才气和福气；还吸引了不少"文青"，到这里来东张西望，说三道四。

小李受到自己的鼓舞，一鼓作气，又连续寻找和拍摄了好几座被时光淹没的名人故居，工作成绩显著，每天都收到许多观众的来信来电，告知哪里哪里有名人故居。

有关部门也来关心了，做了认真的调查核实，史料也都查到了，沈家的小儿子叫沈祖荃，其实也很了不起，只是因为三个姐姐名气太大，他被遮蔽了。

沈祖荃做过苏州平益女师的校长，这所学校曾经走出许多优秀的女性。

不多久后，在 17 号的门口就竖起了名人故居的牌子，牌子上详细介绍了沈氏家族的情况，最后写道，现在还居住在 17 号的黄淑君老人，是沈祖荃校长的夫人。

老王一直在做老太、老刘，和一楼另外两家邻居的工作，想让他们把这个院子里的房卡房都转让给他。不过有一点老王很清楚，即便说服了他们，这种私下里转让房卡的事情，麻烦甚多，还是要由中介出面，因为他们专业。专业才能搞定。

所以现在老王和小张是齐心协力的。

原来在这个地段工作的一个老警察，退休好多年了，也不再到从前的辖区转悠了。有一天看电视，看到电视在播景德巷，那是他曾经工作过的地方，十分留恋和怀念，就继续看下去，才发现介绍的是 17 号，老太叫黄淑君。

老警察就奇怪了，说，咦，老太明明姓胡嘛。

老警察的小辈向来嫌他多事，十分不屑地说，姓胡还是姓啥，关你啥事呢？

老警察答非所问、固执地说，老太也不是个东西，就任凭他们胡说？又自己和自己来气地说，那个地段的居民，就没有我不知道的。

隔一天，老警察看天气好，就去了他工作过的那个地段，虽然有时间没来了，但仍然感觉到亲切，甚至比从前更亲切了，有些居民，他依稀还记得他们，他想和他们打打招呼，可惜他们都不记得他了。

老警察到了 17 号，看到老太，老警察说，胡老太，你明明姓胡嘛。

老太说，你说姓胡就姓胡。

老警察立在门口看牌子上的内容，越看越糊涂，挠着头皮说，沈祖荃是谁？

老太说，你说是谁就是谁。

老警察说，那上面说是你的男人——可是你男人我记得的，我查过你们的户口，他明明叫沈维新，咦咦，不对呀，他不是祖字辈，是维字辈，比祖字辈小一辈——老警察说着说着，渐渐清醒过来了，一清醒过来，他就忍不住笑了起来，他越笑越过分，笑得控制不住了。

老刘和一楼的几个邻居也跟着他笑。

老王家属在二楼听到楼下的声音，她探头朝下面看看，也不知道他们笑的什么。

老太不笑，她只是麻木不仁地看着他们笑。她不觉得有什么好笑的。

老警察笑得捂住了肚子，哎哟哎哟地说，哎哟，我知道了，哎哟，胡老太，笑死人了，这牌子上写的，你嫁给了你男人家的叔叔呗，哦哈哈哈哈——

老太说，你说叔叔就叔叔。

老警察继续笑说，不是我说的，是牌子上说的，哦，对了，我只记得你姓胡，叫个胡什么来着。

老太说，你说叫什么就叫什么。

旁边老刘插嘴说，我知道，她叫胡梨婧。

狐狸精？在二楼探头的老王家属一脱口也笑出了声。

院子里的说话声和笑声，惊动了路过这里的一个社区干部。她是后来才来这个地段工作的，不认得老警察，但她认得这院子里的居民，她已经在门口站了一会儿，见大家一直在纠缠老太，她就走进来了，说，你们又在逗老太玩？她有点打抱不平的意思，对老刘说，老刘，老太早就得了老年痴呆了，别人不知道，你还不知道，你也跟着瞎起哄。

老刘说，孙主任，你冤枉我了，我没有逗她，是他们这些人，老是要问她姓什么，多少岁，到底是谁，怎么怎么，烦不烦呀，这么老了，姓什么有意思吗？

老王家属忍不住在二楼上插话说，怎么没有意思，意思大了！

社区干部没有听懂老王家属的意思，也没有怎么在意，倒是老警察看到社区干部，特别高兴，上前攀亲说，小同志，你是景德社区的吧，我从前是这边派出所的，只不过啊，你这么年轻，我退休的时候，你恐怕还没有生出来呢吧。

社区干部说，哦哟，前辈前辈，有眼不识泰山。

老警察说，我记得老太是姓胡，没记错吧？

社区干部说，前辈是不是年纪大了，记性不行了？老太不姓胡，而且，你说她丈夫叫沈维新，也不对呀，老太没有结过婚，她一直是一个人——

老王家属着急了。她本来是急着要搬出去的，因为听说是名人老宅，她不想搬了。奇怪的是，她不再说听见有人走地板了，也许是仍然能听见，只是她不说而已。

她一直在观察他们这些人，他们一直在翻来倒去，轻轻飘飘，随随便便，到现在连老太到底姓什么都说不准，而且他们中间好像也根本没有谁想要把事情说准了，都只是没心没肺地说说笑笑而已，这怎么能够确定老太到底是什么人呢。所以老王家属就在楼上勾着头往下说，你们怎么乱来的，老太姓什么，是随便说说的吗？

老太说，随便的。

大家哄笑起来。

老刘对社区干部说，你看哦，不是我们逗她，是她在逗我们哦。

老警察有些不服，说，老太不姓胡？难道我真的记错了，那她到底姓什么呢？

社区干部说，好像是姓沈吧？

老太也说，好像是姓沈吧？

老刘说，咦，怎么又转回来了？不对不对，沈家的女儿，个个都嫁了好人家，可是你刚才又说她没结过婚，是一个孤老。

稍稍一想，又说，还是不对呀，如果她姓沈，你们竖的那个牌子上写的什么呢，岂不是姐姐嫁给了弟弟？

什么什么什么。

老王家属听出了问题，急了，赶紧给老王打电话，结果老王电话是暂时无法接通。

此时此刻，老王正和一些人一起往南边的大山里去，因为有风声传来，说在山里发现了整套的明代黄花梨家具，到了那儿一看，整套的家具已经出土，老王瞄了一眼就转身了。有人跟着他问，是不是看出什么问题了？老王说，不是看出什么问题，是没有什么问题，它的腐化处理真的很棒，十分逼真，可惜是逼真，不是真。

人家问老王怎么瞄一下就知道是埋地雷，为什么他们不能一眼看穿，老王说，你看过多少件真海黄，有五百件吗？等你看过五百件以上的真海黄，你就知道了。

他们都崇拜地看着老王，感觉老王有一肚子的真海黄。其实老王也没有看到过多少件真海黄，他甚至都不能保证，他以前看到过的几件真海黄到底是不是真的。

所以老王与其说是来看真海黄的，还不如说是来看假海黄的，真的看不到，就多看些假的，也是一种学习。

他们一路返回，虽然没有如愿以偿地买到真海黄，但至少没有上当受骗，所以兴致还是很高的，他们一起探讨了现在收藏界的许多是是非非。老王很有经验地说，任何物件，无论大小，都能造假，不像宅子那样的东西，造不了假，它一直就真真实实地站在那里，如果有人推倒了重建，是不可能瞒天过海的，对吧？

这时候同行里有个人说，宅子也不一定哦，我有个朋友老许，从前也是同行，后来去做房地产，他说他有个朋友姓王，跟老王你同姓哦，住了个民国老宅，就非说是沈氏旧宅，想拿下来打造，不知后来有没有做成，要是真拿了，那也许真就呵呵了。

这时候老王的手机响了，一看是家属打来的，但是山里信号不好，只听到家属喂喂喂，家属那边也只听得见老王喂喂喂，其他什么也听不见。

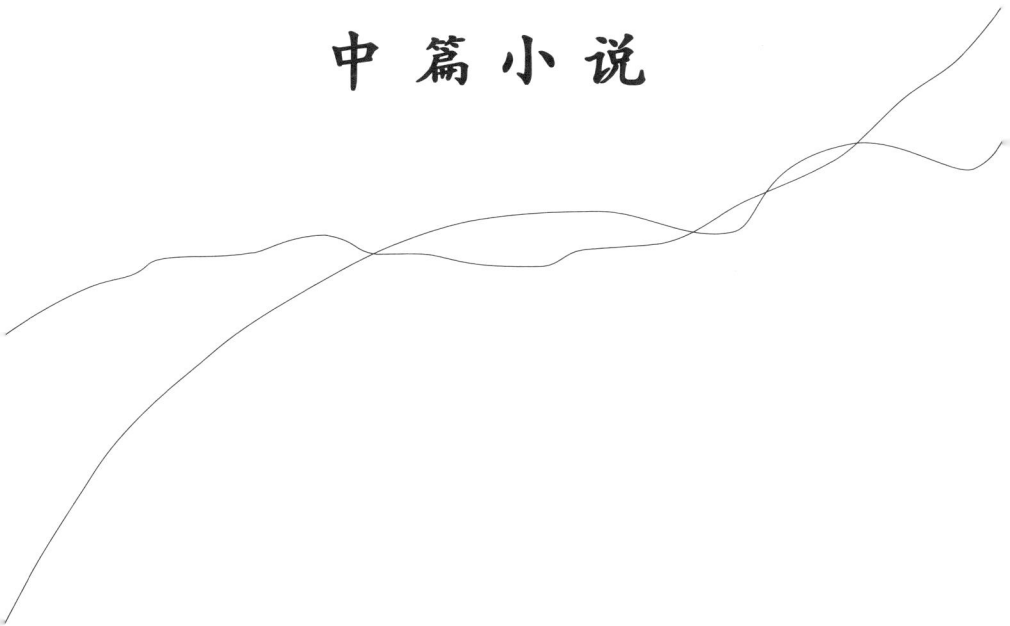

中 篇 小 说

蝴蝶飞呀

上　部

这日子真没法过了。

那就离呗。

离就离。

说离就离。刘澄明和周晓君，好样的，杀伐决断，当即翻出结婚证，带上户口本身份证，就到了民政局。

服务大厅是敞开式的，有两支队伍，一长一短，他们不假思索，不约而同就往短的那支走过去，到了那边才知道，这是结婚的队伍，那支长队，才是离婚。

没想到，离个婚也排队，还排长队，离婚的人比结婚的人多，这日子真是没法过了。

排就排吧，和婚姻比起来，排个队算得了什么。

办事员是个四十多岁的妇女，面善，和蔼，跟谁都是笑眯眯的。可是她和蔼没用，找她办事的人，要不就是火气冲天，要不就是冷若冰霜，与她的好态度形成鲜明强烈的反差。

来这里离婚的，都是协商好了的，所以办事员的工作并不复杂，只要手续齐全，盖个章，发个证，就OK。可这位办事员却将简单的事情办得复杂起来，她要反复地询问两个当事人，到底是不是真的商量好了要离婚，有没有真的下决心，会不会反悔，等等，好像在做居委会主任和调解法官的事情。

有的离婚夫妇会一一回答她的问题，但也有的心情毛躁，撑她说，你好啰嗦，我们手续齐全，你管得着吗？

另一个就说，就是就是，你给我们办就是了，我们两个人的事情，你插什么嘴？

那办事员真是好脾气，被撑了也仍然笑眯眯的，她耐心地说，我小时候吧，我奶奶一直给我唠叨，宁拆十座庙，不破一桩婚，我就记住了——

那个满脸不高兴的即将成为前老婆的人嘲笑她说，你现在，可是天天在拆破人家哦。

那办事员叹息一声说，是呀，所以我就说呀，人生就是如此地促狭。

后面排队的人，不管听清听不清的，都生气，大声嚷嚷，废话那么多，还办不办事了？

也有排队的人情绪并不激烈，他们淡淡漠漠的，平平常常的，甚至客客气气的，好像离婚就是上菜场买个菜那样随便，所以他们还有心情议论如今服务大厅的各种便利。

那倒不假。十年前刘澄明和周晓君来领结婚证的时候，办事人和办事员之间是有玻璃墙隔着的，只留出一个小洞，让你勉强可以把嘴凑到那里说句话，现在全部都敞开了，说话办事式方便。

有一个人随口夸赞了一下现在办事方便，另一个人就接着说，真是方便群众呀，再一个人就说，方便群众离婚呀，哈哈。

大家都被他说得笑了起来。有好几对本来怒气冲冲的，也忍俊不禁了。

后来终于轮到刘澄明和周晓君了，他们将证件递过去，那个办事员朝他们点了点头，做了一个请坐的动作，他们就在柜台前坐下了。排了半天队，腿是有点酸了。

办事员一一检查了他们的证件，最后才发现，他们没有写离婚协议书，也没有准备单人免冠近照。

紧贴在他们后面的那一对一听，立刻喊了起来，手续都不齐，来凑什么热闹。

另一个就配合说，要不，你们到旁边去写离婚协议书，然后去拍照，让我们先办——

刘澄明回头朝他们看了一眼，心想，你们配合得如此默契，离什么婚嘛。不像他和周晓君，说什么都是反着来的。

这办事员勾过头朝后面的那一对笑了笑，说，快的快的，你们别性急——她又体谅地看了看刘澄明和周晓君，蛮有把握地对他们说，你们两个，是一时火头上吧，哪有你们这样办离婚的，你们都不知道离婚要准备哪些材料吧——她又认真看了看他们的身份证，对"刘澄明"这个名字似乎有点熟悉，抬头看了他一下，立刻认出他来了，激动地说，咦，咦咦，你，您是刘医生？

刘澄明离婚被认出来，有点尴尬，想搪塞，支吾着说，我，我，我不知道，我没有——

那办事员却不由他搪塞，坚持说，刘医生，去年我爸爸心脏病发作，是刘医生您抢救的哎，您不记得我们，我们记得您，您是我们家的救命恩人哎。

刘澄明赶紧摆了摆手，欲言又止。一个离婚的医生，有什么情绪享受救命恩人的称号。

那办事员可激动了，她不理解刘医生的心情，一迭连声说，我知道我知道，刘医生，您别谦虚，您是你们医院心脏科室的骨干。哦，对了，我想起来了，您，好像还是海归吧？

刘澄明苦涩中夹着些尖酸的口气，说，是呀，我就是一只大乌龟——

办事员忍不住"扑哧"一声笑了。

从走进来、排队，到坐到办事柜台前，周晓君始终沉着脸，十分冷漠淡定的样子，可是一听刘澄明这话，她的脸突然涨红了，从椅子上跳了起来，瞪着刘澄明说，你什么意思，你什么意思？

刘澄明冷冷地说道，我什么意思，我没什么意思，她不是说我海归吗，海归不就是——

周晓君打断他说，我知道你什么意思——什么人呀，情况都搞不明白，你是存心搞事情。

那办事员可是一番好心，何况刘医生还救过她的父亲，她是真心想要缓解他们的矛盾，但她不自量力，就问周晓君，这位女同志，你是干什么工作的？

周晓君没好气，怼她说，离婚还要问职业吗？我干什么工作，关别人什么事。

刘澄明阴阳怪气地说，总裁助理呗，不是大秘哦，看看这腔调，就算不知道，猜也能猜得到。

那办事员脸色一喜，顿时就是一副"我知道了""我有数了"的样子，这让周晓君更加恼火，冲着刘澄明说，你把话说清楚啊，你夹枪带棒想干什——

正在争吵，两个人的手机几乎同时"叮咚"起来，片刻之间，大约都有十几条微信进来了。

两人分别着了慌，周晓君反应更快些，抢先惊叫了一声，家长群！

这声音和刚才说话怼人的声音，简直天差地别，连脸色也大变了，原本一冷脸美人，立马整成一副奴才相，恐惧而谄媚。

那刘澄明更甚，紧紧地捧着手机，凑到眼前，就差舔屏了。

老师在家长群里紧急呼叫刘子辉家长，刘子辉在学校闯祸了，老师让家长赶紧、立刻、马上到学校来。

刘子辉竟然在学校和同学争论离婚好不好，他打了同学，还说了很过分的话，老师把刘子辉说的话，原文发在群里。刘子辉说，今天我们家有大事、喜事、大喜事，我爸我妈终于去民政局了，他们终于走上一条正确的道路——离婚。

刘澄明脸上青一阵红一阵，恼火地说，这种事情，直接就放到群里？游街示众啊？为什么不能私聊？叫我们的脸往哪里放！

周晓君冷笑道，哼哼，在这种群里，你以为你还有脸啊？就是要让你颜面扫地。

刘澄明气愤地说，这属于个人隐私——

周晓君道，就是要扒你的隐私，把你内衣内裤全扒光。

孩子事大，他们也不离了，赶紧地，一人开一辆车去学校。是有点浪费，但是浪费一点汽油，却可以省去一点心烦，否则又是一路吵吵呗。

谁让他们两个，结缘于辩论大赛呢。

他们是同校同级不同院系，一个在医学院，一个在管理学院，大三的时候，学校组织辩论大赛，两个人各是正方反方的一辩，一开场就杠上了。

正所谓不打不成交，后来越杠越来劲，竟然杠出了恋爱和婚姻。

只是没想到，两个杠精，结了婚，生了子，杠的精神一点也没减弱，尤其是到了儿子刘子辉上小学以后，夫妻两个，简直就是小杠天天有，大杠三六九。

不过，也有例外，只要老师在群里一声令下，两个人就立刻心往一块想，劲往一块使了，一路快马加鞭，很快到了学校。

老师早已经严阵以待，不是一位老师，大约有五六个老师，由班主任许老师带头，大家一下子将这对夫妇围住，叽里呱啦，你争我抢，控诉刘子辉。

你家刘子辉，什么人呀，小小年纪竟然和同学讨论离婚的事情，像什么样子！

你家刘子辉，怎么回事呀，成绩成绩垫底，品德品德落底！

你家刘子辉，简直了，根本不把老师放在眼里，他竟然敢跟同学说，老师都是傻B。

刘澄明差一点要笑了，但是不能笑，而且，他也笑不出来，儿子上一年级的时候，他还会笑，一年过去了，刘澄明连怎么笑都忘记了。

刘子辉还带坏了其他同学，有家长要联名写信，要求刘子辉转学。

刘澄明来气，嘀咕了一句，刘子辉是谁？人民公敌吗？他只是一个二年级的小学生嘛。

这下子捅马蜂窝了，老师们更抓狂了，哇啦哇啦哇啦。

你们做家长的，是怎么教育孩子的？怎么给孩子做榜样的？

难怪刘子辉如此顽劣，原来家长就是这样的思想。

刘子辉不成器的原因，今天我总算知道了。

周晓君狠狠瞪了刘澄明一眼，刘澄明也知道自己惹祸了，赶紧忍了，讨饶说，对不起对不起，我也是一时心急，我知道说错话了，刘子辉，他就是，就是个人民公敌。

老师才不认这样的无关痛痒的检讨，继续他们的"家长教育"。

你们做家长的，再忙再累，也要把孩子放在第一位，否则，你们忙死累死，又有什么意义？

是呀，你们的事业，就算再伟大，再了不起，教育不好孩子，你们的一生也都是失败哦。

刘澄明不服，但他不敢辩驳。

老师却都明白他的心思，就代他说，你们家长的心思，我们都知道哦，你们就是想说，家长有家长的工作，家长有家长的事业，对不对？对呀，你们专心做你们的事业就是，孩子毁掉，又不是我们老师的孩子，是你们自己的孩子。

怎么就扯得上"毁掉"呢？但老师就是能扯得上。

周晓君可是个暴脾气、刀子嘴，无论在家还是在单位，一向是言辞犀利，巧舌如簧，可是在老师面前，她完全就是另一个人了，除了笨嘴拙舌，就是一味地讨好，一味地点头哈腰。这会儿，她已经感觉到刘澄明身上有一股像是要打架的气息，吓坏了，赶紧把他扒拉到一边，上前讨好老师说，老师说得对，老师教育得对，我们做家长的，一定听老师的话，回去好好教育刘子辉。

老师"围攻"家长的时候，刘子辉掩在走道里，从窗户那里朝办公室探头，满脸兴奋，一根手指朝刘澄明勾来勾去，嘴里说道，屁，屁屁，屁，屁屁——

刘澄明看到了，赶紧出来，刚要开口教训，刘子辉却朝他"嘘"了一声，又挤眉弄眼说，喂，老大，你们没离成吧？

刘澄明觉得奇怪，他和周晓君今天明明是一时起意，控制不住情绪，才去民政局的，这刘子辉，一个小学二年级小爷，难道未卜先知？

小爷满脸坏笑，拍了拍刘澄明的屁股说，老大，你们肯定没离成对吧，你们都没有写离婚协议书哎，那个要一式三份的，你们还没有商量好，我到底归谁呢。

人小鬼大，什么都知道，就是不知道写作业。

和小爷扯了几句，刘澄明又被老师提溜进去了，看到周晓君正在代替刘子辉写检讨书和保证书，刘澄明在一边闭嘴罚站。写完了"两书"，老师看过，重新修改，再看过，再修改，如此几番，才算过关，暂告一段落，老师才把家长放走去上班。

两个人夹着刘子辉把他送到班级，刚刚到走廊上，就有个孩子气势汹汹地冲了过来，对着刘子辉就批评说，刘子辉，今天犯错误了，你罚站！

刘子辉一脸讨好，说，我罚站，我罚站——回头向爸爸妈妈介绍说，这是我们班长，姜司令。

刘澄明一看这个同学小小年纪满身官气，就不爽，说，哦，好名字，可惜多了一个字，如果不要那个令字，就是僵尸，僵尸更好。

小班长开腔道，刘子辉家长，我今天正好跟你们谈一谈刘子辉的情况，你们做家长的，自己没有把子女教育好，还赖老师——

刘子辉赶紧凑到他耳朵边上咬了一下，那小班长的脸色顿时和缓下来，满脸堆笑说，行了行了，你们大人要上班的，以后再说吧。

转身离去。

刘子辉得意地朝自己跷了跷大拇指说，分分钟搞定——我们班长，太好搞了，只要你带吃的给他，他就不罚站，嘿嘿，老大，老妈，你们现在才知道，你们的儿子日子不容易吧，平时给个零花钱，还嫌我花得快，说我乱花钱，我这是乱花吗，我这是花钱花在——

上课铃响了，刘子辉这才停止了絮叨，进了教室，刘澄明和周晓君沉闷地走出来。

刘澄明还好，今天没有安排手术，在病房轮值，查房的事情刚才在来的路上，已经拜托了同事张医生，所以他今天晚一点早一点问题不大。可周晓君那里，已经接到老板无数个催促了，她是大内总管，她不在，那边就乱套了。

刘澄明听着她手机铃声信息声此消彼长，酸溜溜地道，你们老板，片刻也离不开你哦。

周晓君怒瞪他一眼，甩手而去，把车子发动得像一辆赛车，呼啦的车声中，尽是怨气。

刘澄明落个没趣，也无所谓，反正日子是没法过了。

一路已经想好托辞，要在主任面前蒙混一下，到了医院才发现，主任今天也请假了，这才松了一口气。病房那边的事，既然张医生没有来找他，应该就是一切正常，也懒得去多问，直接到值班室坐下，心情乱糟糟的，梳理一下，也梳理不出头绪，本来是要去离婚的，因为小爷闯祸，没离成，也不知道是应该懊悔还是应该庆幸。

一想到小爷，气就不打一处来，离婚不离婚的，起因也是刘子辉。

开学不久，刘子辉就回来跟家长传达了老师的指示，十月份学校要组织秋游，让家长提前做好准备，一二三四五六七，其中竟然还有买保险这样的要求，说是最少也要购买一种，买越多种越好。

真是闻所未闻，刘澄明一听就蒙了，问刘子辉，买保险？什么保险？

刘子辉翻个白眼说，我怎么知道，我是小孩哎。

周晓君说，群里有具体要求，你连群都不进，看都不看一眼，难道家长群是我一个人的，你不是家长？

刘澄明说，怪了，我不是家长，谁是家长，难道——

周晓君虎着脸憋着气。

刘子辉在旁边起哄说，隔壁老王是家长。

刘澄明进群翻了半天，看到了群公告，果然有要求，要求得还挺细，险种还不少，可供家长选择，也可全买。

交通工具意外伤害险

旅游人身意外险

旅游意外伤害险

旅游求援险

人寿保险

等等等等

刘澄明瞄了一眼，气得笑了起来，说，到公园去半天，要买这么多保险？谁的主意？我哈哈哈哈她。

刘子辉背靠大山，理直气壮道，老师的主意！

刘澄明说，废话，我不知道是老师的主意吗？我是说，都让家长出钱、保险公司担责，老师是干吗吃的？

老师带学生去秋游，学生的安全自然得老师负责，但是群里的家长，谁也不敢说出"老师负责"这四个字。

群里已经有家长小心地提问，能不能就买一种？

老师立刻回复一条：可以呀，列出这么多就是供家长选择的呀。

紧接着又发一条：不过有些事情还请家长考虑周全。

再连发数条，像机关枪扫射，一梭子：家长，你敢保证交通工具不出问题吗？

又一梭子：你敢保证人身没有意外吗？

再一梭子：你敢说你不需要求助求援吗？

那个提问的家长分明有点恼火，但是隐忍着，继续小心求证，那老师的意思，是都要买啦？

老师说，我可没这么说哦，你别曲解我的意思。

再强调：我始终一句话，供家长们参考。

到底买几种，全由你们家长决定。

老师不干预，也没有任何建议。

真是挖空心思，匪夷所思。刘澄明越看越来气，老师越是说得与己无关，就越是觉得老师用心险恶，还可能有猫腻，至少也是老师推卸责任，最好什么事都碍不着老师，什么事情都由家长担着。

刘澄明忍不住在群里发了个言，问老师能不能取消秋游。

老师还没发话，别的家长却已经火冒起来了，说，一天到晚把孩子关在学校，都关成什么样了。

是呀，早就该安排让他们出去散散心。

我家小孩激动了好多天了，如果取消，对小孩太残忍了。

过去我们小时候，春游秋游都是很平常的事情，现在怎么搞得跟打仗似的，竟然还有人提出来要取消，不知怎么想的。

当然，也有站在刘澄明一边的，怒气冲冲地说，怎么想的？就是想着不要给大家添麻烦。

是呀，我们家长每天累死累活，才挣几个钱，今天要买这个，明天要买那个。

吵吵了一大堆，老师出来了，老师一出来，家长都闭嘴。

老师说，各位家长，你们以为秋游是老师的主意吗？

继续连发：你们以为老师喜欢带你们家宝贝出去玩吗？

你们以为买不买保险是老师说了算的吗？

几个铿锵有力的诘问句，把家长问得脸红心跳，惭愧不已。反省一下自己，什么事情都往老师头上推，以为老师最大，以为老师是天，不知道天上有天、天外有天的道理吗？

大家赶紧拍老师马屁：

老师辛苦。

老师委屈。

老师不容易。

老师两头受气。

谢谢谢谢老师。

什么什么什么老师。

片刻间楼就歪了，讨论的话题变了味，既然大家体谅老师，买保险就买保险吧，反正钱都是花在孩子身上。用老师的话说，你们不为孩子，还想为谁？

平时这也买了，那也买了，也不在乎这一次了。

一个问题就这么被老师手到擒来地解决了。

日子过得飞快，眼看着秋游的日子就要到了，老师又出新方案了，光靠买保险还是不保险，老师提出，一个孩子至少得有一个家长陪同一起去，这也是亲子教育的好机会。

这个事情并不是昨天刚刚布置的，可刘子辉早不说晚不说，今天起来迟了，上学都快迟到了，他忽然说了出来。

刘澄明一问秋游的具体日期竟然就是后天，立刻断然拒绝，后天我不行，有一台约了两个多月的大手术。

周晓君反应也不慢哦，而且她向来是不甘示弱的，她一边拿了手机翻看家长群，一边说，老师是早就通知了，你没看家长群？

刘子辉说，老妈，你不是也没看吗？

周晓君说，后天我跟老板出差，谈一个三千万的项目。

三千万，拿来吓人啊？刘澄明说，钱重要，还是人命重要？

周晓君说，你除了偷换概念，就没有别的招了。

刘澄明在周晓君这儿基本占不了上风，只得把矛头对准刘子辉，但想想如果骂刘子辉，刘子辉也冤呀，主意又不是刘子辉出的，刘子辉也没有错呀，那就只有针对老师了。

刘澄明气呼呼地说，刘子辉，你们老师怎么一天到晚净出这些馊主意，这一次，我替你做主，就不听她的。

刘子辉说，不行，老师的话必须听。

刘澄明说，干吗，老师如果说得不对，也要听？

刘子辉说，君要臣死，臣不得不死，这都不懂。

刘澄明还想挣扎一下，说，可老师这么布置，明明是强加于人嘛。他瞄了周晓君一眼，试探说，我们可以和老师摆事实讲道理呀。

周晓君脸一冷，说，就你废话多，你试过说服老师听你的吗？一边催促刘子辉，快点快点，要迟到了。

这夫妻俩，谁也不肯让着谁，谁也不肯吃亏，在孩子的问题上，所有负担，都是对半，公平公正公开，一天一次轮换，今天轮到周晓君接送，晚上刘澄明辅导回家作业。

周晓君拉了刘子辉出门，回头对刘澄明说，你别走啊，我马上回来，这事情今天得定，老师在群里催促报名了。

刘子辉更是乘机强调说，老师说了，今天家长不报名，就取消学生的秋游资格。

刘澄明"啊哈"了一声，还拍了一下巴掌，兴奋地，取消，取消，让她取消，取消最好。

周晓君哼了一声，说，果然你根本就不看家长群，老师在群里说了，凡是取消秋游资格的，道德教育课扣二十分。

刘澄明立刻喊起来，岂有此理，岂有此理，荒唐，荒唐！

喊过之后，想想还是气不过，又说，家长没有空，就是学生道德不好，什么逻辑啊？

周晓君说，老师的逻辑呗，怎么，你不服，不服你就——她来不及再跟他废话了，拖了刘子辉出门。

刘澄明在家把早餐吃了，稍过不久，周晓君已经返回，气呼呼的，刘澄明说，碰到老师了？

周晓君说，哼哼，连音乐课的老师也这么凶，不就是教小孩子唱唱歌么，转得不得了，居然说我们做家长的没有艺术素养，所以孩子唱歌五音不全，什么呀。

刘澄明心里幸灾乐祸，但表面假作同情，说，是呀是呀，现在老师都不得了了，好像天底下的家长，都是他们的奴仆，都要跪拜他们——

看起来，这刘澄明分明是在替周晓君抱不平，可他这么一说，周晓君却又不高兴，反过来又指责他，说就是因为他有这样的不正确的思想，孩子受了他的影响，在学校招老师讨厌。

刘澄明赶紧说，免战免战，时间差不多了，秋游的任务，我在群里报你的名啦。

周晓君板着脸说，我说过了，我不可能，你没听到？

碰到困难了。

这样的困难其实也不算什么大事，甚至是十分日常的，三天两头的，总是要处理的。

他们两家，也都是有老人的，可刘子辉的爷爷正在住院，奶奶陪护，没要刘澄明他们去帮忙已经是上上大吉了。外公外婆身体倒还可以，可惜他们住在外地，照顾儿子一家，女儿家的事情，顾不上，要说临时请他们过来帮几天忙，也不是不可以，但是都怪刘子辉，后天秋游了，今天才说出来。也怪他们自己，没有及时在群里接收老师的指示。

周晓君赶紧联系父母亲，想问一下他们能不能明天赶过来一趟，结果电话一接通，她弟媳就抢了老人的手机跟她说，你知道了吧，你弟弟出轨了，你怎么说？

吓得周晓君赶紧挂断电话。

刘澄明并不知道周晓君为什么打通了电话二话没说又挂了，以为她是不愿意麻烦自家二老，心中愤愤不平，说，是呀，有的人家的老人就是老人，有的人家的老人就不是老人。

周晓君闷了一会儿，说，这次不是写作业，是陪秋游，老人也不合适——

刘澄明说，就算是写作业，也不合适呀，孩子交给老人，总不是办法，去年你爸辅导刘子辉写题：爸爸＋妈妈＋我＝，你爸说是吉祥三宝，啊哈哈哈哈——

周晓君和刘澄明一路货，既记仇，又嘴不饶人，说，你家好，你家有水平，上次你妈去接刘子辉，刘子辉犯错被老师留学校了，你妈冲进学校就骂老师，当时有个看热闹的家长录了视频，后来给我看了，我简直都看不下去，你妈满嘴——她大概还是想给刘澄明留点面子，没有说下去。

刘澄明却不依，说，满嘴？满嘴什么？总不会是满嘴喷粪，我妈她又不是老师——

周晓君说，就那一次，你妈倒是图了个痛快，我跑老师家跑了三趟，差一点要跪下了，才算解了老师的气——

刘澄明才不领情，胡搅蛮缠地说，那是你自己乐意，你本来就愿意拍老师嘛，我妈还给你制造了机会呢。

周晓君虎着脸说，是，我就是要拍老师马屁，我就是喜欢拍老师马屁——说着说着，脸色越来越难看，感觉雌老虎要吃人了。

刘澄明才不看她脸色，说，既然二老来不了，还是得报你的名哦。说着就拿了手机进入家长群。

周晓君果然大怒，竟然指着他威胁说，你敢！你敢！

刘澄明也来火了，说，你不讲理是不是，你在家里就这样强横——怎么你跟你们老板打电话，声音都像十八岁少女哦，那叫一个嗲哦——

周晓君脸色顿时铁青了，忽然就说，这日子没法过了。

刘澄明接嘴道，没法过，离呗。

离就离。

两个人就直奔民政局去了。

结果没离成。

秋游的事情还没有解决，刘子辉又闯祸了。

其实刘澄明也知道自己搞不过周晓君，可又不能真的放任刘子辉不管，让他道德扣掉二十分，只得退让了，把早就定下的手术往后挪了一天，科室的相关同事都嫌他出尔反尔，一切的准备工作都要重新来做，十分抱怨的脸色他也忍了。更要命的是病人和病人家属着急呀，马上跑来塞红包了，搞得好像他是因为没有拿到红包才推迟手术的。

晚上回到家里，周晓君脸色较好，今天回得也早，已经把晚饭做好了，老婆儿子都坐在餐桌旁等他了。本来也可以扮成一幅母慈子孝家庭和睦幸福图，可是刘澄明不配合，拉着个驴脸，闷头扒饭，味同嚼蜡的死样。

周晓君本来是有和好的意思，见他如此，不由又有些恼火，说，都上了一天班，谁也没闲着，脸拉给谁看呢，谁欠了你呢。

刘子辉还火上浇油，说，唉，还有人更累，都上了一天学了。

刘澄明知道又惹火上身了，但他不想再开战，咧了一下嘴，说，我笑了，好吧。

虽然笑得比哭还难看，但好歹也是一个求和的信号。

可是刘子辉嘴贱，"嘻"了一声说，今天老爸写作业。

周晓君说，那是轮到的，又不是多加的，公平公正，没理由抱怨。

刘澄明气得瞪着儿子说，老爸写作业？你会不会说人话，是我写作业吗？

刘子辉说，当然是你写作业啦，今天老妈轮空。

周晓君听得此言，也不再吭声，收拾了碗筷，到厨房去，一边竟哼哼哼哼地唱了起来。

刘澄明气不过，说，不写作业，骨头就有这么轻。

周晓君今天心情好，回答刘澄明说，哎，你说对了，我今天骨头没有三两重，呵呵，我开心，想唱就唱。

他们这对夫妻，就是钉头碰铁头了，一个开心，一个就必定不开心。

周晓君进了厨房，手机却落在餐桌上，一会儿她的手机来电了，刘澄明把她的手机送进厨房时，瞄了一眼，果然又是"强总"。每次看到这个"强总"，心里就像吃苍蝇，今天要写作业，更是没好心情，说，哈，强总，简洁。

周晓君说，你无聊。

刘澄明说，强总啊，还不如喊声强哥，哈哈，许文强，光头强，什么强，不都是强哥吗？

被刘澄明一捣乱，那边电话已经挂断了，周晓君赶紧再拨过去，那边已经在和别人通话，一时打不通了。

周晓君来火说，你什么意思，我们老板是——

刘澄明赶紧打断说，别，别别，我才不想听你们老板的隐私，就算是你的隐私，我也不想听，我还得写作业——一边赶紧离开厨房，以防自己点的火烧到自己身上。

被刘子辉的回家作业束缚，刘澄明从一年多前就开始想过试试无数的歪招，只可惜屡试屡败。

曾经有一阵子，刘澄明接送刘子辉的时候，发现在学校附近的巷子里，有几个鬼鬼祟祟的人在兜售什么东西，看不见他们带的什么货，只听到他们低声叫卖，走过路过，不要错过；走过路过，不要错过。

也有一两个家长过去看看，刘澄明起先并没在意，家里的采购任务并不归他，他省心，懒得多给自己揽事。

可是看到打探过后的家长奇怪而神秘的脸色，就引发了刘澄明的好奇心，他也去看了一眼，才发现他们兜售的竟然是"代写回家作业"。

那三两个贼眉鼠眼的人，手里举着"代写回家作业"的小纸板，刘澄明过去的时候，恰好听到其中的一个"枪手"在劝导一个家长，你把孩子送辅导班，还不如找我代写，我这才是价廉物美，直达目的。

那家长犹豫着说，你们这种街头巷尾里的陌生人，靠谱不靠谱？送辅导班，人家虽然也一样净想着赚钱，但毕竟是正规的校外培训机构，至少安全上是有保障的。

那"枪手"说，是呀是呀，他们是有保障，可是你们把孩子送去辅导班，他们只会给孩子增加更多的负担，又不会解决回家作业，回家作业还得你们家长代劳嘛。

刘澄明听了，心里一动，忍不住上前打听，你们代写作业，怎么代写，到哪里写？

那"枪手"说，到你家里吧，你如果不放心我去你家，那就在街头的公园里也行呀，一手交钱，一手交货。

刘澄明说，说句不客气的话哦，看你样子，也不像知识分子，你能代写得了吗？一边说一边拿出二年级数学的辅导材料，让"枪手"看，说，这个，因数乘以因数等于积，你说说看。

那"枪手"笑道，因数，是干什么的，要这个干什么，随手拿出一张纸，塞给刘澄明，说，你写个名字。

刘澄明警觉地说，写我名字干什么？

那"枪手"知道他防范，笑道，不一定写你自己名字啦，随便你写个谁啦。

刘澄明就写了同事的名字，交给"枪手"，枪手模仿了，再还给刘澄明，刘澄明一看，还真像，简直一模一样，调侃说，行，有天赋。

那"枪手"吹嘘说，冒充家长签字，小 case，保证老师看不出来，老师如果看出来，错一罚十，怎么样？

刘澄明晚上回家和周晓君说了，周晓君盯了他一眼，说，怎么，你动歪脑筋动到这上面去了？

刘澄明说，我只是说说而已。

周晓君却不依不饶，说，你不只是说说，你是心里有想法，才会说出来，这样的事情，你想都不要想，你没看到过新闻吗，有个孩子，就是被代写作业的人拐走的。停顿了一下，又加重语气说，听说有的地方的家长居然还把代写作业的人，拉到家长群，冒充家长，直接让他们去看作业，结果什么事情他都看见了，那还了得，太危险了！

刘子辉好像天生就是少几根筋的，或者是多几根筋的，一说到危险的刺激的事情，他就来劲，决不放弃任何机会，他立刻就插嘴说，他想拐我呀，要我拐他还差不多。

刘澄明说，你一边去。

刘子辉说，老大，万事都有可能哦，万一我真的被拐了，老爸老妈，你们不用担心，我正好免费出去旅游一趟，也不用上学了，玩够了，我再回来。如果他们看住我，我就假装生病，他们肯定不想让我死的，我死了他们就卖不了钱了，他们也肯定不想让我生病，病了就卖不出好价钱，嘿，对吧？所以我都想好了，万一他们不让我逃跑，我就装病，我吓唬他们，说我有先天性的——他挠了挠头皮，有点犯难了，问刘澄明，喂，老大，说先天性心脏病不行吧，有先天性心脏病的肯定不值钱，说不定当场就把我喀嚓掉了，那应该说先天性什么病呢？

刘澄明说，先天性神经病。

刘子辉知道老爸在嘲讽他，也只作不知，继续幻想，说，我就不说是先天性的，就说发了急病，肚子疼，他们肯定送我到医院，我就可以溜之大吉了，我乘他们打瞌睡的时候，就从地上爬出来，逃走。

刘子辉越说越离谱了，而且，还真是个想象的天才，要不，就是神剧看多了。

周晓君喝他闭嘴，他也已经说得口干舌燥，这才闭了嘴。

后来又过了一阵，刘澄明注意到学校附近巷子里的那些人已经不见了，估计是被驱赶甚至逮走了，可是没过几天，他又发现自家的小区门口，出现了类似的人物，只要保安一个不留神，他们就上前和家长套近乎，拉生意。然后被保安追来赶去，一路狼狈。

刘澄明心想，你连小学二年级的因数都不懂，还代写回家作业呢。

不过他也懒得去嘲笑他们，反倒是觉得心里酸酸的，不爽。所谓的应运而生，如果不是家长有需求，这种荒唐的现象怎么会发生在光天化日之下。若是真的有家长敢请他们代写回家作业，那家长得是多大的胆量和多大的困难才会选择如此下策。

其实先前各种辅导班刘澄明周晓君也都试过，结果呢，正如那些"枪手"所言，时间倒是耗去了，却带回来更多的作业。刘澄明也曾去辅导班责问老师，为什么上个辅导班还要布置这么多回家作业，本来家长就是指望辅导班替家长把孩子辅导了，结果更加增加了家长的负担，真是雪上加霜。

辅导班的老师要比学校的老师客气多了，你态度再差再恶劣，他也不跟你生气，他们深得和气生财之道，态度端正地说，这位家长，你送孩子上辅导班，难道不是为了让孩子比别的孩子学得更多，比别人更优秀吗？

当然是啦。

所以，你们都是望子成龙的想法嘛，想要孩子更优秀，就必须比别人多学嘛，你们出了钱，不就是指望我们让你们的孩子更优秀吗，我们如果做不到，你们不是花了冤枉钱吗？

刘澄明说，你们能做到的唯一办法，就是再增加作业量？

老师说，是呀，要不然呢？

是呀，熟能生巧嘛。

刘澄明简直要抱头鼠窜了。

还有一次刘澄明试图抵抗的，写作业到半夜了，他突发奇想，在群里发了个言，问老师在吗，睡了吗。

老师是负责任的，手机二十四小时开着的，就被吵醒了，说，睡了，这么晚了，有什么事？

刘澄明顿时来火了，说，老师你倒睡得香，我和我儿子，还在写作业，你当老师的，看得下去？

老师也来火，说，那是你自己磨蹭拖延，别的学生早写完了，你信不信，不信，谁没写完的，在群里露个脸，举个手。

老师一威胁，谁敢露脸举手，有屁都得憋着，群里鸦雀无声，一片静默。

老师来劲了，说，你看到了吧，人家都睡了，就你们动作慢，还吵吵吵。

刘澄明对自己说，刘澄明，你就服了吧。

反正一年多下来，刘澄明是厕了，服了，对于刘子辉的回家作业，再也没有别的想法了，不再去设计什么歪招了，他也设计不出来，即便能设计出来，也不好使，周晓君才不会心软，她是个油盐不进的女家伙。

刘澄明的侥幸心理彻底打掉了，反正伸头一刀，缩头一刀，就干脆把脑袋送出去了。

他的脑袋一上桌，刘子辉的熊样就出来了，屁股在椅子上一颠一颠一晃一晃，好像椅子上有钉子钉着他，晃得刘澄明眼晕，说，你不会坐吗？用力按了一下刘子辉的肩，把他按稳妥了，问，作业呢，今天什么作业？

刘子辉眼睛一翻白，两手一摊说，作业怎么问我，我怎么知道？

刘澄明这才想起，作业都在家长群里布置着呢，赶紧拿手机看，顿时急出一身冷汗，他怎么也找不到家长群了。

"群"真是多呀。

微信里一长串的红点点，删掉了又出来，删掉了又出来，怎么也除不尽。

刘澄明也不知道自己到底加入了多少个群，有许多群他根本就是糊里糊涂进去的，甚至都不知道是谁把他拉进去的，三人群，五人群，百人群，五百人群，吓死人啊，同学群又分大学同学，高中同学，初中同学，小学同学，硕士同学，博士同学等等等等群，刘澄明还有个幼儿园同学把他拉进了幼儿园同学群，只不过连同拉他进去的那个人和群里的所有人他都不记得他们到底是谁，他们认定他是他们的幼儿园同学，刘澄明也不好意思反驳。还有亲戚群，朋友群，同事群，同行群，海外群，酒友群，牌友群，老乡群，老家群，小区群，亲友群，病友群，还有相互推销群，有莫名其妙群，有天花乱坠群，有不明觉厉群，甚至还有假装认识群，这都不算什么，甚至还有一个完全陌生群，群里众群友，没有一个是他认得的，刘澄明思来想去也不得明白，怎么会搞到这个群里，要不就是那些人把真名全改成网名了，要不根本就是拉错了，反正，总之，群实在太多了，一看见群，一看见那些个红点点，他就心烦意乱，焦虑毛躁。

以至于到后来，他每天早晨打开手机第一件事情，就是快速删除红点点，晚上睡觉前最后一件事情也是删除红点点。爽。

周晓君斜眼瞄着他说，你干吗，它又不碍你事，你不看就是了，天天痛下杀手，跟它有仇？

刘澄明说，我看着难受，可能我有洁癖。

周晓君"啊哈"一笑，你有洁癖？你别吓唬我，你有洁癖的话，猪都会讲卫生。

刘子辉的回家作业老师布置在家长群里，可现在这要了命的家长群没了，肯定是被他手滑不小心和其他烦人的群一起删掉了。刘澄明看了看刘子辉，刘子辉完全是一副无关我痛痒的流氓腔，甚至还幸灾乐祸。

不过还好，就在刘澄明找不到家长群的那一瞬间，家长群重新出现了。

现在的家长群，比任何群都热闹忙乎，你几分钟不关注，它的楼就建到月亮上去了，你爬吧，你得爬到猴年马月，才能爬上月亮，呵呵。

虽然家长群很快就出来了，但可惜的是，重新再出现的家长群里，老师布置的回家作业刘澄明已经看不见了。只得去敲开卧室的门，打扰周晓君了。

周晓君听说他把家长群删掉了，怪怪一笑，说，你故意的吧，你心理不平衡，你以为我躲在里边享受清闲呢吧，我告诉你，我今天晚上要做三个PPT——

刘澄明说，小人之心，小人之心，我干吗要故意删除，给谁找麻烦也不能给自己找麻烦嘛。

周晓君也不再多话，划开手机进入家长群开始爬楼，老师的作业是下午布置的，这时候已经不知道爬到哪里去了，周晓君死劲往下拉，拉，拉了半天，终于看到了。

交给刘澄明，刘澄明才扫了一眼，就头皮发麻，我的天，这么多，都是今天的吗？今天是周末吗？

刘子辉在卧室门口跳跃着说，老大，你日子真好过，今天周一。

父子两个，一个愁眉苦脸，一个嬉皮笑脸，回到书房，刘澄明越想越生气，恨恨地说，周一就布置这么多作业，老师想干吗？

刘子辉说，老师说了，周一收骨头。

不等刘澄明发话，刘子辉继续唱他的歌谣：周二揉骨头，周三抽骨头，周四紧骨头，周五敲骨头，周六周日家长让你们松骨头——最后刘子辉模仿老师的口气说，唉，你们这些熊孩子，一会儿紧，一会儿松，搞成一身贱骨头，一生一世贼骨头。

刘澄明听儿子念叨，感觉自己身上的骨头都要拆碎了，不由打了个寒战，说，别敲骨头了，这么多作业，先做哪门？

刘子辉又是两手一摊，一副不关我事的无赖模样。

刘澄明把刘子辉的作业本拿来看看，看到数学有个七十分，顿时有了点积极性，说，先做数学作业吧。

又翻看老师布置的内容，第一项是背诵九九乘法口诀表，刘澄明问道，昨天你背到哪里了？

刘子辉说，我不知道的，不关我事。

刘澄明无奈，只得再查，查到背到五五二十五了，然后让自己平静了一下情绪，揉了揉脸部的肌肉，让它们放松一点。

刘子辉说，老大，你脸疼吗，被打脸了吗？

刘澄明训他说，像你妈，废话太多。

刘子辉说，我妈说我像你，废话多。

刘澄明说，开始吧，复习一下，五五——多少？

刘子辉说，五五二十五。

刘澄明说，好，对头，坐好了，用心，我教你啊，六六——

刘子辉打断他，抢着说，不用你教，我知道，六六三十六。

刘澄明高兴坏了，大大地鼓励儿子说，好，好，太好了，我儿子到底懂事了，已经预习过了吧，来，再背一遍，巩固一下，六六——

刘子辉说，六六三十六。

刘澄明来劲说，好，太好了，下面接着来，七七——

刘子辉抢答，七七三十七。

刘澄明一个"好"字喊出了声，才发现哪里不对，赶紧停住，说，什么，什么什么，你再说一遍，七七什么？

刘子辉兴奋地在椅子上弹来弹去，高声说，别问了别问了，后面的我都知道，我一口气接着给你背：六六三十六，七七三十七，八八三十八，九九——

刘澄明气得接嘴说，九九三十九。

刘子辉生气地说，谁让你抢了，我会的，我正要念九九三十九——

刘澄明点了一下刘子辉的额头，刘子辉身子往后一仰，嘴上说，喂，喂，老大，君子动口不动手。

刘澄明使劲把一股气压了下去，重新来过，说，你听着，六六三十六，七七四十九——喂，你两个眼珠子滴溜转，动什么歪脑筋呢？

刘子辉说，爸，后天真的是你陪我——

刘澄明说，别，你别喊我爸——

刘子辉说，那我喊谁爸呢？

刘澄明说，谁愿意辅导你写作业，你喊谁爸。

刘子辉说，没人愿意，隔壁老王也不愿意。

就这样牛牵马棚地念了乘法口诀，已经大半个小时过去了，才开始做题。

第一道应用题：

小明家养了七只鸡——

刘子辉"啊哈"笑了，说，老大，小明家就是你家哎。

刘澄明说，去去去——

刘子辉说，你别难为情了，我小时候，听到我妈喊你小明的。

刘澄明不理睬他，继续念题：小明家养了七只鸡，养鸭的只数是鸡的四倍——

刘子辉说，停，为什么是四倍不是五倍？

刘澄明说，你存心捣乱是不是，四倍就是四倍，我说四倍就四倍——

刘子辉说，那我要是说五倍呢六倍呢——全是瞎说嘛，小明家根本就没有养鸡养鸭，现在哪有人家养鸡养鸭的，小区不允许的，养狗养猫还差不多。

刘澄明朝他拱了拱手，说，小爷，我服了你，这不一定是真的，这就是个假设——

刘子辉说，什么是假设？

刘澄明说，假设，假设——跟一个二年级的小学生，他还真不好解释假设是什么，就简单地应付说，哎哟，假设就是假装吧。

刘子辉立刻把他顶到墙角，理直气壮地说，不行，老师说，不可以假装，假装是道德问题。

刘澄明说，道你个头啊——他继续念题：养鸭的只数是鸡的四倍，养鸭的只数比养鹅少五只，问，小明家养了几只鹅——

刘子辉说，搞什么搞呀，鸭还没搞清，怎么又变成鹅了？

刘澄明说，所以要让你计算嘛，你都二年级了，加减乘除都学了，你自己算呀。

刘子辉说，我自己算？那要你干什么？

刘澄明说，你上学还是我上学？

刘子辉说，这个我也搞不懂，我上学，那老师为什么喊家长写作业？

两人斗了半天嘴，刘澄明才发现这是刘子辉拖拉敷衍的阴谋诡计，赶紧说，少废话，写，写作业，你不看看都几点了——

刘子辉假装正经了一下，重新念题：小明家养了七只鸡——又奇怪了，说，要养鸡为什么只养七只呢，人家养鸡场——

刘澄明一把夺过他的作业本，三下五除二地把答案写了。

刘子辉一看，高兴坏了，赶紧指着下道题说，就这样，就这样，快点快点。

刘澄明说，你恨不得全部由我来写？

刘子辉说，就是嘛就是嘛，这才像个写作业的样子嘛。

刘澄明接着念下一题：屋里有十支蜡烛，被风吹灭了四支，问，到明天早上还有几支蜡烛？

刘子辉说，风大不大？

刘澄明说，风大不大不关你事。

刘子辉说，怎么不关我事，如果风大的话，它先吹灭了四支，后来它又吹灭了几支，题目里没有写，我怎么知道呀。

刘澄明知道他的套路，干脆地说，风不大，后来没有吹灭。

刘子辉说，那会不会有蜡烛没插牢，自己倒下来灭了呢？

刘澄明说，没有。

刘子辉说，那会不会有人要用蜡烛，拿走一支呢？

刘澄明说，没有，什么都没有。

刘子辉忽然缩了缩脖子，眼睛四处转溜，小声地说，喂，老大，你别什么都没有，还有那个呢，就是那个，鬼，鬼吹灯，听说鬼最喜欢吹灯了——

刘澄明气得刮了刘子辉一记头皮，说，刘子辉，你到底是个什么鬼，你是鬼派来收拾我的吧——我最后再跟你说一遍，反正什么鬼都没有，就是十支蜡烛，被风吹灭四支，还剩几支？

刘子辉把握十足得意洋洋说，这个也太小儿科了吧，用脚指头想想也知道，减法呀，十减四等于六，还剩六支。

刘澄明起先以为刘子辉答对了，本来嘛，小学二年级的作业，对他这样的海归精英，算什么呢，小葱小蒜都不算，但是就在他点头的那一瞬间，就觉得这题目也太简单了，再一想，发现自己也入了套，气得把课本一扔，教训儿子说，听题，听题，认真听题，跟你说过多少遍，听题的时候，要用心，这道题不是一般的减法——

刘子辉故意跟他作对说，啊？老大，还有二般的减法吗？

刘澄明火气又上来了，正要发作，忽然间手机响了，他还没有反应，刘子辉先反应了，抢着说，医院找你抢救病人。

真是叫这小子一屁弹准了，是主任的电话，说有个心脏病人刚刚送到急诊上，情况十分危急，让他赶紧去会诊。

刘澄明就奇怪了，今晚明明应该是主任值班，怎么还会召唤他去。就听到电话那头主任叹息了一声说，唉，我人在北京呢。

今天白天倒是知道主任请假了，以为他晚班肯定会来的，哪里想到他竟然去了北京，陪女儿去参加艺考提前招生考试去了。

当然主任也有得力的助手，但他似乎对助手不太放心，所以才打电话给刘澄明，让他赶去医院一趟。

那还有什么话说，刘澄明赶紧去敲周晓君的门，周晓君在里边不耐烦地说，又干什么？

刘澄明大声说，医院急电，有危重病人要抢救。

周晓君抱着笔记本电脑，"呼"的一下就开了门冲出来，用下巴指着刘子辉房间说，那，他的作业谁写呀？

刘澄明两肩一耸。

周晓君说，你别指望我，我跟你说过了，我早跟你说过了，我今天晚上要完成三个PPT，明天一早老板要用！

刘澄明说，那怎么办，难道不救人了，见死不救？

周晓君说，你只管救人，谁来救我？

刘澄明说，救死扶伤，是医生的天职，我是去手术啊，你以为是闹着玩，手术医生压力有多大，你不会不知道。

周晓君说，是呀，你宁可顶着天大的压力去做手术，也不愿意辅导孩子写作业。

刘澄明说，那是当然，手术是我的本职工作，可是写作业不是我的工作，写作业是老师和学生的事情。停顿一下，想想来气，又说，从幼儿园算起，我写作业整整写了二十五年，刚刚离开了作业没多久，现在又要重新开始写作业，人生啊人生，难道就是作业的人生吗，残忍啊残忍。

刘澄明风一般地刮了出去，人命关天，周晓君也知道今天的作业指望不了他了，听到刘澄明关门声，周晓君顿时崩溃，一下子瘫坐在沙发上，长吁短叹，但是仅仅过了片刻，她猛地又跳起来，一头冲进了书房。

刘子辉趴在桌上睡着了，口水都淌了下来，滴在作业本上，周晓君又气又心疼，把他摇醒，说，你好意思，作业没写完就睡着了。

刘子辉费力地睁开眼睛，看了看周晓君，说，啊，老妈，换你啦？我以为今天你们不写了。

周晓君说，你想得美——你说什么，你以为我们不写了，写作业是我们的事吗？

刘子辉说，要不然呢？

周晓君心里着急，不能静下心来辅导写作业，光是嘴上叭啦叭啦教育了一大堆，刘子辉盯着她的嘴巴看了一会儿，说，老妈，你嘴巴上有白的东西，是白沫吧。

周晓君又看了看老师布置的作业，一门数学还没有写完，还有语文、英语、美术，还要求写一篇有关道德与法治的心得，这简直了，周晓君说，刘子辉，道德与法治，你懂什么是道德与法治吗？

刘子辉说，妈，你懂，所以你写作业呀。

周晓君欲哭无泪，就算顿足捶胸，也没有用。

刘澄明那边，开车赶到医院，接的是一个女病人，突发心梗，心电图明确显示心肌梗死，急诊医生和主任的两个助手已经进行了抢救，家属也有这方面的知识，病患在送医院之前，已经服用了硝酸甘油。

刘澄明再检查了一遍，该上的抢救手段也都上了，病人的情况已经趋向稳定，但是病人的女儿吓坏了，躲在墙角轻轻地哭泣。

刘澄明向家属了解情况，那家属说自己是病人的姐姐，妹妹发病时，她并不在现场，是接了外甥女的电话才打了 120 的。就再问那个女儿，那女儿一边哭一边自责地说，都怪我，都怪我，妈妈辅导我写作业，她讲的我听不懂，妈妈就生气了，就——

刘澄明看了看这个背着书包哭泣的女儿，说，你几年级？

那女儿说，六年级。

那个当姨的，看起来也有四十多岁了，她捂着脸，痛苦地说，六年级的作业，太难了，我连题目都看不懂，她妈妈很忙的，有时候让我给她辅导，可是，可是，我实在写不了呀——

那女儿泪水涟涟，抽泣着说，都怪我笨，我笨死了——

刘澄明心里不由一酸，朝她伸出手说，什么作业，这么难？

那女儿赶紧把本子拿出来，刘澄明接了一看，心头一凛，完了，他差点连上面的汉字都认不出来了，便立刻想到了刘子辉，过不了几年，刘子辉就要碰上这样的题目了。

一个底面半径是六厘米的圆柱形玻璃器皿里装有一部分水，水中浸没着一个高九厘米的圆锥体铅锤，当铅锤从水中取出后，水面下降了零点五厘米。问：这个圆锥体的底面积是多少平方厘米？

刘澄明的心竟然"怦怦"地跳起来，恐惧已经降临了，这些东西，也许曾经是很熟悉的，但多少年过去，早就扔还给老师了，难道因为孩子上小学，他们真的又得重新从小学学起？

据说无论是学习好还是不好的人，都会做梦，梦见自己考试答不出来，那真是噩梦啊。

刘澄明正在做噩梦，听到有人说，醒了醒了。他赶紧查看病人，果然病人渐渐缓过来了，慢慢地睁开眼睛。

女儿急急地扑上前去，扑到她身边，病人看到了女儿，用微弱的声音说，你，作业，作业写好了吗？

她的女儿和她的姐姐，同时回答，一个说，没写好；一个说，写好了。

病人眼中含着眼泪，分明是想要说什么，可又说不出来。

刘澄明哭笑不得。他早已经注意到旁边主任的两个助手，一直虎视眈眈地守在他身边，就怕他抢了功劳。

刘澄明才不要抢什么功，他心里冷笑一下，表面不动声色，说，好了，我该撤了，接下来的，都交给你们了。

两人有些意外，惊喜。刘澄明朝他们看，心想，至于吗，不好好增长水平，靠这一套有屁用，又不是在那些只靠嘴皮子，只靠耍手段的地方，这可是真枪实弹干活的地方，你手里那把刀拿不起来，再大的功也归不到你身上。

他们似乎是想要恭送刘澄明出去，刘澄明朝他们摆了摆手，他们也就作罢了。

刘澄明出了病房，走了几步，就听到身后有声音，回头一看，那个姐姐和那个女儿一起出来了，就蹲在走廊的长椅上，摊开了作业本，那女儿说，姨，姨，你看，这里，这道题。

那个姨一脸苦恼，说，哪里，哪里，上面说什么？

刘澄明去车库开上车，看了一眼时间，已经快十二点了，想到刘子辉的作业周晓君估计也辅导完了，顿时喜乐起来，可回想病房里的那一幕，不由又哀从中来。

这边家里，周晓君辅导刘子辉写作业，心力交瘁，到了快半夜，一直昏昏欲睡的刘子辉忽然来了精神，两眼放光，声音响亮地对周晓君说，老妈，老师说了，明天上午要戴遮阳帽到学校，秋游每个同学都要求戴遮阳帽。

周晓君心里一急，说，为什么明天就要戴，不是后天才秋游吗？

刘子辉说，老师说了，怕家长忘记，一定要提前一天就带去，老师说了，有的家长，心思根本不在孩子身上，丢三落四，前说后忘——刘子辉觉得光转达老师的指示不过瘾，干脆又模仿起老师来，昂，你们说说，你们说说，昂，你们的父母，你们的家长，是不是根本就不配养孩子，昂，你们回去，把老师的话，告诉你们家长，不得贪污一个字，昂，你们知道为什么要戴遮阳帽，因为太阳一晒，你们皮肤黑了，或者晒出皮炎了，昂，好了，你们的家长，又要责怪老师了，昂，是不是呢，现在的家长，怎么这么难搞呢——

刘子辉模仿得惟妙惟肖，周晓君差一点喷笑出来，可是笑到了嘴边，却变成了怨气和愤怒，恼火地拍了拍桌子，说，家长难搞？到底是谁难搞，到底是谁难搞？你们老师——

刘子辉赶紧说，是我难搞，是我难搞，老妈，帽子呢？

家里没有遮阳帽，这都快半夜了，到哪里变戏法变出一顶帽子来呢？周晓君到衣柜里翻出自己的一项帽子，说，这个行吗？

刘子辉身子一缩，扮个鬼脸，说，老妈，老师说了，要遮阳帽哎，你这个，恶心死了，还有花边，

周晓君说，实在不行，找条围巾把头包起来。

刘子辉说，不行不行，老妈你别动歪脑筋，老师说什么就得是什么，老师说要遮阳帽，就得要遮阳帽——刘子辉越来越兴奋，在椅子上上蹿下跳地说，哎，老妈，别为难嘛，超市里有卖。

周晓君喷他说，几点了，你不长眼睛？

刘子辉样样知道，没有什么难得住他的，说，老妈，二十四小时超市。

周晓君无法逃脱，只得带着刘子辉出来，往二十四小时超市去买遮阳帽，心里憋屈，却无处发泄。骂儿子吧，想想孩子也不容易，小小年纪，这都大半夜了，也没得睡觉，还在外面跑，可没个人骂骂吧，心里实在堵得慌。嘴里嘀咕说，再这样下去，我要发心脏病了。

刘子辉说，妈，我们班小军他妈，写作业得抑郁症了，抑郁症我知道的，就是天天想自杀哎，还天天想着要怎么自杀，上吊，吃药，跳河，跳楼，吓人倒怪——

周晓君气得说，除了写作业，别的有什么你不知道的？

母子两个，一个扮鬼脸，一个乱瞪眼，大半夜的，还在街头犯冲。

再说那边刘澄明回到家，进门发现家里静悄悄的，以为都已经睡下，推开卧室门，床上空的，再推开儿子的门，床上也是空的，顿时魂飞魄散，赶紧给周晓君打电话，电话通了半天，周晓君才接了，没好气地说，干什么？

刘澄明说，什么干什么，大半夜的，你们母子两个跑到哪里去了，这老半天你才接电话，你不觉得吓人吗？

周晓君说，你以为呢，被绑架了？那也好，至少今天回家作业

不用写了。

刘子辉凑到电话边上，声音响亮地说，老大，老大，我们在——

周晓君推开刘子辉，没好气地对刘澄明说，你儿子，大半夜抽筋，说老师关照明天一定要带遮阳帽到学校——

刘澄明说，不废话了，你们在哪里，我来接你们。

赶紧就开了车去接娘俩，到了那里，看到母子俩正在僵持，遮阳帽是有卖，但不是儿童的，是大人用的，戴在刘子辉头上，简直像套了个箩筐。

哈哈，哈哈。刘澄明忍不住大笑起来。

周晓君横了他一眼，说，你还笑得出来，你不看看几点了，我PPT只做了一个——这个帽子不行，太大了。

刘澄明说，有什么不行，老师不是说遮阳帽吗，这不就是遮阳帽吗？

两个人就看着刘子辉，等他发话，刘子辉说，看我干什么，老师怎么跟你们说的你们就怎么办。这口气，就是圣旨不能违抗那意思。

刘澄明说，昂，老师说要遮阳帽，这个就是遮阳帽，完全按照老师的指示办事，没错。

周晓君也不再坚持，她也坚持不动了，帽子虽然大了一点，好歹也是个正宗遮阳帽，五十多个学生，五十多顶帽子，老师也未必会一一检查，应该能糊弄过去。

付款，带上帽子出来，刘子辉说，我饿了。

夫妻俩对视一眼，看出了许多怨气，但也懒得再吭声，都这个点了，谁不饿呢。带了刘子辉，找到一个路边摊，一对夫妻在卖小馄饨，赶紧一人要了一碗。

等馄饨的时候，刘澄明跟那个男人聊天说，你们好卖力，这么晚了还没收摊啊？

那摊主说，呵呵，不是的，不是的，我们是很晚才出来的，出来早了不行，要被赶走的。

那妻子说，赶走还算是客气的啦，搞得不好就砸摊子啦。

那摊主笑道，好在他们都要睡觉，也好在半夜里还有你们这样的人需要，才有我们的活路，哈哈。

正在说着，摊子旁边的地上，爬起来一个小孩子，和刘子辉差不多大，原来他一直睡在那里，黑咕隆咚的没人看见。小孩子爬起来，揉了揉眼睛，看仔细了，高兴地喊起来，嘿，老刘！

刘子辉一看，也高兴地喊了起来，哈，打不死的小强——他回头对刘澄明和周晓君说，嘿，我同学，王小强。

周晓君似乎有些疑惑地皱了皱眉，说，王小强？刘子辉，你好像跟我说过，你们班有个同学，门门功课都考一百，是叫王小强？

刘子辉兴奋得脸都红了，好像门门考一百的不是别人，而是他自己，他过去拍了拍王小强的肩，说，就是他，这个奇葩——他本来是地段生班的，被我们数学老师要过来到我们二班的。

见周晓君仍然疑惑、不相信，刘澄明低声对她说，这有什么难理解的，穷人的孩子早懂事嘛。

周晓君才不理睬他，想了想，好像是想明白了，说，我知道了，他爸他妈，是半夜工作的，小强放学以后，他们有时间辅导他写作业——

刘子辉"扑哧"一笑，说，鬼呢。

王小强也笑道，才不呢，我放学回家，他们在家里打麻将——

王小强的母亲揪了一下王小强的耳朵，说，你说，不打麻将，你叫我们干什么，闷死啊？

王小强的父亲对周晓君说，我们家小强，耳朵里有屎，堵住的，听不见麻将声，他专心做作业——

周晓君惊奇地问，难道你们不辅导他写作业？

王小强说，喔唷喔唷，算了吧，他们辅导我，那是帮倒忙，有一回我背不出来，我问他，"明月几时有"下面是什么，他说是"初一到十五"——

哈哈，大家都笑了起来，连一直板着面孔的周晓君也忍俊不禁。

王小强说，哼，没文化。

王小强他爸说，你还瞧不起我，你以为你厉害——你们别以为是王小强厉害，他全靠他哥哥帮他，他哥上初三了，辅导他个小学生，还不是小菜一碟。

刘澄明一听到"初三"，不知为什么，心里就一紧一抽，说，初三了呀，那就要中考了，学业更重，他自己的学习怎么办？

王小强他爸说，随便啦，反正我们也不指望他考高中考大学了，初中毕业，会算账了，差不多就给我们做帮手了，我们也有自己的规划的，等到做大了，我们会开店的，不会一辈子都半夜出来打游击的。

周晓君现在也想起来了，她曾经在家长群看到，有人谈论过王小强的家庭，原本也是正常的家庭，为了给王小强买学区房，差不多倾家荡产。原来夫妻正常上班，一家人生活和还房贷还是能够挺下去的，结果上班的公司倒闭，夫妻双双失业，结果就成了小摊贩，一夜跌到了贫困线。

周晓君想着，心头一紧，好像这样的遭遇也离她不远似的。

热腾腾的馄饨端上来，他们赶紧闷头吃了，避免了更难堪的话题。

一时间大家都不说话了，夜半的街头十分宁静，就听得他们呼啦呼啦的声音，忽然间，几个家长的兜里包里的手机几乎同时间"叮咚"起来，一时间铃声大作。

家长群。

老师真是辛苦啊，半夜还有最高指示。

秋游由家长陪同的计划取消了。老师气呼呼的，在群里把原因都讲出来了，有个家长告状告到了教育局。教育局一听，这不对呀，秋游确实是学校的事情，不能强行让家长陪同，立刻整改，调整计划。

老师来火呀，一梭梭的子弹连连发射在群里：

这位家长，你赢了。

我现在虽然不知道你是谁，但早晚会知道的。

你告状告到教育局，算你狠。

刘澄明大喜过望，兴奋不已，也不困倦了，连连说，告得好，告得好，本来嘛，春游秋游都是老师的事，叫家长一起去，知道的是学校组织活动，不知道的人，还以为是旅行社组织的亲子游呢，那个价格可厉害了。

看了周晓君一眼，又补充说，真是虚惊一场，差一点害我们掉进她坑里。

周晓君撇了撇嘴说，你以为不陪秋游，就万事大吉啦，你等着吧，该来不该来的，只会更多——

话音未落，又是一串叮咚，赶紧看：

请各位家长写一份保证书，明天带到学校。

保证不把责任推到老师头上。

保证孩子一切行动听老师指挥。

保证什么什么。

还有第二条：

要求家长给学生准备一条绳子。

具体要求：不得短于两米，要柔软，要能够打结的那种。

保证书和绳子，必须明天（其实已经是今天了）早上上学时带去。

天哪，大半夜的，到哪里去找这种奇葩要求的绳子？

天哪，老师真是想一出是一出，秋游要绳子干什么，上吊啊？

群里炸开了锅，但是没有敢质疑老师的，要这样的绳子干什么，他们只是互相探讨半夜里到哪里找这样的绳子去。

周晓君反应快，提供了一个可能，给大家参考，可以找一条旧床单撕掉，很柔软，又便于打结。

周晓君的主意受到大家的赞赏，但是也有的家长心理不平衡，想和老师作个对，不料周晓君简简单单就把办法想出来了，推不到老师头上了，家长就把怨气撒到周晓君头上，说，哟，这位家长，家里开矿的呀，床单都是随便撕撕的哦。

周晓君没兴趣搭理，收了手机。

刘子辉却有兴趣，手舞足蹈地说，我知道，我知道，老师是要把我们用绳子一个一个牵在一起，谁也丢不了。

刘澄明听刘子辉这样一说，脑海里立刻想象出那个画面，实在忍俊不禁，喷笑出来，说，啊，那算什么，游街？拔河？啊哈哈哈——一根绳上的蚂蚱，啊哈哈哈——

周晓君的心思一直在王小强身上，怎么也摆脱不掉，她见刘澄明没心没肺地瞎笑，不高兴地瞪了他一眼，说，自己儿子混成这样，还能这么高兴，不像你亲生的哦——不等刘澄明反驳，她就去问刘子辉了，你说你这个同学王小强，门门课考一百分，是真的吗？我怎么看着不像。

刘子辉骄傲地说，当然是真的啦。

周晓君说，刘子辉，人家考得比你好，你好像一点也不在乎？

刘子辉说，老妈，各人头上一方天，你望子成龙我理解，但是万一你儿子不是条龙而是条虫，那是怎么也成不了龙的。

刘澄明"扑哧"一声笑了。

周晓君生气地瞪他一眼说，就我望子成龙，你不？

刘澄明说，哎，老师听到你这样说，又要教训我们了，昂，你们做家长的，昂，又偷懒，不想辅导，又要望子成龙，想要孩子成绩好，还想要比别的孩子强，做梦吧家长你——

周晓君说，是家长不想辅导吗，现在的小孩，太难管了。

刘澄明开玩笑说，你一管理学博士，都管不好一个二年级同学，哈哈。

周晓君可不想开玩笑，板着脸反击说，那你还医者仁心呢，你对自己的孩子都不仁，还指望你对谁有仁心？

刘澄明无趣，说了一声，你扯远了——回头就指责刘子辉，你看看，人家家长天天打麻将，成绩都这么好——

刘子辉说，老大，你不懂，那叫乱中取静。

刘澄明说，哦，要不，从明天开始，我也天天找人回来掼蛋，让你静一静？

刘子辉说，行啊老大，只要你把老师布置的作业写好，你爱干吗干吗。

刘澄明长叹了一声，本来想闭嘴了，可他忽然想到一个问题，又回头问刘子辉，现在老师天天要家长签名，家长还要保证你们的作业是对的，你那个王小强同学，他的字是家长签吗？

刘子辉说，才不，那是他模仿家长的。

刘澄明说，我才不信，哪个老师不是火眼金睛，冒名签字都发现不了？

刘子辉说，老师不可能发现的，老师要管五十几个学生，老师说，昂，你们以为我容易吗，昂，五十几个小魔头，换你们试试，昂。

怎么不是小魔头，确实个个都是小魔头。有一阵老师突发奇想，学生的回家作业由家长批，这还不够，学生在校的作业，老师也不批，让学生互相交换着批改。美其名曰，等于是让学生再学一遍。呵呵。

老师把同学配成一对一对的，互相批改打分。刘子辉配到个不喜欢的女生，骂她是妖精，明明那个女孩成绩很好，题目全对，刘子辉故意给她打了叉叉，最后给了五十九分，不及格。

老师一看分数，就来气，骂那个女生，说她学坏了，成绩一落千丈。

那女生哭着回家去告诉家长，家长就来找老师理论，这事情你刘子辉躲到哪里也躲不开呀。

可老师才不理会家长，老师更不会承认自己错了，老师连看都不看，就说，不可能，虽说是让同学互批的，但事后我都亲自看过批改过的，就是你们家小孩自己没有学好，你们家长自己没有教育好，还好意思责怪别人？

家长来火，把这个事情写在群里，愤怒地发了一大堆牢骚：

真是岂有此理。

老师真是强词夺理。

老师总是有理。

老师完全不负责任。

老师怎么怎么怎么。

但是无论这个家长怎么顿足捶胸，却没有一个家长敢站出来支持他，谁也不吭声，群里一片静默。

老师来劲了，说，昂，袒护孩子，那就是自掘坟墓。

昂，那都是自己把自己的孩子往火坑里推。

连坟墓、火坑都出来了，现在读个书，真是要多吓人有多吓人。

三个人回到家，刘子辉扛不住了，歪到床上就睡着了，刘澄明还记得关心了一下周晓君老板要的 PPT 做好没有。

周晓君没好气说，我又不是千手观音——刚才老板给我发信息了，说身体不好，明天不上班——停顿了一下，又有些奇怪地说，身体不好也都是坚持上班的，今天怎么—— 一边还在操心老板的身体，一边忍不住打着长长的呵欠，透出了无数的积累下来的疲倦，说，唉，真是一年不如一年，精力不济了。

刘澄明说，是呀，70 后都被称大爷了，呵呵。

周晓君朝他翻个白眼，说，是呀，我 81 的，老妇女啦。一边将帽子和撕出来的被单条绳小心地和刘子辉的书包搁在一起，以防早晨时间紧，急急忙忙给忘了。

洗洗睡啦。再不睡觉，天就要亮啦。

不知是不是因为解放了秋游的事情，刘澄明今天心情放松，入睡很快，做的梦也和平时不大一样，通常都是灰沉沉的梦，今天变得亮堂堂的，他看见周晓君高举着手机，激动不已地对他说，家长群撤群了，没有家长群了，老师再也不会在群里布置回家作业了！

刘澄明赶紧掏出自己的手机，试图划开手机，可是手机怎么也打不开，他又是按指纹，又是识别脸面，又是输密码，却始终是个黑屏，刘澄明急得一把抢过周晓君的手机，一眼看到了她的手机屏保，是她和另一个男人的合影，刘澄明气得喊了起来，这是你们强总吧！

刘澄明醒来，一看时间有点晚了，抱怨周晓君，今天我送刘子辉，你也不早点叫醒我。

周晓君却带着点讨好的意思，还露出了一点难得的笑容对他说，要不，今天我来送吧。

刘澄明正想着今天的太阳是从哪边升起来的，果然就听周晓君开出条件了，今天能不能换一下，我送他上学，晚上作业你写？

刘澄明立刻拒绝说，不行，轮到你就是你，没有讨价还价的。

周晓君说，我明天一大早要出差，今天晚上有好多材料要准备，你明天的秋游不用去了，手术也换了时间，今天晚上你写，理所当然！

刘澄明说，理所当然就是按规矩办，这个规矩可是我们都签字画押的，不得反悔的。

周晓君，那昨天晚上，我还替你写了一大半。

刘澄明说，替是你自愿替的，再说了，你又不是替我，你是替儿子的嘛。

周晓君说，你不讲理。

刘澄明阴阳怪气道，是呀，和讲理的人在一起就是愉快嘛。随手拿起周晓君的手机一看，屏保明明是一幅风景图。

那日有所思，夜有所梦，是谁说的。

刘澄明看看时间不早，不再多话，也不顾刘子辉还没吃完，拉了就走，刘子辉倒还记得帽子和绳子，刘澄明说他，出去玩的事情，样样记得，写作业，就什么也不知道了。

刘子辉塞了一嘴的面包，噎得无法回嘴，刘澄明正要说他一声活该，忽然没来由地，就浑身一颤，似乎有什么预感来了，果然，片刻之间，家长群里的铃声叮咚起来，一片混乱。

老师再次发出紧急通知，明天的秋游取消，原因是昨天某学校组织秋游，出事了，教育局叫停了全市学校的外出活动。

刘子辉起先是有点沮丧，但随即又兴奋起来，上蹿下跳，多嘴说，出事？出什么事啦？

刘澄明说，你老师没说出什么事，要你多管什么闲事？

刘子辉说，死人了吧，死谁啦——幸好没死我——

刘澄明反正对这个家长群是一千个一万个不满，无论里边出什么幺蛾子，他都要发表几句，这会儿又义愤填膺地批评说，出尔反尔，随心所欲——

周晓君说，你昨天晚上不是建议老师取消秋游的吗，现在真的取消了，你又抱怨。

刘澄明说，所以嘛，老师说，这一届家长难搞嘛。

刘子辉又插嘴，这一届学生难搞。

周晓君朝他们父子翻了个白眼，说，等着吧，没你的好果子吃，取消秋游，自然会有更难搞的事情让你搞——

话音未落，更难搞的事情果真出来了，老师布置，本周末，家长自带学生秋游，下周一上交二十分钟的PPT，这个PPT，要家长辅导，学生亲自动手做，以便老师检查。

一下子群里又炸锅了。

刘澄明第一个跳起来，发言说，取消就取消了，怎么又冒出来家长自带，还PPT？

老师回复说，刘子辉家长有意见，好，欢迎大家讨论。

本来想跟在刘澄明后面一起质疑的家长，气焰顿时熄灭，无人说话了。

刘澄明想还嘴，手机被周晓君一把夺走，说，你还想不想儿子上学了？

群里沉闷了一会儿，有家长开始曲线救国，小心翼翼地说，刚才看了天气预报，周末两天都有大雨。

另一个家长赶紧跟上，是暴雨。

老师立刻就来火了：

下雨有什么了不起？

孩子不是应该在风雨中经受考验吗？

做温室里的花朵你们家长不是最反对的吗？

浇个透心凉，才会有深刻印象嘛。

什么什么什么。

老师总是有理。

刘澄明手臂用力一甩，气愤地说，老子不干了。

刘子辉又不失时机凑热闹，喂，老大，你不干了是什么意思，你不干什么了？不干老爸了，不干老公了，不干医生了，不干人生了？

刘澄明刚刚鼓起来的气，顿时又泄掉了，不干了，由得了你吗，既然非得要干，那赶紧转嫁危机，他朝周晓君看一眼，说，周晓君，做PPT，你是高手，你一晚上可以给你老板做三个，这个任务非你莫属了哈。

周晓君说，你故意，明明知道我出差，要到周日晚上回来——

刘澄明说，那你提前半天回来不就得了。

周晓君说，你以为公司是我家开的？

刘澄明阴阳怪气道，公司当然是你老板开的啦，可你跟你们老板关系这么亲密，不就等于是一家人吗？

周晓君差点背过气去。

这日子真没法过了。

那就离呗。

离就离。

刘子辉来劲说，离，离，带上我个拖油瓶一起去离。

下　部

许丽华做梦也不会想到，这么一件小事，最后竟然酿成了如此惊天动地的轩然大波。

如同臭粪缸里的沼气，越拱越浓，迟早会爆炸的。

可是平时许丽华离这个臭粪缸远远的，从来不沾半点边，结果它却爆在了她的头上，说是始料未及，但更像是飞来横祸。

许丽华和姐姐许芳华都在附小当老师，许芳华比许丽华大十岁，许丽华大三开始实习的时候，姐姐已经是这所小学的骨干教师了，备受领导重视。

也许是因为姐姐当老师当得如鱼得水的滋润状态，许丽华一直对小学老师这个职业抱有美好的想法，所以大三那时候她就求着姐姐帮助，想进姐姐的学校实习，希望毕业后也去当个小学老师，不料却遭到了许芳华的反对。

许芳华说，你真没出息，你学平面设计，到小学也只能当个美术课老师，你的所谓理想，都会落到泥土里，埋进去，再也见不了天日。

许丽华不理解，她以为姐姐不肯替她出力，她对姐姐说，你把老师说得如此差劲，可是我看你工作生活都很美满呀。我还记得，从前那时候，我可能还在上初中吧，你才刚刚参加工作吧，家里的东西就已经吃不完、用不完了，保健品把老爸老妈都吃得牙疼上火了，我记得我的牙，也是那时候被搞坏的。

许芳华撇着嘴说，哟，现在谁还在乎那些东西呀——再说了，现在和过去可不一样，谁还敢收呀——你今天收了他的，他明天一不高兴举报你，你吃不了兜着走呀。

许丽华说，姐，退一万步说，即便现在物质上好处比过去少一点，但是你的精神享受超爽呀——我可是亲眼看到哦，那些家长，他们看到你，那眼神，那嘴脸，简直了，太孙子了，就像是看到亲娘老子，不，是天王老子，哦不，也不是天王老子，比天王老子更厉害，天王老子也教不了他们的孩子呀，能够管好教好他们的孩子，能够把他们的孩子从一条虫培养成一条龙的，那是什么人呢，那简直就不是人啊。

许芳华说，去去去，你才不是人，你的眼光太短浅，你看到的都是表面现象，我们做老师的，尤其是做班主任的，那是表面光鲜，内里污糟，就是个垃圾桶，什么脏的臭的都往我们身上倒。

许丽华笑了，说，姐，你夸张了吧，别以为我不知道，像你这样的骨干老师，学校挺你，家长拍你，学生怕你——当然，我也知道，家长拍你，也是因为他们怕你哦，你还有什么不满足的？

许芳华不高兴了，说，怕我？谁怕我？连你也这样认为？现在这世道，真是搞不清楚，到底是谁怕谁。

许丽华自然不想和姐姐讨论现在世界上到底谁怕谁这样的深奥的哲学问题，她本身就是个无所谓的人，在她看来，谁怕谁都无所谓、不碍事，她并不希望有人怕她，如果需要，让她怕一怕别人，她也不觉得有什么不妥。

许芳华又给许丽华讲了许多老师吃亏的事例，讲述得绘声绘色，可许丽华总觉得，姐姐虽然是以事实为基础，但毕竟说得太夸张太片面，如果当老师真有这么恐怖，姐姐恐怕头一个就逃离了呢。

她想大概姐姐真是不想帮助她，不想让她当小学老师，才故意这么说的。

许丽华有些伤心，恰好那个阶段，她又失恋了，双重打击，情绪低落，父母担心小女儿，就唠唠叨叨数落许芳华。

许芳华无奈，也只得顺从许丽华，到学校找领导一问，领导说哎呀，许老师你来得太巧了，我们正想要一个学美术的专业人才，还担心找不到合适的人选呢。

许芳华也知道，"担心找不到人选"，也只是个客气的说辞，校长对她客气，其实就是对她的工作客气，她的工作做得好，为学校争光。

后来的一切，就都如愿以偿了。

等到许丽华正式进了学校，当上了美术老师，又进了家长群，她才进一步看到了姐姐许芳华的工作和生活，也看到其他老师的工作和生活。

老师办公室都是大统间，低年级的老师，无论是哪一科的，都在一间大办公室办公，这样也有利于互相了解互相提供学生的情况，有利于一起做好学生的工作，当然，也有利于一起在背后议论学生，议论家长。

许丽华教低年级美术课，美术课在小学一二年级虽然也叫个"课"，但基本上是个摆设，美术老师任务不重，只是因为受重视程度和收入是成正比的，所以收入相对低一点，也算是公平公正的。只要学校没有看中你，让你去干那些杂活琐事，那简直就是个清闲的好去处。

一二年级，一周两次课，平均每周十几节课，就这样，还经常给语文数学英语老师或者班主任借去用用。

教学任务相对轻松，压力也小，但是别人的重视也就没有了，也不受家长追捧，当然骂声也少，家长都很忙，他们没有时间去骂一个小学美术老师，尤其是小学低年级的美术老师，也一样没有时间去拍她的马屁，似乎也没有必要去拍她的马屁。

许丽华坐在大办公室里，看着这个老师把学生叫来训一顿，那个老师把家长叫来挖苦一番，不是这个角落里学生哭了起来，就是那边角落里家长吼了起来，每天老师办公室就像个农贸市场，鸡飞狗跳。

许丽华刚刚上班不久，就碰上一件惊心动魄的事情，虽然不是她亲身的经历，但是对刚刚加入老师队伍的许丽华来说，真是吓得魂飞魄散。

二年级（一）班的一个学生，有哮喘病，家长担心老师和同学知道了孩子会受到歧视，所以孩子上学后就一直没有说出来，结果该学生上课时顽皮，班主任孙老师按规矩罚他到操场跑步，结果诱发了哮喘病。其实情况并不严重，本来只要喷一点药就平缓了，但是家长来了后，穷凶极恶，又打120，又打110，把孙老师的衣服都撕烂了，最后把孩子弄到医院急救，又不知从哪里找来一张带血的图片发到网上，说是老师把小学生罚到吐血。

一时间，网上铺天盖地，孙老师被全网人肉，翻了个底朝天，谈过几次恋爱，家住哪里，爸爸曾经什么什么，妈妈曾经怎样怎样，统统都搜出来了，连她在上大学时的博客都翻了出来，里边有些不成熟的想法，被放大了上纲上线往死里拍，说孙老师本来就是个人渣，说孙老师无德，不配当老师，骂孙老师是畜牲，骂孙老师绝子绝孙，甚至有人说孙老师是反社会分子，应该抓起来枪毙。

最后查清事实，哮喘病发作是真的，但是那张带血的照片是假的，后来家长也出面认错，承认照片是假的，但是成千上万的网民还是不肯放过孙老师，他们组织成声势浩大的声讨队，连篇累牍地咒骂，没完没了地上纲上线，直至孙老师生病住院，还有人不依不饶。

孙老师得了抑郁症，几次自杀，虽未遂，但整个人都废了。

这整个过程，几乎都在许丽华的眼皮底下发生，许丽华怎不心惊肉跳？她和姐姐讨论这个事情，许芳华也害怕，她拍着胸脯说，你说说，你说说，吓人不吓人，和我们班只一墙之隔呀，我想想也后怕，如果那个调皮捣蛋的学生在我班上，我也会罚他去跑步的，那最后就落到我头上了。

许丽华小心翼翼地问许华芳，学生调皮，非得要罚跑步吗？

万一是大夏天，会中暑的，确实是有危险的呀，冬天的话，也是容易感冒的，这个办法，反正是有点野蛮。

许芳华说，那你说用什么办法整治调皮的学生？他一个人调皮，自己学不好，还会影响整个班级的，其他家长会对我们有意见的。

许丽华说，总会有比罚跑更妥当的办法呀。

许芳华说，你都不知道，现在的学生有多难搞，家长有多难搞，社会舆论有多难搞。

总之，反正，样样不好搞。

许丽华看着姐姐愤愤不平、滔滔不绝地诉说别人难搞，她总感觉姐姐有些得了便宜又卖乖的卖弄心态。

许丽华说，反正我是知道人家家长、学生都捧着你，拿你当女皇，呵呵呵——有你做榜样，所以我也喜欢当小学老师。

许芳华说，你傻呀，你不知道他们在背后怎么骂我的，瞎编派的，诅咒的，造谣的，无奇不有——你说老师要好好对待学生是吧，你说老师不要野蛮是吧，你等着看吧，到底是谁比谁更野蛮——

许芳华真是超级有经验，过了没多久，许丽华就看到了一出"到底谁野蛮"的精彩演出。

那天她到高年级老师办公室去找教高年级美术课的朱老师，朱老师正在来的路上，让她在办公室等一下，许丽华就在朱老师的位子上坐下等，对面是六年级的一位班主任李老师。

李老师教书教了三十多年，都快退休了。学校里大家都知道，李老师年纪大了，人也越来越温和，从来听不到她大声训斥学生，即便找学生谈话，基本上也是和风细雨的。

李老师班上有个男生，小小年纪竟然要谈恋爱了，这可是天大的事情，李老师不能太和气了，说他几句，他还犟头犟脑不服气。

老师自然把家长叫来，来的是爸爸。老师一看到这爸爸愣头愣脑满不在乎，就吓唬他说，跟你说个事情，你要有思想准备噢，你别吓着了噢——你儿子，早、恋、了！

那个爸爸冲着低头站在边上像个罪犯似的儿子笑了笑，还竖起大拇指点赞，说，好，好，我儿子出道早，有个性！

好脾气的李老师也生气了，气愤地说，这位家长，我跟你说，这么早的早恋，真是闻所未闻，我教书教了几十年，没有见过——你们做家长的，到底关不关心自己的孩子，到底知不知道他这样的糟糕情况？如果你们不知道的话，今天我告诉你了，你自己看着办——

那爸爸二话没说，低下头，扒开头发，把脑袋塞到老师面前，给老师看头上的疤，喏，喏，你看，你看，这个疤，大不大——

老师身子往后仰着，奇怪地说，你干什么？

那爸爸说，老师，这都是拜你所赐——

老师蒙了，说，什么什么，什么拜我所赐，你头上的疤跟我有什么关系？

那家长说，老师，你不记得我了？我当年就是你的学生，也是因为早恋，你把我爸叫来了，回去就被棍子打出这么大的洞，缝了十几针，差点要了小命——

老师真的不记得当年的学生了，刚要解释，那家长又抢了先，说，老师，我告诉你，别的东西好改，遗传这东西难搞，老师你知不知道，早恋也是会遗传的，当年我早恋，你把我父亲叫来，叫他回去打我——

老师说，我不是要家长打骂孩子——

那家长就戗老师说，得了吧，你就是想要我打他骂他，不然你叫我来干什么？你如果不是想我骂他打他，你教育教育不就行了？

老师说，哪有你这样说话的，小小年纪早恋，难道家长不应该教育吗？

那爸爸嗓门好大，态度也强横，好像他是老师，而老师却是家长似的，完全是以教训的口气说道，但是老师我告诉你，首先，我儿子早恋，不是在家里恋的，是在学校恋的，在你老师的眼皮底下恋的，谁的责任，一清二楚；第二，也是最最重要的，我告诉你，你休想挑拨我们父子关系，我才不会打我儿子，在你们老师的撺掇下，我的整个少年时代就是在棍棒下熬过来的，最后没被打死，归根结底因为他是我老子，而不是我老师，今天我不能让我的儿子再吃二遍苦，我决不会动他一根小指头！

老师本来是指望这老子痛扁儿子一顿，结果自己反被这老子训孙子般地"教训"一番，大出所料，顿时哑了。

憋了半天，酸甜苦辣在心中翻滚，不由潸然泪下，说，你们父子，是组团来气我、害我的吧。

那老子气冲冲地说，你哭个屁，你这是猫哭耗子假慈悲，你心里恨不得我们家孩子立刻滚出你的班级，别以为我不知道你心里想的什么，你就是想你班上人人都是优秀生，个个都考一百分，你才能多得表扬多拿奖金。

老师被他训得哑口无言，他还没罢休呢，继续摆事实讲道理，说，老师你天天做着白日梦呢吧，十个指头还有长短呢，你指望五十个学生个个一样；没有我们的不优秀，怎么体现出那些学生的优秀呢；没有早恋的学生，你凭什么摆出老师的臭脸训家长呢。

中间都不带停顿，一口气又说，对了，老师，我早就想找你说话，还没个机会，今天是你主动找我，等于把自己送给我责问啦。我现在问问你老师，你们一碰叫家长，一碰叫家长，要你们老师干什么？你们老师都在干什么？在厕所里吃翔啊？大事小事，有事无事，都叫家长，家长是你孙子？这个要叫家长做，那个要叫家长做，你老师的工资，怎么不给家长分一半？

那李老师上了点年纪，一口气没有回上来，脸色发青发紫，差点憋了过去，吓得许丽华赶紧过去帮她拍胸拍背。

那家长的气还没出完，在旁边冷嘲热讽，哼哼哼哼，平时凶孩子的时候，要多凶有多凶，怎么不岔气，今天被家长说了几句，气就岔过去了，演技真棒啊，老师，你是影后！

这事情很快传到低年级办公室，等许丽华回到自己的办公室时，就看见姐姐站在那里，手叉着腰，义愤填膺地大声嚷嚷，李老师太好说话，他是没撞到我手上，撞到我手上，我叫他回炉重造去。

其他老师也都纷纷应声。

姐姐这句话，说得并不夸张。在许丽华的所见所闻里，姐姐这个老师要比姐姐口中的"老师"，以及学校的另外一些老师，厉害百倍千倍，那根本就不是生活在同一个星球上的。

许芳华是二年级语文老师兼班主任，那是重中之重的位置，学校重视，家长重视。现在的学校每个班级都建家长群，而当初在附小带头想出这招的，正是许芳华。她一带头，人人效仿，一时间成为美谈，校方满意，上级肯定，家长便于听命，学生受到约束，真是神来之笔，点睛之作。

许芳华建的群，她就是群主，她当班主任的二年级（二）班，群名叫作"202一家人"，二年级（二）班的其他的任课老师一看到许老师建了群，纷纷加入。

一加入了群才知道有多爽，真是要多方便有多方便，原先布置作业，要在课堂上反复强调，反复叮嘱，还难保有的学生思想开小差，或者偷懒，没有记全，没有记下，甚至记错了的。现在有了群，那是太爽了，根本就不用跟小孩子啰嗦，他们也不爱听，好吧，不爱听就不听，有人替你们听，替你们记。

家长呗。

群里的家长，真是一个比一个听话，一个比一个乖，有的家长完全是一副媚态，在许丽华看起来，甚至很贱，甚至很过分。

办公室里经常听到其他老师东拉西扯，有一句经典的话，说是什么都在涨价，就是人越来越贱。说的就是家长吧。

其实许丽华是理解家长心情的，他们只是为让孩子在老师面前有个好印象，家长的时间，家长的精力，家长的尊严，家长的钱财，家长的什么什么，任何，都可以不要，踩在脚底下也无所谓。

有一天许芳华一脸怒气从教室出来，回到办公室，教材往桌上一拍，倒水，喝水，坐下，一连串的动作，都在告诉大家，她又生气了。

她对面坐的是和她搭档的教数学的钱老师，两个人互相都十分了解，钱老师一看许老师的脸色，知道了，说，是家长吧。

许芳华"呸"了一声，气哼哼地道，居然说秋游买保险是我和保险公司有猫腻，简直了，乱泼脏水啊，反正老师好欺负，什么脏的臭的都往老师头上倒。

那钱老师说，啊，哪个家长竟敢如此胡说八道，是在群里说的吗？我今天没有注意看。

许芳华说，就是在群里，没有直说，但是指桑骂槐，谁看不出来！居然还有家长附和——

那钱老师说，这可不行，布置个活动还能扯到猫腻什么的，太过分，这样的家长，必须把他压下去哦，否则只要你一次拿不住，以后次次跟你作——我跟你说，上次有个家长跟我作，说我布置的作业，拍的照片太模糊，手机上看不清，我让她打印出来，她又说家里没有打印机，嘴巴还凶，说没听说过小学生家里必备打印机的，哼，这不明显就是作吗？你没有打印机，那是你自己的问题，你怪得着我啊，你咬我啊？关键是还有个别家长帮腔，也说没有打印机，好吧，我就教教你们怎么才会有打印机。

许丽华满心好奇，她对钱老师的话不能理解，怎么老师一教，学生家里就会有打印机呢？

果然，不出两天工夫，齐刷刷的，家长报告，班上五十二个学生，五十二家，全部都有打印机了。

许丽华觉得不可思议，忍不住在她自己的角落里问了一声，他们真的都去买打印机了？

钱老师笑道，哪能呢，我才不在乎他们到底买没买打印机，我要的就是他们对老师——

旁边的另一位老师接过去说，唯命是从。

钱老师说，那是当然，都不听话，那还了得，就算他们心里不服，但是至少现在谁都不敢说家里没有打印机了嘛，那个带头挑事的，就是说没有打印机的那个妈妈，是头一个在群里报告家里买了打印机的，呵呵，爽啊，活活地被我按在地上摩擦，她也不敢有半点不满。

许丽华还在发蒙，钱老师说，小许，你不明白吧，你可以到群里看看，看一看，你就都明白了。

许丽华赶紧到群里看钱老师发了什么内容。原来钱老师在群里说，各位家长，向你们报告一个坏消息，最近我们二班的数学成绩，已经从全年级第一落到全年级最后了，家长们，加油啊！

这条微信发出后，群里一片静默。

钱老师又发：说家里没有打印机的家长，打印机不是关键，关键是你们的孩子的努力，化为乌有了，付诸东流了，掉在别人后头一大截了。

静默一阵之后，那个带头说没有打印机的家长又带头了。

老师，我家已经有打印机了。

紧接着就是家长纷纷站队表态，家家都有了打印机。

许丽华疑惑道，钱老师，二班的数学成绩不一直是全年级第一吗？没有下降呀。

钱老师说，那谁知道呢，今天第一，不能代表明天仍然第一，对吧？

哈哈哈哈，许芳华早已经转怒为喜，高兴地大笑起来，说，好吧好吧，这个我也会。

许丽华不知道姐姐要怎样把家长按在地上摩擦，她本来不怎么关注"202 一家人"群，现在她把手机捧在手上，认真地看姐姐怎么操作。

本来群里很热闹，许芳华一出现，家长就闭嘴，群里立刻鸦雀无声，等候班主任老师指示。

许芳华发言了。

老师的发言基本上都是机关枪连珠炮。

首发：你们以为秋游是老师的主意吗？

连发：你们以为老师喜欢带你们家宝贝出去玩吗？

再发：你们以为买不买保险是老师说了算的吗？

几个诘问句把家长问得脸红心跳，惭愧不已。

可老师没完没了，一发而不可收：

你们觉得老师三头六臂。

你们觉得老师一个人可以管住在公园里撒野的五十个小朋友。

你们觉得老师能够平分能力照顾好每一个孩子吗？

这话可是说到家长的心尖尖上去了，谁不想老师多看着点自己的孩子，于是家长动作整齐划一，集体站队，赶紧拍老师马屁：

老师辛苦。

老师委屈。

老师不容易。

老师两头受气。

谢谢谢谢老师。

什么什么什么老师。

片刻，讨论的话题变了味，大家纷纷表示体谅老师，买保险就买保险吧，反正钱都是花在孩子身上。用老师的话说，你们不为孩子，还想为谁？

那几个想质疑买保险的家长，那几个想取消秋游的家长，都挤在最前面，真是打脸啊，哈哈。

许丽华在群里目睹了全过程，她甚至感觉到了被打脸的疼痛和尴尬，对那些可怜的家长有些于心不忍，她对姐姐说，真的有必要这样吗？你这样做，真是让家长颜面扫地啊。

许芳华说，不是我说你，你太没有经验，你上他们的当啦，我告诉你，那些人，没有素质的，有的家长，居然连自己的孩子上几年级都不知道——

许丽华简直晕了，连连说，不知道自己孩子上几年级？真的不敢相信——

许芳华说，你等着看吧，你不敢相信的事情，多着呢，这些人，要多坏有多坏，他们根本不要颜面，他们甚至完全没有廉耻心。有一次他们惹恼我了，我整他们，我就故意说个事情，让他们站队，明明我是错的，我指鹿为马，可他们个个给我点赞，简直了，我看了都嫌肉麻。

钱老师也跟着说，小许呀，你刚来学校，你是没有见识过哦，我和你姐姐，算是很有素质、很讲道理的老师啦。你没听说过吗，城北有个学校，小学生被老师骂了，跳楼了，家长都哭死了，别的家长还说老师没错，在群里列队给老师点赞呢，人家截屏出来的那图，那个点赞的楼，搭得好高好整齐哦，哈哈哈哈——

许芳华和钱老师笑得没心没肺，她们好像是在讲别人的笑话，好像她们不是老师。许丽华听不下去了，她心里想着，我可不做这样的老师，我要做个好老师。转而又想，也得体谅姐姐和钱老师她们的难处和苦衷呀。

幸亏自己是个美术老师，压力没有那么大，也就不需要处心积虑地去对付可怜的学生和可怜的家长。

许丽华进到"202 一家人"群里，虽然她不需要在群里多说什么，也从不在群里布置作业，但是她能够看到群里的各种情况，她知道这个班级的学生家长，对许芳华老师，那是真正五体投地的。

许芳华工作积极，表现突出，她是优秀班主任、杰出语文老师，学校有时候会请家长来给老师打分，许芳华得分都是最高的，家长对她简直是众星捧月，马屁拍得感天动地。

有一天许丽华看到姐姐把一个叫刘子辉的小朋友拎到办公室，

后来又紧急叫来了家长，那对父母赶到的时候，气喘吁吁，惊慌失措，不知道自己的孩子犯了什么天大的错。

那个刘子辉小朋友其实蛮天真可爱，也很热情，许丽华美术课上要讲《蝴蝶》，事先告诉学生，她会用蝴蝶标本来演示，并没有要求学生去抓蝴蝶。可是到了上课那一天，刘子辉就捧着个盒子递给她，打开一看，里边是几条毛毛虫，许丽华吓了一跳，要生气了。

那刘子辉说，老师，我去公园抓蝴蝶了，可是现在蝴蝶还没有长大，这些是小蝴蝶，等它们长大了，长出了翅膀，就是蝴蝶了。

许丽华虽然不喜欢毛毛虫，刘子辉抓的也不是小蝴蝶，而是飞蛾的幼虫，但许丽华还是鼓励了刘子辉小朋友的做法。

可能就是因为和大自然有密切的接触，刘子辉小朋友画的蝴蝶也十分生动逼真，许丽华不仅在班上表扬了他，在群里也说了，她以为家长会高兴，会回应她一下，结果翻了半天，也没有看到刘子辉的家长有什么反应。

那天姐姐和其他老师一起围攻刘子辉家长，把家长训得跟孙子似的，许丽华在一边看得清楚，她感觉心有余悸。那个妈妈倒是一味地点头哈腰，隐忍退让，可那个爸爸脾气有点急躁焦虑，说话戗人，而且身上还冒出想要打架的气息，只是他自己死命地压抑着，控制着。许丽华真有点担心，怕他一旦失控，不知会出什么事情呢。

还好，被老师训过后，那个妈妈主动替儿子写了两份保证书，老师气也消了，把他们放走了，没出什么大事。

事后，许丽华听姐姐和其他老师在背后编派非议，说这个刘子辉的爸爸，是个医生，还在海外留过学，怎么搞得如此没有素质，搞不好就是假学历、假身份等等。

许丽华感觉心里乱乱的，老有一种要出事的感觉，她提心吊胆地问姐姐，那些家长，被老师这么教训，都不敢回撑的？

许芳华说，你不懂，以后有你的苦头吃，你跟我学着点，我告诉你，家长和小孩子一样，都是蜡烛，不点不亮，贱骨头，不骂不听话！

许丽华真是又好气又好笑，忍不住说，姐，不管怎么说，也不能教训家长呀，按理骂学生也是不可以的，但是孩子小，骂几句也就算了，但是骂家长，也太那个什么了吧？

许芳华说，这个刘子辉，包括他的家长，我早就看不顺眼，我这也是借个理由为你出口气，你还怪我态度不好。

许丽华说，我没生气，这么小的孩子，有什么值得跟他们生气的？

许芳华说，孩子小，不值得，可是家长不小了，家长让人生气呀，那个刘子辉，你上次在群里表扬他，他家长一言不发，什么意思，瞧不起老师？

许丽华说，也许他们都太忙太累了，来不及看，群里消息太多，一条信息，转眼就不知埋到哪里去了，挖半天也挖不到的。

许芳华说，忙不忙累不累的，那只是借口，现在都要生存，谁不忙，谁不累，累就对了，舒服是留给死人的——你用心关注一下就知道，但凡家长关心孩子，老师的微信，都是第一时间看，第一时间回复的，那种看不见的，多半是假装看不见，或者有意不看——

许丽华说不过姐姐，毕竟她才刚刚进入小学老师这个队伍，而姐姐已经有十年的教龄，积累了丰富的经验，相比之下，无疑是姐姐更了解学生，也更了解家长。只是许丽华性格使然，她不会骂人，别说骂家长，即便一二年级的孩子，她也从来没有骂过。

开始的时候，许丽华的教学还比较正常，除了有个别学生有点不遵守纪律，但也不是很过分，可能因为美术课压力不大，学生反而还有兴趣，听得进去，所以总体还是顺利的，下课前许丽华就正常地布置了回家作业。

不料却有个学生举手站了起来，抗议说，老师，回家作业，课堂上不用讲的，群里都有。

许丽华说，同学们，你们要知道，老师现在讲了，你们现在记住了，就减轻你们家长的负担了。

学生说，我们干吗要减轻他们的负担，应该让他们减轻我们的负担，他们天天骂我们——

他们说后悔生下我。

他们还骂我是讨债鬼。

他们还刮我的头皮。

他们还骂老师。

小学生叽叽哇哇，纷纷控诉家长。许丽华万万没想到，自己正常的教学，一不小心，居然成了挑动学生骂家长的契机了。

但是即便如此，许丽华还是觉得回家作业的布置，首先是要让学生知道，所以无论学生怎么抗议，她都坚持课堂上布置。

可是过了不久许丽华就发现，群里很少有家长关心美术课的事情，她布置的事情，家长大多爱理不理，即便有回应，也是最简单的最干巴巴的两个字"收到"，连个表情也不给，有的家长干脆不应声，也不知道他们看到没有。

许丽华也体谅他们，因为群里的彩虹屁太多，在"班主任老师""语文老师""数学老师""英语老师"后面，常常跟着无数个"老师辛苦了""老师太累了""老师太负责任了""心疼老师哦""爱老师哦""给老师表示表示哦"等等的马屁，而且这样的马屁都会在瞬间搭起高楼，把前面其他老师布置的真正需要完成的任务、重要的通知等，都不知道淹到埋到哪儿去了，有些家长辛辛苦苦翻了老半天也找不到，看得眼花缭乱，气得头晕目眩。

不过对于许丽华来说，家长看不看群，回不回复她这个美术老师，问题不是太大，因为她都是双重布置，先在课堂上向学生仔细布置，再到群里发布，基本是双保险。

可是谁能想到如此周到照顾家长照顾学生的做法，却遭到家长的质疑，有个家长在群里说，美术老师，你能不能干脆只管一头。

许丽华看到了，起先她不知道这是什么意思，后来才了解到，她的双保险，在实际操作中，往往成了双不保险，学生依赖家长，家长依赖学生，都不上心，一旦耽误了回家作业，立刻就互相推诿，互相出卖，最后搞得回家作业完成得最差的竟然是美术作业。

这还不算，因为这位家长在群里说到了美术课的话题，他这句话看似平和，其实里边是埋着火气的，他的火气不敢往其他老师身上撒，正好逮住美术老师开腔。

其他家长都贼精，立马就感觉到了，因为有人带头，他们的胆子都跟着大起来。

是呀，都忙死人了，美术课还来凑热闹。

我们够辛苦了，美术课就不要再增加我们负担了。

一二年级小孩，画个画还搞这么认真。

数学语文都来不及做，哪有时间画你的花花草草。

总之一顿乱喷。

许丽华都不知说什么好了。

这个事情，许芳华在群里也注意到了，她对妹妹说，你看看，你看看，我怎么跟你说的！

许丽华接受了教训，也向其他老师学习，课堂不再布置回家作业，一律改在群里发布，这下家长倒也无话可说了，每次都老老实实到群里去寻找。

许丽华给二年级上课时发现，有的学生对色彩不敏感，甚至还分辨不清，这应该是一年级的基础没有打牢，她主动再替他们巩固基础，布置了一次涂颜色的作业，让学生回家画一个圆，再将圆分割成十二块，在这十二块内分别涂上不同的颜色，然后注明是什么颜色。

这个作业再简单不过，现在的颜料笔，色彩繁多，要什么颜色有什么颜色，只有你想不到的，就没有它们呈现不出来的。

但是其实，许丽华最后收上来的作业，简直让她哭笑不得。

有个学生涂的颜色确是五彩缤纷，不过所有色彩无不溢出了边线，像长了角，长了刺，长了肉瘤，整个看上去，简直就是画了一个多彩的仙人球。

有个学生又突发奇想，画成了飞镖盘，没有分割成十二块，而是一圈一圈画成好多圈，涂上黑白两种颜色，这只飞镖盘画得很逼真，可惜没有按照作业要求，属于"自说自画"。

还有一个更奇葩，只用了一支黑色的笔，只是在每个格子画黑色的时候，用力有轻有重，以区别浅黑，淡黑，微黑，小黑，深黑，墨黑，大黑，强黑，超级黑等等不同的黑。

能想出那么多不同的"黑"来，也真是煞费苦心了。

许丽华将这些特别"突出"的作业，放到群里，让家长自己看，因为作业都是由家长签名的，签名的家长到底看没看这些"作业"，它们是怎么从家长那里过关的，更何况，那些形容"黑"的词，有些恐怕不是二年级小朋友能想出来的，很可能就是家长代劳。

家长看到了那些"杰作"，不是先检讨自己的马虎敷衍，却马上开始质疑老师：

老师你这是教的二年级学生吗？

老师你确定你不是在幼儿园上班吗？

老师你觉得学生都是色盲吗？

有的家长还为自己的孩子辩护：

老师你说要区别不同的颜色，孩子能用一支笔画出十几种不同颜色的黑，这是天才啊。

老师我们家孩子昨天画这东西画到深夜一点，你不心疼我心疼。

也有的家长思维很特别，天马行空，想到哪儿是哪儿：

老师你觉得这些都是圆形吗？

老师你说是一年级基础没打好，那关二年级什么事呢？

老师你看看人家语文老师数学老师是怎么检查作业的。

许丽华本来的目的，是提醒家长检查作业要认真，签名是要负责的，这样的作业能够随随便便签上大名吗，希望家长能够检讨一下自己的问题，结果这座楼一层未建，就整个地歪掉了。

并且还不止是歪成了另一座楼，它一下子歪成了好几座楼。其中一座是质疑美术老师的。

还有吹捧班主任的。

有拍数学老师马屁的。

也有 I love you，这样用英文表达情感的，那是在舔英语老师吧。

总之五花八门。

群，真他妈是个群。

小学的美术课，除了画画，还有手工作业，主要是为了培养孩子的动手能力。有一次许丽华根据教材要求，布置了《动手做小帽子》的回家作业，希望小朋友们开动脑筋，发挥想象，利用一切可以利用的材质，自己动手，设计制作一顶小帽子。

第二天许丽华收到了各式各样的帽子，有的是用纸做成的，有的用方便面盒子或者牛奶盒重新折叠而成的，也有很有创意的，比如有个小朋友，用干花扎成了一只帽子，一看就是妈妈的手笔，那个既调皮又聪明的刘子辉小朋友，捧着半只挖掉了瓤的西瓜，递到许丽华面前，兴奋地嚷道，老师，老师，我这个帽子，有想象力吧？

许丽华看了一眼，那西瓜皮脏兮兮的，差点沾到她的衣服上，她赶紧后退了一下，让刘子辉捧着西瓜皮坐回座位，才说，刘子辉，你没有认真看老师布置的作业要求，老师是希望你们全部自己动手，先是寻找合适的材料，然后自己动手制作，你这个西瓜皮，没有通过你的制作——

刘子辉说，我动手了，我制作了，我把西瓜吃了，老师，吃，也是一种制作吧——然后他又自吹自擂说，老师老师，我给这个作业取了个名字，绿帽子，老师，绿帽子，是不是很赞？

许丽华气得说，刘子辉，你胡说八道，你家长知道你的作业吗？

刘子辉理直气壮道，当然知道，这个名，是我爸签的，又不是我冒充的——对了，我爸看我给它取名绿帽子，还笑了，还刮了我的头皮，我问我爸笑什么，我爸说，你去问老师吧。

许丽华简直张口结舌。

刘子辉继续追问，老师老师，为什么绿帽子这么好笑的，那红帽子呢，黑帽子呢——

许丽华差点憋过气去，缓了半天后，她说出了一句话。

这是其他老师天天挂在嘴上，而她则曾经暗暗发誓永远不说的话。

叫你家长来。

刘子辉一听叫家长，急了，没得到她的允许，就自己站了起来，也不举手，直接就嚷嚷，我爸爸说了，你们老师，不负责任，把作业都压在家长头上，还动不动叫家长——

简直不拿她这个老师当个菜，许丽华课后越想越生气，忍不住跟姐姐说了，姐姐说，小事一桩。

许丽华又担心姐姐会怎么对付人家家长，问，你要干什么？

许芳华说，喔哟，你又要生气，又怕得罪他们，所以嘛，我这一次的动作，你放心，不动声色的，不会得罪他们的。

到了这天中午，"202一家人"群里，就有个家长发言，说，咦，我们"202一家人"，有两个许老师哎，一个叫许芳华，一个叫许丽华。

紧跟着有家长接上来说，看这两个名字，会不会是姐妹哦？

第三个家长说，她们正是亲姐妹哎。

好了，就这么三两句看似无关轻重的发言，群里立刻掀起了巨浪，当然主要是吹捧许芳华老师的，同时也一并拍了许丽华的马屁，最后甚至连她们父母都带上了。

242　　　　　　　　　　　　　　　　漂 / 去 / 漫 / 山 / 岛

许老师的父母，真是了不起，一下子培养了两个好老师，我们有福了。

难怪二年级的美术也教得这么好，原来是许老师的妹妹许老师。

有多么优秀的姐姐，就有多么优秀的妹妹。

肯定许老师言传身教。

肯定许老师传帮带。

那个刘子辉的妈妈，也在群里积极发言，说，我们家孩子，本来上美术课没有兴趣，现在可来劲了。

又说，刘子辉一回家，就嚷嚷着要画画。

简直胡说八道。

明明知道是胡说八道，听了心里也是蛮受用的。可是这样的家长，明明是十分地不信任老师，才会如此肉麻地拍老师马屁，最后还不是希望这马屁的效果能够落到自己孩子的头上——但是再反过来想想呢，家长不信任老师，那么，老师值得信任吗？

这真是一个先有鸡还是先有蛋的难题。许丽华不去想它了，她只管做好自己这个老师就行。

许丽华曾注意到群里有个家长，天天带头夸老师，老师发条小通知，她也立刻紧跟，又是点赞，又是谢谢，还"此处省去无数个谢"之类。害得其他家长不得不跟在后面说谢谢，说老师辛苦，结果连那条通知都找不到了。

有一次老师发了一张照片，说有两个孩子连午饭都不肯吃，直接就在教室写作业。那个家长又赶紧拍老师，说是老师教育得好。

有个家长看不过去了，说，不吃饭孩子不会饿吗，要是你的孩子饿着，你还会点赞吗？

结果被那个家长猛一顿贬。其他家长个个跟进。

许丽华后来认识了这个带头的家长，原来是个单身妈妈，社会地位低下，许丽华也就理解了她的心思，如果不拍老师马屁，老师是不会把她的孩子当回事的。

许丽华先前对她的那一点反感和疙瘩，最后变成了尴尬和无奈。

姐姐只是动了动小指头，甚至连小指头也不用动，就解决了许丽华的威信问题，从此以后，再也没有家长在群里质疑她的美术课，也没有学生敢在课堂上对她不恭不敬了。

许丽华参加工作不久，有一天六年级的美术课朱老师请假，学校安排许丽华代一堂课。许丽华认真负责，事先和朱老师仔细沟通过，了解了这堂课的课堂内容和应该布置什么样的回家作业，心中有了数，就踏进了六年级的教室。

许丽华完全不可能想到，她这小小的轻轻的一步，后来居然掀起了那么大的风浪，简直就是小学教育界的狂风巨浪了。

这堂课的教学内容是拍一部小电影，这是根据教材安排的，没有偏离半点，也没有随意增加或者删减任何内容。只不过，教材只是安排拍一部小电影的学习过程，教材并不具体要求这些内容是课堂作业还是回家作业，或者仅仅就是课堂教学内容，不用做作业。

因为对这个课程不熟悉，许丽华曾经向朱老师表示过有些为难，朱老师轻描淡写说，没事没事，讲课内容我已经准备好了，你上课播放一下就行，别的都不用讲，最后再布置一下回家作业，他们会完成的。

许丽华严格按照朱老师的指导，完成了这次代课任务，在群里布置了回家作业。

拿到回家作业的家长，欲哭无泪，这哪里是让小学生做的事情，这都是家长的任务，甚至是家长都很难做好的事情。

那又怎样，你不做？

你不做，你想哪样？

强慧的公司那两天正在转型升级的紧张关口，完全顾不上女儿的回家作业了，她让自己的得力助手、总办的周助从班级群里把回家作业下载打印出来，交给女儿。

周助能者多劳，工作主动积极，但是压力太大，事务太多，也难免出差错，有一天居然错把她自己儿子的二年级的作业交给了强总女儿。

那一天强总的女儿竟然没有找妈妈问作业，强总还暗自庆幸，也许女儿成熟了，进步了，会自己写作业了。

周助起先也没有发现自己的错误，直到她的儿子和辅导儿子写作业的老公大喊大叫，她才发现弄错了作业。

好在那天是个周末，有时间及时发现赶紧纠正，否则第二天这样的洋相老师一定会放在群里给大家看，出他们的丑。

强慧的女儿习惯了依赖她，自己完全不动脑筋，稍有难处，就给她打电话，强慧不胜其烦，干脆将放学后的女儿直接领到办公室，让她在公司的小会议室里写作业，有什么不懂的，虽然她自己没空，可这么大个公司，总办这边，就有数十人马，总有人会辅导一下的。

就这样牛牵马棚，到了这个周末，强慧公司的重大任务完成得差不多了，公司员工也一个个赶紧回去休息了，强慧这才有了点空闲，一有空闲，第一个想到的就是女儿回家作业做得怎样了。

女儿说其他作业都完成了，只剩下美术课的作业，强慧也松了一口气，有一种大功告成的虚脱感。

可是女儿"吭哧吭哧"的，好像还有话说，又不太敢说出来，强慧问她，你还有什么事？

女儿小声道，美术作业，妈妈你——

强慧一听就来火，说，你好意思说，连美术作业也要我辅导，干脆我替你去上学得了！

女儿这才闭了嘴，灰溜溜地到隔壁会议室写作业去了。

这天下午强慧接待了一位贵客黄子前，他是公司特聘的高级顾问，刚从海外回国不久，强慧急着要请教转型后的公司如何尽快平稳发展，见缝插针地和黄子前约谈了两个小时。

黄子前不仅是经济研究领域的大咖，同时也是一位网络大 V，拥有上百万的粉丝，又能说会道，口才和文笔都是一流，他和强慧许久未见，相谈甚欢，可是聊着聊着，黄子前忽然停了下来。黄子前一停，强慧也听到了异样，隐隐约约，好像哪里有哭声，再仔细听，就是隔壁发出来的。强慧心里一凛，赶紧过去一看，果然是女儿在哭。

一问，才知道是最后的那门美术作业不会做。

强慧奇怪说，咦，你语文数学都写了，怎么画个画反而难住了呢？

女儿看到母亲来了，感觉有了希望，停止了哭泣，抽抽搭搭地说，不，不是画画——

强慧性子急，说，不画画，干什么，又出什么幺蛾子？

女儿又是"哇"的一声，边哭边说，拍，拍电影。

强慧一听，头都大了，赶紧把作业题目拿起来看，果然，要求学生自编自导自拍，做出一部小电影。

再赶紧到群里翻找，翻得眼珠子都要掉出来了，才看到这个作业已经布置了一个星期，明天周一，必须要交了。

强慧急得数落女儿，你的性子一点也不随我啊，这么笃定啊，明天要交作业，你今天才想起来做，这可不是简单地画个画，是拍小电影，现在都几点了，天都快黑了，怎么来得及？

虽然女儿不敢回嘴，但是强慧话一说出口就知道自己错了，按照现在的行规，作业是布置在群里的，看得到看不到，看了重视不重视，完成得及时不及时，完成得好不好，这些都不是女儿的事情，是家长的事情，是她自己的事情，她不应该责备女儿的。可是一看女儿只会哭哭啼啼，不肯用心学习的没出息的样子，强慧火气又上来了。

黄子前在隔壁强慧办公室听到这边强总大声批评女儿，过来想调停一下，结果他看到老师布置了这样的有难度的作业，也有点不服，皱起了眉头。

强慧心里着急，没有办法，只有继续批评女儿，你哭，你哭，哭有什么用，你说，你哪里有问题，哪里不会？

女儿指了指作业的第一项，是要自己写一个小电影脚本，说，这个，我不会写。

强慧说，那我叫个人替你写一下，要多少字？

女儿胆怯地小声说，我不知道，老师说，要拍二十分钟的小电影，不知道要写多少字。

强慧想了想，她也不知道，赌气说，二十分钟的电影，谁知道要写多少字的脚本？

黄子前虽然稍有了解，但也吃不太准，疑惑地说，二十分钟？至少得几千字呀，三千字？

强慧气得说，平时作文最多也就写八百字，让他们写三千字的电影脚本，老师以为这届小学生都是天才，哈哈。

女儿继续小声说，我不会写，也不会导——妈妈，导是什么？

强慧说，导——导是什么都不知道，还让你们导——那你更不会拍了——

黄子前看过作业要求，说，强总，你别着急，别怪孩子，这样的作业，孩子自己肯定是完成不了的。

强慧气得一屁股坐了下来，长叹一声说，这学上得，比我做公司还难啊。

黄子前再认真看了一遍作业的要求，问强慧女儿说，小宁，这个内容，你们老师课堂上教过了吗？

小宁说，教了。

怎么教的？

老师放了一个小电影，老师说，那个是别的学校的学生做的。

这就算教过了？黄子前也有点来气了，这就算是教了，笑话笑话——如果看一遍小电影，学生就会拍小电影，那岂不是天下所有的电视电影观众，都能当编剧导演演员了？

简直了，搞笑吗？

强慧苦着脸说，这不是搞笑，天天都是这样的日子。

黄子前说，才小学六年级呀，老师布置这样的回家作业，这是要干什么嘛！

女儿可怜巴巴地看着母亲，强慧说，这不用说啦，就是让家长做的——瞪了女儿一眼，试着再努力，说，写不出脚本，也可以先把素材拍下来——你们老师，怎么说的，要什么主题？

女儿茫然地看着她，两只眼睛像受伤的小鹿，十分惊恐，她分明都不知道什么叫"主题"。

强慧又忍不住性子了，催促说，那你不会问问你同学，看他们做得怎么样了？

女儿说，我问过黄萌萌了，她爸爸妈妈在外面帮她做，昨天已经搞了一天，没搞好，今天还在外面——

强慧说，什么什么，全是爸爸妈妈在外面做，那她自己呢？

女儿说，她在家看电视。

强慧气得说不出话来。

黄子前说，这方面，我过去是缺少关注的，可今天这一看，我都不敢想象，现在的小学教育，走火入魔到如此程度了——他一边说一边把强慧的手机接过去，说，让我看看你们的家长群。

强慧把家长群点开，手机递给黄子前，小心地说，你千万小心，别随便发言，你都不知道说了什么，就会得罪老师——

黄子前说，你放心，我有分寸的。

黄子前先是@了美术课朱老师，可是等半天朱老师也不出现，黄子前就在群里随手发了一句类似顺口溜的话，老师找家长，家长急急到；家长找老师，老师慢慢摇。

这话其实还是半开玩笑半当真，并没有真正恼火起来。

可黄子前这话一出，立刻就出现了另一个老师，说话很戗人，这位家长，老师不是二十四小时守着手机的。

黄子前什么世面没见过，怕你一个小学老师？所以他也不会客气，回道，这位老师，家长也不是二十四小时守着手机的。

强慧接过去一看，顿时紧张起来，对黄子前说，别说了别说了，这是她们的班主任，很凶的。

黄子前奇怪地盯着强慧看了看，说，你是强慧吗，你强慧怎么瞬间就变成这熊样了？

黄子前不服，也不理睬班主任，他继续在群里@美术朱老师。

又过了一会儿，朱老师终于出现了，当即射出一串：

这堂课我是请假的。

我现在还在假期中。

是许丽华老师代课的。

我把许丽华老师拉进群，你们有什么问题，直接跟她讨论吧。

不由分说就把许丽华拉进了六年级（一）班的家长群，这个群的群名叫"相亲相爱六一班"。

那时候许丽华正在家里看书，听到手机叮咚响，拿起来一看，知道自己被拉进了六年级（一）班的家长群了，还没摸着头脑呢，已经遭到劈头盖脸的责问，许丽华简直蒙了，都不敢看群里的发言。

但是家长都是@她的，不看不行呀，她鼓足了勇气，走进了这一片混乱。

虽然群里一片混乱，但只要细心区分一下，这里边还是有区别的，区别不在于家长对她是责问还是谅解还是奉承，而是他们责问的角度和愤怒的程度是不同级别不同层次的。

短短时间，楼已经盖得很高了。

第一个层次，还算比较客气：

老师你会做小电影吗？

老师你做小电影能够独立完成吗？

老师你是学什么专业的？

等等等等。

第二层次，讽刺挖苦：

老师你是大学老师吧？

老师你教小学是高射炮打蚊子大材小用吧？

老师你是不是犯错误被发配到小学的哦。

等等等等。

第三层次，厉害了，上纲上线：

老师你是不是有意整家长？

老师哪个家长得罪你了？你株连全体家长啊。

老师你是要挑战全体家长的底线吗？

等等等等。

许丽华本来是个好脾气，慢性子，平时不怎么发火，但是这会儿看到这些无理无端的指责，直指她这个代课老师，好像一切的教育上的问题，都是她造成的，她当然也会不高兴，也有些不服，就在群里回复说，各位家长，回家作业是布置给学生的，家长只是辅导。

更是一石激起千层浪，群起而攻之。

群里有家长围攻美术老师的时候，其他老师都已经闻风而动了，由班主任牵头，首先就追查到了带头大哥"强者的心"，真以为自己是强者？吃了豹子胆，胆敢质疑老师、责问老师，还带动了其他家长批评老师。

"强者的心"是谁，班主任老师当然知道，但她假装吃不准，其实是故意引导，说，强者的心，你是林小宁的妈妈吧？

数学老师立刻发言：噢，原来是林小宁的妈妈，难怪林小宁这么有出息，数学次次不及格。

语文老师干脆把林小宁写的作文《我的妈妈》截了一段，拍照发到群里。

这一段是这么写的：我的妈妈有时候像只老虎，有时候像只老鼠。妈妈像老虎的时候，就是她上班的时候，她很厉害。妈妈像老鼠的时候，就是她辅导我写作业的时候，她老是想逃窜。

英语老师：还什么强者的心呢，她女儿写"I will study hard（我要努力学习）"写成"I don't study hard（我不努力学习）"她都看不出来，呵呵。

班主任老师说，强者强者，有的也就是嘴巴强一点，哈哈。

紧接着就是家长站队，他们共同指责强慧，包括刚才还在批评美术老师的几个家长，一瞬间全部站到了老师那边。

林小宁的妈妈，你不应该对老师这种态度。

老师多辛苦，你还指责老师，良心叫狗吃了。

听我娃说，林小宁上课看漫画书。

听我娃说，林小宁上课睡觉。

有其母必有其女。

看其女就能看到其母。

她架子很大的，家长会从来都不参加的。

她家很有钱的，却从来不向老师表示。

什么什么什么。

黄子前是网络大V，和别人辩论，对于他来说，那是十分日常而普通的事，可他万万没料到，自己的一个简简单单的行为，就是在家长群里@了一下美术老师，结果给强总带来了这么大的麻烦。看到老师们家长们的唾沫都要把强总淹没了，黄子前可不是吃素的，一个大V，在网络的世界里也算是久经沙场的了，什么世面没见过，什么风浪没遇过，还怕你三两个伶牙俐齿的小学老师和一群墙头草家长，所以他硬是不听劝阻，拿着强慧的手机加入了战斗。

他也向老师学习，开始发射一串串的子弹：

老师，你知道我们已经忍无可忍了吗？

老师，你知道原本应该是平等关系，现在成了一方仰视和跪拜另一方的丑陋状态。

老师即上帝。

老师即是天。

老师高高在上。

老师居高临下。

老师你应该狠狠反省自己的态度。

还没等老师反应过来，家长们已经抢着上阵了。

赤膊上阵：

这位家长，你想要什么态度？

这位家长，老师的态度重要，还是孩子的学习成绩重要？

这位家长，我们不同意你对老师的一面之词。

不允许你向老师泼脏水。

坚决反对你污蔑老师。

黄子前只得调转枪口，对准家长：

做家长的，还要不要一点尊严了？

家长心甘情愿成为奴隶。

家长们则无耻而又理直气壮：

只要分数能上去，尊严下来无所谓。

成绩即成功。

分数即荣耀。

无聊，黄子前不和他们恋战，再调头向老师发动进攻：

老师利用手中的权力，压迫弱者，胁迫弱者。

老师接着战斗：

到底谁是弱者？

到底谁是奴隶？

……

黄子前舌战群儒：请问，一个人性和尊严被践踏的孩子，你以为他能够成才吗？

他的一个责问，顷刻间就有十条百条的回击，黄子前在群里越聊越生气，不由怒从心头起，干脆丢开这个破群，拿起自己的手机，发了一条微博，从拍小电影的回家作业说起，谈了如今小学生家长的负担和压力。

这条微博瞬间就上了热搜，几个小时，阅读量过亿，很快，微信的朋友圈也开始疯狂转发，铺天盖地的点赞，铺天盖地的支持，推波助澜，火上浇油，唯恐天下不能听到自己的心声：

终于有人肯站出来了。

终于有人为我们说话了。

终于有人敢说出真相了。

我们早已经被回家作业逼疯了。

我们每天白天上班晚上做老师。

黄老师，你是我们的救星。

黄老师，你是真正代表人民的。

等等等等。

"相亲相爱六一班"群里也出现了这条微博，是班主任特意转进来的，说，各位家长，你们讨论讨论，赞成这位大V的说法吗？

班主任又来拉队了。

可是此时已非彼时，此时网络上已经掀起了轩然大波，网民几乎一边倒地站在大V一边，痛骂老师，痛骂学校，痛骂教育制度。

那些在网上发言表达心情的，大多是小学生家长，只不过他们不是云州市附小六年级（一）班的家长，天高皇帝远，那个班的老师管不着他们家的孩子，所以他们不怕，他们平时积累了太多的怨气，无处宣泄，现在终于有了渠道，终于有了突破口，垃圾闷在肚子里早就烂了发臭，此时不倒，更待何时。

现在轮到六年级（一）班的家长们犹豫了，他们已经数次改变立场，更换战队，先是跟着一起责问代课的美术老师，等到老师们都出来了，他们立刻又站到老师那一边，指责带头的家长。

平时对老师都是敢怒不敢言，马屁连天，现在看到老师有落井的危险，他们到底是落井下石呢，还是站队挺人呢？

艰难的选择。

可怜的艰难。

黄子前这边，一方面，不断接到来电来信，要求采访的，要求去讲课的，主动要向他提供真实情况的，要求他主持公道的，要给他送锦旗的，层见叠出，一浪更比一浪高。

当然，也有反对的声音，虽然所占比例不大，但也是纷至沓来，要来理论的，要来算账的，甚至要来揍人的，都有。

另一方面，网上已经铺天盖地，除了纷纷转发大 V 的微博，网民对于这个话题的关注度高出了天际，高到惊人吓人，他们主动参与的积极性得到了最大程度的调动，短短半天时间，发出帖子十几万条，上传视频几百条，都是平时现实生活中完全真实的事例。

有的是关于小学教学内容的。

比如有小学生写作文，老师乱批改的，一个学生写道：

公园的小河边，美丽多彩的蝴蝶，伸展着漂亮的翅膀，欢乐地飞来飞去，它们一会儿飞到河对面，一会儿又飞回到我们身边。

老师把这些生动的形容词都杠掉，只剩下干巴巴的句子。

改成：公园里河边的蝴蝶飞来飞去。

也有离奇的数学题，天才也难以解答：

一个正方形被两条线段分成了四个长方形，这四个长方形周长的和是十八分米，原正方形的周长是多少分米？

有莫名其妙的，完全不知道什么意思，什么心态的，根据节奏，写出乘法算式：

叮叮叮，叮叮叮

啊，啊，啊，啊

呜呜呜，呜呜呜

有一类是老师整学生的。

还有的是老师恶心家长的。

总之太多太多，面对这些控诉，反对的声音相比之下简直太弱了，只要有人为老师说一句话，立刻遭到围攻，群殴，下场好惨。

一部分老师和替老师说话的家长但凡敢开口申辩一下的，立刻就被巨大的力量踩在地上，踏上一只脚，甚至被恶毒地谩骂：

舔老师屁眼真香。

跪老师膝盖真爽。

卖你家房子送老师。

死你家孩子祭老师。

简直了，失控了。

而在六年级（一）班的这个家长群里，家长经过权衡利弊，终于想明白了，陌生人和自家孩子的老师，到底谁值得他们拥护。

于是，网络上和家长群，简直是冰火两重天，网络上是一边倒地骂老师，家长群里，都是挺老师的。

当然连老师都知道，挺老师的大多是表面文章，有人明明不想挺老师，但是别的家长挺了，你不挺，你就站到了对立面，你家孩子还要不要混了？

所以有的家长一边委屈自己在群里挺老师，一边竟然把群里歌颂老师的肉麻的内容截屏放到网上，立刻遭到围观、人肉、挖祖宗十八代。

乱象丛生，强慧知道自己闯祸了。

虽然并不是她直接操作，但是黄子前毕竟是用她的手机，用她的微信号发言的，她无论如何也逃脱不了干系。再说了，事情再怎么发展，她也不可能去出卖黄子前，人家为了她和她女儿，也被谩骂攻击得遍体鳞伤了。

强慧唯一可以做的，唯一可能解决问题的办法，只有一个，就是向老师低头。

她给班主任发微信，想私聊，可班主任不回复，强慧思来想去，为了女儿，只有厚着脸皮，自己先啪啪地打几个耳光，再到群里去检讨。

可是群找不到了，强慧这才发现，自己已经被老师踢出群，急得给老师打电话，老师不接，强慧终于忍无可忍，实名向教育局举报了。

本来只是一堂小学美术课的事情，小而又小，结果却酝酿成了本年度的头条。

枪毙带豁耳朵。

先是附小整个学校被牵连了，接着市教育系统被点名了，再接着就是这个城市倒霉，以负面形象上了头条，全国人民都知道了。

上上下下，大家心里都憋屈呀，心里苦呀，真是辛苦干死又干活，抵不住网上一条博。

但是事到如今，唯有积极面对，积极处理，公开公平，才是最好的办法。于是，教育系统的调查组很快进驻了附小，调查了解家长们反映的情况，并且针对回家作业的负担展开大讨论。

当然，炸弹炸在了许丽华老师头上，许老师肯定是要粉身碎骨的了。各方面只是在等待事态的平息，再给出处分意见。

许芳华替妹妹抱不平，要去和领导理论，许丽华拦住了姐姐，说，不用去了，我已经想好了。

看到妹妹如此平静，许芳华也就放心了。

这段等待的日子，许丽华仍然坐在低年级办公室的角落里，她仍然看到老师们不停地把学生叫进来，学生毕恭毕敬站在老师面前，接受批评教育。

坐在东南角的那位老师是教英语的，有一天叫来两个三年级的女生，训道，周如馨、蒋雨沁，哼哼，名字倒是搞得像明星啊——怎么，我不发火，你们就对付我是吧？

两个女生都不敢抬头，更不敢吭声，老实得像两块木头。

但是从许丽华的角度看过去，却能够看到她们虽然低着头，却互相扮着鬼脸，龇牙咧嘴，其中的一个，手背在身后，伸出一根中指，另一个眼睛一斜看到了，憋住笑，两个人得意地交换着眼神。

老师看不见她们的鬼把戏，继续说，昂，你们不把我气死，你们难受是吧？

什么什么什么。

教训一番，上课铃响了，才放她们去上课。回头英语老师对其他老师说，现在的小孩，都是两面派，别看这两个在我面前装老实，骨子里皮得很，阴得很，就是欠揍。

即便是白天上课时间，家长群也是叮叮咚咚响个不停，许丽华随意看了一眼，看到有个老师在发牢骚说，你们的孩子，爱学不学，跟我有什么关系，我工资奖金半分不少的。

许丽华无声无息地退了群。

这天回家，在地铁上，许丽华戴着耳机在听一首歌，忽然听到一声剧烈的惨叫，吓得她一哆嗦，赶紧摘下耳机，看清楚发出惨叫的是身边一位三十多岁的妇女，只见她面色煞白，紧张得不知所措，嘴里直念叨：不好了，不好了，出大事了，出大事了！

大家都关注着她，有人上前问道，你怎么啦，是不是哪里不舒服？

那妇女急得跳脚，后来又哭了起来，说，手机，手机没电了。

话音一落，好多人都"嘘"了起来，神经病啊，有人说。

有人说，手机没电，如此惨叫，我还以为天塌下来了。

那妇女说，就是就是，就是天塌下来了，老师正在群里呼叫，要立刻回复的，晚一刻就是态度不端正，就是——上次我没有及时回复，老师罚我家孩子抄一百遍课文，一百遍啊——

大家突然就沉默了。

一时竟然没有人说话，只有那妇女在那里继续跳脚，不得了了，不得了了，怎么办呀，怎么办呀——

过了一会儿，有人嘀咕了一句，唉，现在的老师，真是——

旁边的人似乎不同意他的说法，立刻抢过去说，真是什么？其实大部分老师是很辛苦的，也很尽心的，只是少数老师——老话说嘛，一颗老鼠屎，坏了一锅粥——

许丽华忽然想笑，我就是那颗老鼠屎——可是她没有笑出来，眼泪却涌了出来。

有人掏出个充电宝，递给那个妇女，她一把抢了过去，连声谢谢都来不及说，插上电，立刻在群里回复老师，一会儿她就破涕为笑了，说，嘿嘿，我动作快，老师表扬了，嘿嘿嘿——

尾 声

这一天，轮到刘澄明接刘子辉放学，远远地就看见刘子辉连奔带跑地出来了，兴奋地喘着气说，嘿，嘿，老大，我们学校，学校出大事了。

刘澄明没好气地说，学校出大事，你开什么心，你有机可乘啦——说到有机可乘，突然就心里一激动，说，哎，摊上这样的大事了，回家作业还有吗？

刘子辉说，你以为呢。

刘澄明说，少一点不？

刘子辉说，你以为呢。

刘澄明既垂头丧气，又气不打一处来，说，厉害，厉害，我服，我服。

刘子辉从来就不肯好好走路，好好的路不走，要不就踩在马路牙子上，要不就走出S形来，今天更是走出了新花样新高度，倒着走了，他一边倒着走一边看着刘澄明说，嘿嘿，那个许老师，那个许老师——刘子辉手舞足蹈地说，那个许老师，是我们的老师哎。

刘澄明说，是你们老师又怎样，反正她现在是过街老鼠了。

刘子辉说，其实许老师不凶的，许老师是老师中最好欺负的了，我上次捉了毛毛虫吓唬她，她还朝我笑，说我聪明呢。

刘澄明说，什么什么，最好欺负？你狗胆包天，竟敢欺负老师？

刘子辉说，那当然，凭什么只能老师欺负我们，我们不能欺负老师？喂，老大，要不要我给你讲讲我们怎么整老师的？

不等刘澄明说啥，刘子辉已经开讲，真不愧是刘澄明和周晓君的儿子，绝对亲生。

刘子辉说，老师布置我们在课堂上讲反义词，老师说一个词，我们就说一个反的，老师说，天气好，我们就说，天气坏；老师说，立正，我们就说，稍息；老师说，同学要尊重老师，我们抓住机会，赶紧说，老师要打骂同学。

老师说，错了，不能这样说。我们说，对的，应该这样说。

后来老师就急了，不再玩反义词，直接骂我们太笨太蠢，骂我们有意跟老师捣蛋，我们就跟老师对着干，继续使用反义词，哈哈哈哈。老师说，不行不行，你们这样太偷懒，我们说，行的行的，我们那样很勤奋。

刘子辉讲得带劲，刘澄明觉得很无聊，嘲笑说，嗬，你们挺厉害呀，那你们占到便宜了吗？

刘子辉顿时沮丧了，说，要想占到老师的便宜，做梦吧。

父子俩到家，赶紧写作业，周晓君回来时，脸色有些异样，直接就进了厨房。刘澄明追到厨房门口跟周晓君说，告诉你个好消息，我们的苦日子快到头了，我刚才接刘子辉的时候，在学校门口听到家长议论，说教育局在考虑小学生放学后选择性离校方案，如果能实现，那简直就是实现共产主义啦——留在学校就可以把回家作业做完了，哈哈。

周晓君说，那不是增加老师的负担么，老师愿意？

刘澄明说，所以嘛，这不是教育一家的事情，财政局从财政上把老师的补贴解决掉，皆大欢喜。

刘子辉插嘴说，皆大欢喜是什么？反正我不欢喜，上了一天课，放学了还要被老师管着写作业，我才不欢喜。

周晓君说，也是呀，原来放学就是很晚的，后来大家说要给学生减负，就放得早了，现在又要回到从前，这绕来绕去，到底是要干什么？

周晓君说着说着，气又不能平了，结果都没等把晚饭做好，就憋不住话了，对刘澄明说，跟你说一下哦，我下周要出国，去一周左右，刘子辉交给你了。

刘澄明奇怪地说，你怎么突然要出国，你们公司又不是做外贸的，你们跟国外有联系吗？

周晓君说，我要帮强总送女儿出去上学。

刘澄明又急又恼，说，什么什么，强总的女儿出国读书，要你送？为什么要你送，你是他什么人？

周晓君说，我是她助理呀，虽然小孩读书是私事，可是我不帮她谁帮她——

刘澄明两只眼睛瞪得像牛眼，盯着周晓君，感觉是张口结舌了。

周晓君却没他那么激动，平静地说，她去年离了婚，一个人带孩子，本来就不容易，现在公司又是关键的时刻，离不开她，你让她一个女人怎么办？

刘澄明简直目瞪口呆，搞了半天，难道，难道——他嘀咕道，什么什么，难道你们强总，是个女的？

周晓君撇出一丝嘲笑：你以为呢？

刘澄明顿时闷住了，自己平时可没少旁敲侧击地讽刺周晓君，甚至还让周晓君干脆喊强总为"强哥"，真是打脸啊，打得"啪啪"的。

刘澄明愣了半天，尴尬地挤出一点笑脸，说，呵呵，强总强总，听起来就很强嘛，哪里想到是个女强人呢？

周晓君冷笑一声说，是呀，说明你是够关心我的嘛。

刘澄明没了台阶下，讪讪的，但还是硬找理由说，是，我承认，我们是有点互不关心，可是我也不想这样呀。你说哪有时间来关心，天天为了小爷的回家作业吵架都还吵不完。

刘子辉跳跃着说，喂，喂，老大，你这是拉不出屎怪马桶，不关心就是不关心，怎么又赖到我身上啦。

刘澄明刮了他一个头皮，继续说，什么家庭作业，简直就是家庭作孽，哪天再搞得我来火，我也像大Ｖ那样，给他网上搞一下。

周晓君说，你得了吧，闭嘴吧，我们强总就是一时没忍住，让她那个大Ｖ朋友抓到了机会，现在人家大Ｖ倒是名利双收，备受追捧，却苦了我们强总，她那个女儿，还有哪个学校肯收？那女孩子从小就胆小，自理能力很差，现在小小年纪，就要送到国外——

刘子辉又突发奇想，亢奋地说，妈，妈，你担心强总的女儿啊？那你把我也送出去，我去陪她读吧。

刘澄明嘴上说，一边去一边去——但是心里明白，一边去不行呀，只得又把刘子辉招回来，也不再和儿子啰嗦，反正服了，就乖乖地到群里找作业吧。

周晓君出国那天，刘澄明送她去机场，在机场强总把女儿交给周晓君的时候，刘澄明认出她来了，不就是有一天晚上辅导女儿写作业辅导得发了病，送到他们医院抢救的那个老总吗？

还好强总并没有认出他来，避免了一点尴尬，强总抱歉地对他说，刘医生，真不好意思，我实在抽不出身，只好让晓君辛苦这一趟。

刘澄明嘴不应心地说，应该的应该的，强总您尽管放心，周晓君做事，很靠谱的。

强总搂着女儿舍不得放开，倒是她女儿懂事，说，妈，我到英国就和你视频——现在好了，你可以专心地做你的工作了，再也不会发心脏病了。

强总一脸苦笑，两眼泪花，目送着女儿远去了。

过了不多久，一年一度的先进教师评选又出结果了，许芳华已经是第三次被评上先进，三连冠了，"202一家人"群里，家长们纷纷恭贺许老师，满屏尽是彩虹屁。

就在姐姐再次评上先进的这一天，许丽华的辞职报告正式批准了，教务处处长通知她以后，她简单地收拾一下，就离开了办公室。

那时候，大部分老师都在上课，她也就没有跟谁告别。

走出办公室，就听到背后有人喊老师，许丽华不以为是喊她的。她来学校时间不长，跟部分同事和大部分的学生还不熟，现在又碰上了这样的事情，人家躲她还来不及，谁还会在意她呢。

可是喊声一遍又一遍，而且越来越逼近了，许丽华这才回头一看，是个小学生，已经站在她身后了。

再仔细一认，就是二年级（二）班的那个"什么都懂，就是不懂写作业"的刘子辉。

刘子辉一脸油汗，手里捧着一只纸盒子，递给她，许丽华还担心小孩子会捉弄她，有点犹豫。

刘子辉说，老师，老师，你打开看看，你看看嘛。

许丽华没有从刘子辉的脸上看出什么恶作剧的意思，才打开了盒子，朝里一看，里边竟是一只蝴蝶。

非常非常漂亮的一只蝴蝶，蓝色的翅膀上，点缀着五彩的图案，有的像眼睛，有的像波浪，有的像云彩，有的像宝石，真是无比绚丽。

许丽华在课堂上给学生讲过，这种蝴蝶叫蓝色大闪蝶，非常稀有，通常只有在热带森林才会看到，老师上课时只能给学生看图片，连标本都不可多得的，可这刘子辉是从哪里搞来一只活的呢？

这个学生，真是什么都行，就是写作业不行。

可是，写作业到底是为了什么呢？

这个问题许丽华解答不了。

盒子里的蝴蝶，起先是蜷伏着，一动不动，过了片刻，它慢慢地动弹起来，后来它伸展开了翅膀，抖动了几下，一道蓝色荧光闪过，它飞走了。

渐行渐远

上

老头七十五了。

在老头自己的印象中，"老"，差不多是从他六十五岁的那一年开始找到他、缠上他的。

其实，"老"从来都不是突然而至的，它是慢慢渗透过来的，但是对于老头这样的从来不认为自己会老的人来说，"老"就是突然而至的。

开始的时候，他很不适应，不愿意承认，甚至强硬地拒绝"老"。所以一切的习惯，还都是从前的习惯，急性子还是急性子，倔脾气还是倔脾气，走路还是带风，穿裤子时还是习惯一条腿站立，穿鞋子还是弯腰低头前冲，说话还是抢别人的先头，玩智力游戏赢了，还是到处炫耀，总之，虽然"老"已经来了，但他完全没有接受。

这不是你接受不接受的事情，你接受也好，不接受也罢，"老"既然来了，它是不会离去的，它终归会让你知道它的存在，终归会完全彻底地霸占你的全部的身心。

果然，渐渐地，老头就感觉到了，他持续了几乎一辈子的这些习惯，已经不能让他随心所欲了。比如他再像从前那样"噔噔噔"地走路，心就慌了，腿也打软；坐个电动扶梯，明明站得笔挺，两腿也还有力，可感觉上却是摇摇晃晃的，下意识就要去扶扶手了；老头一直就爱和别人争个长短，张狂的时候真能把别人气气断了，眼气瞎了，奶气没了，现在他话尚未出口，已经被自己气得张口结舌，头晕眼花了；又过了一阵，他发现，尿尿竟然成为生活中的一个较大的烦恼，每天他的思想都会在尿尿这件事上纠缠。这让他很来火。

他气呼呼地跟儿子说，什么意思，小个便都不能痛痛快快。

儿子朝他看看，轻描淡写说，什么意思，小意思。

确实，对于整个身体的状况来说，尿尿真的只是个小意思，因为身体的哪里哪里，都天天在告诉他，"老"终于来找他了。

有人给"老"分过档，说六十五到七十四，这是年轻的老人，七十五以后，那就是真正的老人了。

老头七十五了。从六十五到七十五，简直就是一眨眼的工夫。

老头有点焦虑了。

老头是中学老师，六十岁退休，那时候老伴身体也好，两个人都觉得日子从来没有这么滋润过，想干什么干什么，想去哪里去哪里，有时候儿子女儿的小家庭需要他们帮把手，他们还唠唠叨叨地不太乐意。

那时候他们都以为老了以后就是这样自由美好的日子了，殊不知这样的美好日子并不长久，先是老伴生病走了，接着，老头就老了。

等到他慢慢适应了没有老伴的生活，他就真正成为了一个孤独的老人了。

老头的子女还不算太渣，老娘走后，儿子曾经主动邀请老头去他家住，老头也应了，就去了。媳妇并不乐意，但毕竟都算是有底线的人，即便心里有啥想法，表面上也得装出欢迎的样子，把老头住的房间，也收拾得蛮清爽，吃的啥的，也合他的口味。

这就很不错了嘛，还想咋的。

可老头不好对付，他贼精，谁心里想的什么，他都能看得见，过了不多久，他就跟儿子说，我还是不住你家了，你媳妇不自在。

儿子说，她说不自在了吗？

老头说，那还用说出来吗？脸上不写着呢吗？

儿子继承了老头的风格，嘴巴和他一样厉害，说，爸，你火眼金睛啊，人脸上写着字你都看得出来，那你看看我脸上写的什么？

老头说，你脸上不用写，你嘴里都说出来了。

确实如此。儿子与老子天生犯冲，一点不客气，儿子说，爸，你放眼看看，现在能和子女一起住的老人有几个，你自求多福吧，你能住我这儿，你就安逸一点，太平一点吧。

老头就生气，说，我知道，我知道，你就是恩赐我啦，我感恩戴德我感激流涕好吧。

儿子说，不是这个意思，你在家就在家，别下楼到处乱窜，这把年纪了，跌断了骨头算谁的？

老头说，你这不是让我养老，你这是叫我吃官司，还不如吃官司呢，吃官司还可以放个风呢。

儿子也生气，数落说，你也不想想，你现在的日子有多舒服，不像我们忙得要死，压力大得要命，还有小祖宗要伺候，你才是真正的自由人，早晨想睡多久就多久——

老头立刻打断他说，等等等等，你那说的不是我，我没有想睡多久就多久，人老了，睡不了多久了，天不亮就醒了，要想睡得久的话，除非睡下去就不醒了——

嘴真臭。

还好儿子是适应他的风格的，儿子和老子也有得一拼，说起来很忙，却有时间和老头干嘴仗，儿子说，那你看看电视也好，教你用智能手机，一只手机，就能走遍天下，看遍古今中外。

老头又说，我要走遍天下干什么，我要古今中外干什么，我只要和你们说说话，教教你们怎么做人做事。

儿子回道，干吗非要和我们说那么多话，我们不累吗？我们在单位，和同事说话，和客户说话，在外面应酬，和所有的人说话，天天说话，时时说话，连梦里也在说话，烦都烦死了，没人烦你，多清静，你哪世里修来的哦。

这父子犯冲就是这样，互相不依不饶，老头气不顺，走了，回去了。

可是不行呀，老头一个人住，隔三岔五又是电话，又是信息，一会儿水管漏了，一会儿马桶堵了，一会儿吃坏了肚子，儿子烦不胜烦，就和女儿商量，女儿也可以呀，就让老头住到她家。

可还是不行，女儿是个闷葫芦，女婿也是个闷葫芦，老头和外孙女说说话吧，外孙女说，外公，你别说话，我要写作业。

老头在女儿家住的时间更短，又折腾回去了。

现在无论是老头自己，还是儿子或女儿，也都安分了，反正都试过了，心意也表达过了，折腾也折腾过了，没人管得了他，也没人愿意管他，老头你爱咋的就咋的吧。

从此老头就一直一个人住了。

老头的房子是老公寓房，没有电梯，他住四楼，早几年子女来看他，爬上四楼直喘气，老头还很骄傲，说，呵呵，你们年轻人，都不如我个老头子，我上四楼，噔噔噔的，轻松。

子女纠正他说，没有年轻人了，我们也都人到中年往老年奔了。

老头仍然骄傲，说，我才不管你们中年老年，我反正永远都比你们老，你们的身体还不如我。

子女就假装恭维说，那是那是，老爸你可不是一般人，更不是一般的老头。

可是现在不行了，老头七十五了。

七十五的老头就是一个普通的真正的老头了。

他还以为自己是个老英雄，爬上四楼想不喘气，憋住，结果憋得呛出了一口血。

有一次老头的一个邻居在路上偶遇老头的儿子，拉住说了大半天，说他好几次看到老头坐在三楼的楼梯那儿，坐了半个多小时，那一层楼，不过十几级台阶，硬是上不去。

子女商量，说要给老头换电梯房，老头说，不换。

子女说，你明明爬不动了，还要硬撑？

老头真是硬撑，不服，说，谁硬撑？你们不懂的，这是锻炼，人家没有楼梯还特意找楼梯爬，我这是天天免费锻炼。

子女说，按科学的说法，爬楼梯不是锻炼，伤膝盖的。

老头说，那是你们的科学，我的科学跟你们不一样。子女跟他顶嘴，他又不高兴，口气很冲，说，干吗，我在这里住了几十年，住得好好的，干吗要挪窝？你们难道不知道，人老了，不能随便换地方住？再说了，换电梯房，你们嘴上说得轻巧，那要多贴多少钱你们不知道吗？

子女态度还真不错，商量着说，老爸要是考虑钱的问题，那也是好商量的，要不这样，差额部分，我们三方各出一点，老爸你用一点积蓄，我们兄妹各补贴你一点。

老头来火，说，干吗，你们这么着急就来惦记我的积蓄啦。

老头的不讲理，子女其实是习惯了的，可以不生他的气，但就因为是子女，所以还是生他的气，不理他了，不换就不换，爬死你拉倒。

换房的事情就不了了之了。老头仍然天天爬四楼，有时候要出去买两样东西，结果只买了一样就回来了，不行，再跑一趟，赶上刮风下雨降温，就感冒了，子女临时请了个保姆来照顾几天。

老头要强，从来都不要别人照顾，但现在他发烧了，浑身疼痛，想赶人走的力气也没有，只好被伺候了几天。

子女觉得事情有转机了，既然老头不肯跟他们住，也不肯换电梯房，不如给他请个长期的保姆，照顾着，也好让子女安心过自己的日子。

他们跟保姆也说好了，保姆虽然不喜欢这个老头，但是那几天因为老头病着，没有力气作怪，所以觉得还算好对付，提了点薪金的要求，子女都答应了，保姆也就做好了长期做下去的准备了。

　　哪料这老头，身体刚一好转，精神头起来了，就开始作怪，对保姆吹毛求疵，求全责备，这也不舒服，那也不满意，气得保姆向他的子女投诉，子女好话说尽，又勉强留了一阵，但终究还是被老头气走了。

　　保姆走了，老头一有点小事，就大惊小怪地喊子女，作天作地作人。

　　子女只好又过来，批评他说，你是存心的吧，这么好的保姆，打着灯笼也难找，你这不是跟她过不去，你是跟我们过不去。

　　老头说，你们懂个屁，你们只会看表面现象，我才心明眼亮，假模假式抹一把灰，角落里看不见的地方，从来不搞，烧的菜，就是猪食，我一个月要给她几千块，我傻呀。

　　子女说，爸，那保姆的费用我们替你出。

　　老头说，你们就不会好好说话，什么叫我们替你出，老子不是你们的亲老子吗？还什么替不替的——你们出也不行，我不要人伺候。

　　子女又迂回曲折，说，要不，重新换一个试试。

　　老头果断说，不要，天下乌鸦一般黑。

　　真是油盐不进，子女真急了，批评老头说，你就不能看看别人好的地方。

　　老头说，干吗，我都敷衍了一辈子了，说了一辈子谎话、假话，临到老了，还要我说谎话、假话，明明不好，要我说好，休想。

　　他见子女不服，又上纲上线说，告诉你们，保姆是有意图的，她还问我有多少存款，还关心我能活到几岁，哼哼，跟我玩。

　　他的子女也蛮固执，虽然老头很犟，他们也跟他来硬的，又自说自话给他物色过好几个，硬塞进老头家里，但结果都被老头用各种不同的手段一个一个地撵走了。

子女怎么办呢，日子不得太平，再想办法呀，又商量了说，爸，你老了，一个人独住，我们总是不放心，也影响我们的正常生活呀，现在外面的养老院，今非昔比了，已经很赞了，条件比高档的宾馆还要好，你要不要先找几家去视察视察——

老头一口回绝，说，养老院我不去的，我又不是绝子绝孙，我去什么养老院。

子女说，现在养老院里，住的都不是孤老，都是有儿有女的，为了老人有个幸福的有尊严的晚年，还是进养老院好。

老头说，干吗，我七老八十不能动了吗？

子女面面相觑，捂嘴嘲笑。

老头确实已经七老八十了。

子女说，爸，你哪怕今天不进，明天不进，恐怕总有一天要进的，现在条件好的养老院都要提前排队的，要不我们先去报个名，排到了就住进去。

老头依然反对，说，我才不要排什么队，要排队，干脆直接去火葬场排队算了。

反正子女说不过他，也拿他没办法，只好退让，那就由你去了，不过你要明白，你老了，你要服老，不要乱走乱动，不要自说自话。

老头不服呀，老头说，我老什么老，我学校的后辈同事看见我都说，姜老师你真年轻，你怎么不老的，你驻颜有术，呵呵。

子女嘲笑他说，这种敷衍的话你也信？

就这样，老头过着过着，就到七十五了。

七十五怎么样呢？七十五也不怎么样。就是有一天老头突然心里一悸，他感觉到了，那个东西来了。

那个东西，就是一个字：老。

这个"老"，真不是个东西，它一来，人的心里就没着没落了，一下子变得空空荡荡。一辈子积累了那么多的财富，好像一夜之间就清空了。

老头有点慌了，有点怵了，"老"就是这样毫不讲理地野蛮粗鲁地冲过来了，老头即便是一面铜墙铁壁，它也穿墙而过，来了。

老头防不胜防，不认也得认了。

老头虽然一辈子倔强，可到了这时候，谁也倔不过"老"，还是识个时务吧。老头叹了一口气，偷偷地从退休同事那儿搞了一本老年手册，据说那上面列出了上百种之多的老年人需要注意的事项。

老头回家翻阅，看到手册里里外外前前后后处处都是"老年人"三个字，心里就别扭，再看看里边的内容，更是气不打一处来，什么三不五要，什么七走八不弯，什么九吃十不碰，几乎全部都是针对老年病的。除此之外，就是吩咐老年人，要早做准备，要把金融账户交给子女，要提前写好遗嘱，要提前定好丧事怎么办，免得到时候子女手足无措。

老头看出了一肚子的气，同时也明白了一个道理，大家的共识就是，人老了，只需要做一件事：等死。或者说得文雅一点：为死做好准备。

老头不要等死。老头要发挥余热，可这余热不仅没人要，还被人嫌弃。有一次家庭聚会，老头看到上初中的外孙女闷闷不乐，一问，才知道老师布置的作文没完成，不会写，这个事情，对教过多年高三语文的特级教师姜老师来说，真是手到擒来，瞒着女儿，三下两下就辅导出来了。老头骄傲地对外孙女说，交上去，等着老师表扬吧。女儿知道后，要阻止也已经来不及了。

结果当然不出预料，老师才不喜欢这样的作文，给批了个头臭，打了好多红叉叉，还当成反面教材在课堂上念，甚至还把家长叫了去，说这样写作文，孩子就废了，就毁了，什么什么。

哪儿跟哪儿啊。

老头急得一撸袖子，要去学校找老师理论，吓得女儿全家差一点给他跪下了，求他别再多事了。

老头一边心里不服老师，一边又自知理亏，嘀咕道，我就是想发挥点余热——

儿子立刻打断他说，爸，你就饶过我们吧，你那点余热，不发挥也罢，你一发挥，把我们都烤焦了。

老头无言以对。老了，不等死还能干什么呢。他心里很清楚，已经没有人也没有事需要他了。

老头实在心有不甘，一个人，怎么说废就废了呢，从前风光的日子还在眼前，还没转身就没落成这样？前些时候在微信朋友圈里看到有人写文章说，如果没有什么事，妈就先死了。

这文章老头读了一下，没读完，不想读了，太悲观了，那时老头还想，年轻有年轻的风光，老了有老了的风景——可是，现在老头明白了，没有风景了，老头看不到风景了。

老头很郁闷，却又无法化解这样的郁闷，老头生自己的气，也生子女的气，他把气都撒在儿子身上，他还跟儿子上纲上线，简直把儿子当敌人了。他指责儿子说，姜渐行，我告诉你，老人也是人，你们别不把老人当人！

儿子不客气地说，老人要自尊，要自己把自己当人，你看看别的老人，人家是怎么过日子的——我告诉你，人老了，最要紧的是惜命，怎样惜命？养生呀，保健呀，运动锻炼呀——你老了，但是你在干什么呢？你在跟儿女作对、给儿女添堵。

老头再一次低下了倔强的头颅，好吧，新的日子，就从养生保健开始了。

养生的学问可大了，好在现在网络太方便了，有很多很多的养生保健知识学问，分分钟就能搞到，老头感觉自己太富有了，他觉得一天二十四小时不睡觉，都来不及学习新知识，他的学习热情前所未有地高涨。

但是很快，老头碰到问题了，老头蒙了，他学习的许多东西，都是自相矛盾的，老头能干，一辈子都没有什么解答不了的难题，但是现在，他竟然一下子就有了许多问题：

喝汤到底好不好？

粗粮到底能不能当主食？

阿司匹林到底吃不吃？

老人到底应该吃素还是吃荤？

……

还有健身的：

正方：光走路不行。

反方：老人锻炼只能步行。

正方：广场舞有利于老年人的腰腿。

反方：腰不好不能跳舞。

正方：倒退走路最健身。

反方：千万不能倒退走路。

……

老头被搞得头晕了，彻底蒙圈。

好在老头向来是我行我素的老家伙，他终究是个想得开的人，后来他终于想通了，不再做知识的奴隶了，爱干吗干吗。

他出门去散心了。

街心的公园很热闹，老头找张椅子坐下，享受阳光的沐浴，可是老太们在那里跳舞唱歌，老头不喜欢这种俗气的活动，嫌她们太吵闹。他去叫她们把录音机声音调低一点，可老太不同意，她们说，现在这个时间点，这个地方，没有影响到谁，社区没有意见，群众也都没有意见，我们为什么要听你的。

老头说，影响到我了，我有意见——他本来还准备了一大套的理论来跟她们争个高低，结果一下子围上来一大堆老太。

也有好心人在旁边提醒老头说，别跟老太计较，老太很厉害，有一次把跟她们抢场地的高中生都打哭了。

老头其实心里清楚，"老"已经来了，不能再像年轻时那样快意人生，该受的气也得受了，可他心里实在不服呀，至少，嘴上不能认输呀，所以仍旧嘴凶说，敢，谁敢？

一群老太都轰他，嘲笑他，七嘴八舌，把老头脑袋吵晕了，算了算了，好男不和女斗，哪怕她们都已经活得不像女人了，但她们毕竟还是女的，没有变性，女人没弄头的，老女人更没有弄头。

老头起身，离她们远一点。另一边有人在下棋，这个活动老头觉得尚可，他过去参与其中，跟人下一盘，可是没走几步棋，就心知不是其对手，心里不爽，嘴上就废话连篇，贬损别人。

老头嘴凶损人，人家也不会乖乖吃进，虽然嘴上占不了便宜，却可以手下无情，几下反击，就将了老头的军。

想当初老头工作时在同事中棋术也是数一数二的，没想到这一日流落到街头，反而如此不经一搏，脸上挂不住，将棋盘一推，不玩了。

人家嘲笑他，说，老头真输不起，哈哈。

老头嘴还凶，说，谁输了？棋没下完，谈不上输赢。

旁边的人就起哄，说，是呀是呀，一盘没有下完的输棋。

老头拍拍屁股就走，离他们远一点，这些人，小市民，没境界，没意思，没共同语言，宁可一个人坐远一点，哪怕抬头看看天上的云低头看看地上的蚂蚁，也比跟他们搅在一起有意思。

老头确实打心眼里瞧不上他们，觉得他们一辈子浑浑噩噩，没有追求，没有理想，浪费宝贵的时间，但他又忍不住每天要来转一圈，哪天不来，好像当老师的没有上课一样心里不安。

其实老头和公园里的老人互相也都认得，甚至知根知底，都知道是附近哪个小区的，但是因为老头不屑于与他们为伍，他们也就只当不认得他、不知道他是谁。所以当面背后都喊他老头，连姓也没有。

他坐下的时候，就有人喊，喂，老头，你让开，这里我们要放东西的。

他生气，说，我不姓老。

也有一个有知识老人，调侃他说，哦，原来你不姓老，我们都以为你是老子的后人呢。

被老头抓住了把柄，他立刻就批评人家说，你自以为是，老子姓老吗？

人家自愿落败而去，不跟他斗。

老头是有点学问的，他知道老子是姓李，但是说过那句话之后，心里不知怎么有点不踏实，回去查了一下，居然也有老子姓老的说法，他就有点心虚，怕下次别人来跟他对证，反击他。

老头真是想多了。

其实才不会。根本没有人关心他姓什么，更不关心老子姓什么。

就这样老头靠近了热闹，然后又远离了热闹。他一个人坐到角落里，看着远处来来去去、热热闹闹的世界，那个已经爬上身的"老"字，再一次敲打了他。

后来，骗子就来了。

骗子选择老头下手，不是随机的。他们选择对象，是有一套完整的规范的程序以及积累了多年的丰富经验的。

人选的主要特点：年纪偏大，耳朵不好，有房，有存款，老伴去世，子女不住一起，不服老，有个性，固执，有一点知识和业余爱好，自以为是，孤独，怕老，怕死。

对照以上这些，老头简直完美。

所以骗子是准备了足够的信心才出场的。

这个骗子年纪虽然不大，但他出道早，在他们的行业中，早已是个出类拔萃者，不说身经百战，也是久经沙场了。

骗子来的时候，老头一个人远离喧器，坐在公园一个角落的长椅上。骗子走到老头身边，并不坐下，却是盯着老头的身体，上上下下看了一会儿，满脸赞叹地说，老人家，您这身材体形，没的说，比年轻人还——

老头下意识地朝自己的身体看看，满脸警觉地说，你看我身体干什么——想了想，觉得有点吃不透，他发现骗子又在盯着他的手看，又说，你这是什么新套路？说着说着，不知道怎么竟有点心虚，将两手朝身后一背，心想，怎么，你还能把我的手砍了去，按指纹开密码？

那骗子则两眼放光，兴奋地说，老师，您的体形保持得这么好——

老头嘲讽他说，你看我的体形干什么，我又不是美女，我也不做演员，我也不要参加老年模特队，要体形有什么用——老头想了想，又感觉有点骄傲，傲骄地说，不过你别说什么保持，我可不是保持出来的。

骗子笑了，说，那您是天生丽质。

老头有点高兴，但他假装不高兴，说，不会用词就别乱用，天生丽质那是说女人的。

骗子说，哦，对的对的，那您这是基因好啊——一看您就是长寿的基因啊。

什么骗术都很难拿下的贼精的老头，就这"长寿"二字，一下子击中了老头的心脏，他只觉得心里"怦"了一下，就有点乱了。

全在骗子的台本和算计中。

老头不光怕老，老头还怕死。

其实我们都知道，"老"，从来就不是单独而来的，和"老"一起来的，必定还有一个字："死"。

"死"这个该死的东西，比"老"更烦人，它虽然不像"老"那样具体而实在，会持续不断地在你的肉体上体现出来，告诉你，你老了；而"死"，则是个捉摸不透、行踪不定的家伙，时不时地，它就从不知什么地方冒出来，无痛无痒地提醒你说，你别忘了，我在你身边呢。

真是让你又痛又痒。

不过这也算不了什么，没啥了不起，一旦进入老年，年轻时完全不在乎、不知道、不想知道的许多想法，就随之而来了，其中最缠人最黏人的就是那个"死"。

人人都一样，谁也不比谁更想得开，谁也不比谁更潇洒。而且据说，个性越强的人，比个性软弱的人更在乎，更敏感，更慌张。

有一回过什么节，家里人一起聚餐，儿辈们的兴趣无非是升职加薪，他们相互显摆，互相攀比，老头瞧不上他们那点出息，哼了两声，还是去听听孙辈的话题吧。

那边正在大谈未来。

老头更是恼火。

未来对于老头，简直就是一个恐怖的定时炸弹，谁不小心提了，炸弹必定会被引爆。

可是孙子和外孙们并不知道，即便知道了，他们也不会在乎，一个很 low 了的老东西，不喜欢未来，关我们何事，我们喜欢就行。

所以他们自顾大谈以后的日子：

一个说，2035 年，我们要从地球前往火星。

一个说，2045 年，人类将永生不死。

另一个反对说，不对，2045 年，人类将彻底毁灭。

再一个说，2055 年——

老头一听什么 2035、2045、2055，没来由地就心悸起来，慌得不行，却又无法表达，心慌渐渐演变成火焰，瞬间就火冒三丈了，冲着儿子吼道，你要的这个饮料，一股怪味，这是人喝的吗？这是想要喝死人吗？

真是无缘无故、莫名其妙，大家面面相觑。

虽然儿子随他，天性聪明，但儿子毕竟没到那个年龄，他无法体会老头的心情，他哪里知道老头是怕死了呢，他哪里知道老头是因为知道自己看不到几几年几几年才发火呢。

儿子生气说，爸，你好好的日子就好好过，不要作天作地，作死作死，不作不死。

老头就忌讳这个"死"字，也不顾及脸面了，也不充英雄装好汉了，冲着儿子嚷嚷，你一口一个死不死的，你是不是巴望我早点死——

儿子毕竟基因强大，脑子反应够快，顿时就领悟了，赶紧说，哟，原来爸是怕死了啊，你放心你放心，爸，你就是个老不死。

"老不死"本来是个骂人的词，可是现在在老头听来，却很受用，老头瞬间转怒为喜，哈哈笑起来，说，老不死好，我就做个老不死的。

女儿看不过去，建议说，老不死太难听了，不如叫老寿星吧。

大家互相挤眉弄眼，嘴上恭称老寿星。

老头老了后，和别的老人都差不多，身体各方面机能都逐渐退步，听力下降，尤其是分辨力越来越低，很多声音听得见，却听不清，都要反复问几遍。开始以为他心不在焉，不耐烦一件事情反复说，所以都烦他，后来才渐渐发现，不是他心不在焉，是耳朵老了。

老头记忆也差了，最突出的症状就是脸盲。老头从前可是个记人脸很厉害的角色，许多陌生人，他只要看到过一两眼，就会过目不忘；但凡教一个新的班级，全班五十多个学生，只要一两天时间，他个个都能记住。而这个特长，现在却恰恰成了老头的弱项。也许就是应了一句老话：出来混都要还的。你年轻时记人脸的本事比别人大是吧，到了老了，记人脸的本事就比别人弱，这也算公平。

好在人老了，也不需要结识很多新人了，记得不记得，也都无关紧要，有鸡汤文章写得好，说余生只需和自己喜欢的人来往。那些见过后就忘记的人，分明就是自己不喜欢的、没缘分的，忘记也罢。

可是老头总觉得自己不是一般的老头，一方面，老头不觉得

"余生"两个字应该和他联系在一起；可是另一方面，他心里很清楚，"余生"已经紧紧地纠缠住他了，来日无多的想法，每天都在敲打老头的心脏。

以至于，这会儿骗子口中轻轻地吐出来的那两个字——长寿，一下子就击中了他的心脏，他的心，顿时乱了起来。

骗子击中了老头，就扬长而去了。

天色也差不多了，老头该回家了，可他却发现自己走不动了，腿软了。

都是那"长寿"两字惹的事。

老头有气无力地往回走，挪到公园门口时，发现公园门口的空地上，摆起了长桌，立着水牌，有两个身穿白大褂的人，一字排开坐在桌子后面，周边围了好多人。

老头过去，看到那块水牌上写着"生命工程""生物技术"之类的字，还有两个超大的红色的字：基因。

再细看下面的单位落款，是捷亿生命工程有限公司。

其中的一位白大褂正在给一位妇女耐心地解释基因的种种原理，挺复杂的，妇女听了个似懂非懂，却连连点头，表示自己听明白了。

老头插上前去说，你们是大夫？你们是来义诊吗？

那白大褂朝老头看看，脸色有些奇怪，犹豫了一下，还是指了指自己的脸说，老师认不出我了，刚才我们还在公园里聊天呢，难道，你是有脸盲症吗？

老头哪里肯承认自己脸盲，急急地否认说，我怎么认不出你，我是故意考验考验你，嘿嘿，嘿嘿，你眼力不错。一边心想，这就是刚才那个骗子吗？刚才是怎么看怎么像骗子，现在看着，就是个大夫嘛。

老头竟然有点激动，像见到了熟人、亲人似的，说，原来你在这儿，你怎么会在这儿？

那白大褂指了指水牌说，老师，我们既是医生，又不是医生，医生是头痛医头，脚痛医脚，我们是从根本上解决问题。

老头说，根本？根本在哪里？

白大褂说，基因呀——老师，我刚才就跟你说过，从你的体形看，你这个年纪，能有这样的体形，说明你的优质基因非同一般。

老头按压着激动的心情，小心翼翼地重复问了一下，基因什么？你说的是基因什么？

白大褂告诉老头，基因解码测试，可以测出你的基因，看看你的血统的分布情况，就能知道你的基因的优秀程度和长寿的依据；还有，可以测出你会不会患病、会患什么病；最重要的，就是根据基因检测的结果，来认真对待自己的身体，扬长避短，健康长寿。

老头心里又是一阵乱跳，真是句句话说在老头的心坎上。

自从"老"来到以后，"病"也就跟着来了。当然，这些"病"，有的是真毛病，有的是疑心病，老头这几年里，没少怀疑自己，有时候心里毛躁起来，觉得全身都有病，自己把自己吓坏了。

老头刚刚"老"的时候，有一次因为什么事情生气，突然间胸口发闷，气喘不上来了，感觉大限临头，叫了120急救车，送到医院抢救，一量血压，高压180，低压120，老头一听，吓得大喊，爆了爆了。

搞得医生都笑了起来，说，爆了你还这么大嗓门？

儿子也在旁边说，爆了你就一言不语了。

老头说，医生，你别安慰我，180，120，还不爆？

医生说，你那是吓出来的，交感神经太兴奋，紊乱——

老头不承认，说，我吓什么吓，我又不是贪官，我又不是罪犯，我一辈子清清白白做人，认认真真做事，我有什么可害怕的。

医生说，你怕老呀，你怕死呀。

医生真是一语成谶。

又有一次，老头发现大便呈红色，又赶紧到医院，医生说是痔疮，老头不认，又是肠胃镜，又是增强 CT，折腾几天，最后的结论还是痔疮。

现在老头被"长寿"两个字击中，心里一直慌慌乱乱的，好像有什么大事要发生了，他再次凑到白大褂跟前，小心地说，你说的这个基因检测，怎么个检测法？

白大褂说，很简单的，只要你吐一口唾沫，就可以检测了。

老头咳了一声，想吐唾沫了，可想了想，又问，你们这个基因检测，要收钱的吧？

旁边的人都哄笑了起来。

老头有点不好意思，解释说，我不是说要免费，高科技是值钱的，这个我懂，我就是问一问价格。

白大褂笑着指了指水牌，老头仔细看了一下，水牌上确实标得清清楚楚，基因检测一次收费二百五十元。

老头一看，立刻嚷嚷说，二百五？这个高科技，才二百五，不贵不贵。

旁边的人也纷纷附和：

是呀是呀。

不贵不贵。

老头想了想，不能跟这些没头没脑的乌合之众一个调调，还是得显示一下自己的与众不同，所以又说，就算给骗了，也不多，不心疼。

旁边的人也继续附和：

是呀是呀。

骗二百五，不多不多。

老头重新又到白大褂跟前，说，我做一个，我现在就付给你二百五吗——可是我没带现金呀——老头掏出手机晃了晃，说，现在我们出门，都不带现金的，我有支付宝，微信支付也可以。

白大褂笑道，老师，你这样真把我当骗子了，我哪能当场收您的钱，我们在这里，是做宣传，提供咨询，不是收钱的，我们公司有规范流程的，是讲规矩的，你可以先扫一下我们的二维码，回去请子女帮你看看，如果真的想做，请他们帮你填个表，也可以让他们先上网了解查询一下我们公司——

老头说，干吗要叫他们弄，我自己会搞——一边说，一边心想，还真不是骗子，因为骗子最担心的，就是老人回去告诉子女，这白大褂居然还主动让他回去跟子女说。

白大褂朝老头跷了跷大拇指，夸赞说，老师，你果然厉害，你的基因，值得测试一下，如果你登录并确定检测，公司会寄一只专用盒子给你，你吐一口唾沫在里边，再寄回去，一周之内，就出结果了——另外，你有了我们的微信，愿意的话，也方便加入我们的基因俱乐部——

老头回家，戴上老花镜，先登录填写了详细地址，把基因测试的二百五十元转了账，然后又开始研究基因俱乐部的宣传材料，看了半天，也没看出个什么名堂，怀疑是不是老了，自己脑子不够用，有点窝火，恰好儿子打电话来问老头小区安装电梯的事情，居委会有没有上门征求意见，老头却不爱听，说，没有没有，我们小区不装，总共才四层的楼，装什么电梯呀，四层楼都爬不动，干脆直接进火葬场算了。

儿子说，那他们怎么老给我打电话，跟我啰嗦，说你们那一个楼道里，就你一家不同意——

老头说，你听他们胡诌——不说电梯了，你有空过来，帮我看看这些基因方面的宣传材料，有个基因俱乐部——

儿子一听，立刻打断他说，爸，你付钱了没有？

老头说，二百五。

儿子说，你真是个二百五，我发个链接给你看看，这个基因骗局已经被揭露了多回了，你还上一当——想想气不过，不是心疼二百五，主要是老头这不听劝的臭脾气太气人，一激动又嚷嚷着教训老头，叫你平时少出门，没事别出门，你偏要出去乱跑，又被骗了吧。

老头不服说，什么叫又被骗了，我被骗过好多次吗？

那儿子说，你不听我的，以后还有的你上当受骗的，骗子就是吃准了你们老了怕死，想长寿，才能得手。

老头气得一迭连声反问说，想长寿？想长寿丢脸吗？谁不想长寿？你不想长寿？

儿子说，是，我也想长寿，但想长寿也不至于想到去送钱给骗子。

老头说，姜渐行，你别嚣张，你是没到那时候——

儿子得意地说，呵呵，到我那时候，早就没有钱了，只有数字货币，骗子找我，我就对他做个手势，喏，二百五，这个数字，你拿去吧，呵呵呵呵。

老头知道，儿子炫耀的不是知识，而是年轻。

老头满怀信心等了好几天，也没有收到那个装唾沫的盒子，心里已然清楚，果真上当了。人老了，别说家属子女瞧不上眼，连骗子也专拣他们欺负，老头越想越来气，就这么输给骗子，老头心不甘呀。

老头闷坐了半天，突发奇想了，他有事可干了。

老头要干的事情，就是下功夫研究骗子，然后去和骗子打交道。满大街都是骗子，案例太多，这样的学问，真是太好做了。

骗子果然又来了。

老头依旧在公园的长椅上坐着，因为百般无聊，他的坐姿简直是无法无天，他尽量地伸展着四肢，坐在长椅中央，本来可以坐三到四人的长椅，被他这样一坐，别人过来再坐，就有点局促了。

骗子看到这情形，犹豫了一下，好像在考虑要不要坐下去。

老头稍稍收敛了一点，挪出一点地方。其实老头是有点心虚的，因为他不记得这个人是不是上次的那个骗子，在脑海里拼命搜索也搜索不出来，只好以退为进，以守为攻，想让骗子坐下来，让他慢慢试探和研究。

可骗子并没有坐下，他也没有要坐的意思，老头不高兴，心想，我给你让座，你还不坐，嫌我是个老头吗？

心里一不高兴，臭脾气就上来了，城府也没有了，引君入瓮的计划也打乱了，就直接打人家脸，说，你谁呀，你又不认得我，冲我笑什么笑——见人三分笑，非奸即盗。

骗子不觉尴尬，也不生气，还是笑着，说，老先生，你说话中气很足哎。

老头说，你的脚本错啦，你应该说，老先生，你中气不足哎，你需要进补啦，这样你才可以下手嘛。

骗子仍然笑，他很低调，老老实实地说，老先生，我不是卖补药的。

老头来劲说，你是卖中气的。

这个低调的骗子被逗得哈哈哈哈地笑起来，边笑边说，哎哟，老人家，你很幽默哎。

老头得意地说，我幽默吗，那我再来幽你一默，你看你，年纪轻轻，大白天都不用上班，到公园的长椅上找人说说话，你的职业，我一猜就能猜到——老头自我感觉良好，大度地挥着手说，没事没事，你尽管跟我说话，我才不怕和你说话，说说话不会把银行卡上的数字说没了——他伸手指了指远处跳舞下棋的那些老人，说，我可不是他们。

骗子赶紧拍马屁说，那是那是，一看就知道，您心态很年轻，不像我妈，天天在家里唉声叹气，开口闭口我老了，我不行了，我透不过气来，我直不起腰来，我记不起事来，我怎么怎么怎么。

老头其实也有"透不过气""直不起腰""记不起事"类似诸多情形，但他不愿意承认，他挺了挺腰，硬戗戗地说，我还好啦，跟从前没有什么区别——一边说着，一边又横了骗子几眼，目光如炬那种，又说，喂，你老是绕在我身边到底想干什么，我一开始就跟你说过，你休想。

骗子说，我什么也没想，我看您有学问的，喊您老师吧，老师，我姓马，你喊我小马就行。

老头说，切，我为什么要喊你小马，我认得你吗？

那骗子小马笑道，没事没事，老师您不喊我小马也不要紧——

老头开始卖弄那些他用心研究得出的关于骗子的学问，指了指小马说，你是不是刚刚出道，连行情都没搞清楚，你们干那些事情，也都与时俱进嘛，开始卖点假保健品，兜售伪劣日用品，后来转型升级，都是网络诈骗、电讯诈骗了，人都没见着，连声音都是假的，钱就没了——可你这又算什么，重新回到真人出场？这一套，早就过时了——

骗子小马只是笑，未置可否。

老头得意洋洋，穷追猛打说，怎么，无话可说了，你这么快就演不下去了？你是脚本台词没背熟吧，业务不够精进哦。要不，就是你背的剧本台词不适合我这样的对象——我告诉你，我这样的对象，一般的台本，你们对付不来的，你们得为我量身定制的，哈哈哈哈。

这样看起来，骗子小马还真是个菜鸟级别，不然怎么刚一上阵，被老头劈头盖脸一顿，脑袋砸晕了，真把脚本全忘了，再也对不出台词，最后他怏怏地离开了。

老头在背后嘲笑他，骗子小马已经认了输，也不想和老头争高低了，他恐怕也不是老头的对手，他加快脚步，一会儿都快到拐弯处了，就听到那老头在后面喊了一声，喂！

骗子小马不以为是喊他的，没有停步，老头只好喊他名字了，喂，那个，姓马的，小马。

骗子小马这才回过头来，朝老头张望，他不敢确定老头是不是喊他的，所以抬手指了指自己的鼻子。

看到老头朝他招手，他就赶紧回过来了。

老头说，你又有机会了。

骗子小马满脸通红说，老师，老师，您不是当老师的，您是警察？

老头更加得意了，朝自己跷了跷大拇指说，我比警察厉害——不过你也不用太过自责，这不是你的错，你也没有拿错脚本，是因为你没料到，我这个人是高度地不配合，我一不配合，你就乱了阵脚，临时编不出台词了——啊哈哈哈哈——

骗子小马唯唯诺诺，满脸惶恐，直朝老头作揖，说，老师，老师，谢谢您的指点——不过，我还是向您介绍一下，我是专门做养老投资的——

老头一拍巴掌，大声道，哎呀，踏破铁鞋无觅处，得来全不费工夫呀，我正想要找人咨询养老投资的事情，你就找上门来了，时机掌握得太好啦。

骗子小马没有听出老头暗藏的讥讽，兴奋地说，是呀是呀，现在养老投资，可是大热门，你只要投入一张床的钱，下半辈子，无论你活多久，哪怕一百岁，一百二十岁，你都可以衣食无忧。

老头也说，是呀是呀，我早就听说有这样的好事，一直也找不到它，想不到今天好事找上门了——喂，小马，我跟你说，不光我要做养老投资，我的好些个老同事，他们都委托我了——

骗子小马两眼放光，正欲往下再说什么，他的手机响了起来，骗子小马接了手机后，对老头说有点急事先走了。

老头心里"哼"了一声，还玩欲擒故纵呢。

骗子小马说，老师，明天下午我还会来这里。

老头立刻配合说，当然当然，我明天下午也会来，我还会约我的老同事大家一起来呢。

骗子小马走后，老头并不急着起身，他意犹未尽，重新又回忆了刚才的整个过程，有了这第一回合的全胜，老头自我感觉大好，信心百倍，开始酝酿准备明天的内容。很快老头就把自己的台本想好了，而且还备有预案，万一骗子不按他的台本对话，他还有第二本、第三本、第 N 本，随机应变。

老头甚至开始设想明天下午他和骗子第二次见面的场景，并且预估了几种情况：也许是小马先到，也许是老头先到，或者巧起来，他们两个人心有灵犀一起到了。

如果是小马先到，坐在长椅上等老头，老头看到他，就说，哟，你在等我？你知道我会再来？

小马会说，是呀，我知道您会再来。

老头会接着说，我要是不来呢，你不是白等了？

小马就说，我猜想您会来的，您不来，一个人待在家里不难受吗？

如果是老头先到，然后老头看到小马来了，会有一种未卜先知的骄傲，老头会说，我就知道你会再来。

小马当然也有应对的台词，小马应该说，老师，您果然信守承诺，或者，老师，您很准时之类。

如果两个人一起到了，那就不用说了，那真是有缘千里来相会啊。

等等。

总之，他们之间的第二个回合就开始了。

老头的思绪像奔跑的野马，奔着奔着，就歪了方向，他突然就产生了第四种想法：骗子不来了。

这个念头让老头有点坐立不安了，一想到自己坐在长椅上焦急等待骗子的情形，老头情绪就有点低落，他好像看到了那个望眼欲穿的孤独的老头，他甚至开始自我怀疑，他不够自信，他有点沮丧了。

他一直以为是自己把小马给耍了，可是如果小马一直不出现，老头就会担心，很可能是自己被小马给耍了、已经被耍了。

一想到这儿，老头顿时紧张起来，他拿出手机反复地查看有没有银行的短信通知，如果骗子得逞，钱已经被搞掉了，短信通知就来了，但是短信通知一直没来，今天大半天，手机一声也没有响。

没人搭理他。

老头定下心来，前前后后反反复复想了个遍，又重新鼓足了信心，因为他是有备无患的。知己知彼，百战百胜。

相信明天骗子小马一定会再来的。

这才心满意足地站起来，拍拍屁股，回家。

因为心情不错，老头晚上特意给自己多烧了两个菜，还倒了点黄酒，香喷喷地刚要开吃，儿子和女儿一前一后回来了，说是刚下班，直接就过来了。

老头说，干吗，这么急，看我死没死啊？

女儿不高兴地说，刚才我往家里打电话，你没接，下午又出去了？

老头今天高兴，跟女儿说话口气也好一些，哈哈，今天你哥不监视我了，换成你监视了？

女儿好言相劝说，爸，我们不是不让你出去，你出去可以，散散心也好，但是不要随便和陌生人说话——

老头立刻打断她说，出去了不和陌生人说话，那谁来跟我说话，哪里有那么多熟人啊？熟人都顾着忙自己的事情，哪有时间、哪有心思来跟你说话——老头今天发挥得好，越说越来劲，脑洞大开，简直刹不住车。

女儿耐着性子说，爸，你找什么人说话不好，偏去找个骗子说话，还是我哥说得对，不作不死，作了要死。

老头说，是，我就是作死，我告诉你，我和骗子已经达成协议，明天继续，要不，明天下午你不要上班，也不要接孩子，过来看看，抓他个现行，哈哈。

女儿知道老爸戗她的，她自己一大摊子事，哪有时间去配合老头作妖作怪，所以女儿赌气说，随便你，随便你，反正我和我哥话都说尽了，你就是要小心，不能随便和陌生人说话。

老头"嘎嘎嘎"地笑，阴阳怪气地说，不和陌生人说话，又没有熟人说话，那我岂不是成了哑巴？莫非，你们的意思，是要叫我给你们找个后妈，那后妈，就不算是陌生人了是吧，就可以和我说话、陪我出门了，是不是？

老头一击就击中了要害，女儿顿时哑巴了。

老头得意忘形乘胜追击，就算找后妈，那我也得找呀，我得出门找呀，我要慢慢物色呀，我要好好相处，要培养感情，不能拿在篮里都是菜，不能瞎猫碰个死老鼠吧——死老鼠当你们后妈，你们也不乐意吧。

女儿彻底败下阵去。

儿子在一边嘲笑妹妹，说风凉话，你就别对牛弹琴啦。

老头还没尽兴，继续废话说，关于后妈的事情，你们都不肯表态，那我就知道你们的态度了，你们是不想我给你们找后妈，我懂我懂，与其让我去找后妈，还不如让我找陌生人去说话。

儿子女儿都不是他的对手，无论是在电话里，还是当着面，都被他撑得无语，张口结舌。

两人都上了一天的班，肚子都饿了，当然就在老爸这里跟着吃了。老头朝他俩看了看，怀疑说，你们是约好的吧，知道我今天加餐？

儿子说，不知道不知道，真不知道你做了这么多菜，莫非你知道我们要回来？

呸，老头气道，要是知道你们回来，我就等你们回来烧给我吃了——你们约好了回来干什么？

儿子生气说，爸，你真没良心，今天是什么日子，你忘了？

老头翻了翻白眼，想不起来，说，今天什么日子？我生日？

儿子说，你生日个鬼，今天是农历七月十五。

哦，老头呵呵一笑，说，今天鬼生日。

农历七月十五，俗称鬼节，有烧纸给先人的习俗，老头竟然忘了，儿子和老子犯冲，见面就掐，这会儿更是抓住了老头的把柄，唠唠叨叨，怪老头这么快就忘了相濡以沫多少年的老伴。

可他哪里是老头的对手，老头"哼"了一声，就开腔说，我没良心？我忘了？你们都记得是吧，你们特意回来，给老娘烧纸，真的是惦记老娘吗？真的是孝敬老娘吗？

女儿见老头开腔，知道刹不住车了，埋怨哥哥说，叫你别多嘴，烧纸就烧纸，废什么话。

儿子却不服，犟嘴说，就是老头不对，忘了谁也不能忘了老娘嘛。

老头说，哟，就你们记得老娘——我还不知道你们这对宝货，你们不是孝敬老娘，你们是想要老娘保佑，你们就怕忘了给老娘烧纸，老娘一生气，不保佑你们了。

老头今天兴奋，废话比平时更多，也更难听，好在子女也习惯了他，随他满嘴胡言乱语，只当老头放屁。

吃过了晚饭，感觉时间还早，这时候烧纸，也太应付了，就坐下来聊几句，老头忍不住用已经准备好的明天针对骗子的台本吹嘘起来，刚刚说了养老投资几个字，儿子女儿立刻跳了起来，老爸你又来了，老爸你又来了，跟你说不要去跟骗子接触——

那老头的脸笑成了一朵菊花，得意道，这一次，我要搞个大的让你们瞧瞧——不过，不是骗子骗我，而是我骗骗子。

儿子女儿一急，就胡言乱语起来。

你还能骗得了骗子，你肯定已经被骗子骗了。

你赶紧把手机拿出来，让我看看你的微信。

你扫了二维码？完了完了，倾家荡产了。

你点开那个链接了？完了完了，败尽家业了。

你是不是支付宝微信都绑上卡了？

你是不是银行卡里已经没钱了？

是不是他说什么你都觉得说到你心上？

是不是你觉得他是你的贴心人？

坏了坏了，这就是骗子呀。

坏了坏了，骗子就是这样行骗的呀。

你一句，我一句，简直把老头说成个傻子、呆子，老头倒不生气，因为他胸有成竹，他还撇嘴一笑，十分瞧不上子女，说，瞧你们这点出息，这点胆量，不入虎穴焉得虎子，我告诉你们，你们的老爸，不是普通的老爸，骗子被我玩得滴溜转——

子女胆战心惊，继续胡说：

哪有骗子这么傻的？

哪有骗子承认自己是骗子的？

明明就是故意装出来蒙你的。

明明是特意准备了搞你的。

什么什么什么。

说得口干舌燥，老头根本听不进去，最后儿子急得一拍桌子说，爸，你自己想想，你都七老八十了，这把年纪，还在外面惹是生非，哪里见过你这样的老——

他们说无数句老头也没生气，可这句话一出来，老头来火了。他不怕别人说他蠢，因为他不蠢；他不怕别人笑他 low，因为他觉得自己很潮的，天不怕地不怕，就怕人说他老，因为他真的老了。

老头来火说，既然你们这么说，那我就实话告诉你们，我和骗子约定了，明天见，不见不散。

儿子女儿吓得赶紧闭嘴，到阳台上烧纸去吧，这个老爸太不靠谱，还是去求求老娘吧。

烧纸的时候，他们照旧念念叨叨，无非就是要老娘保佑子女一家老小健康平安有福，老头又听不下去了，在旁边多嘴多舌说，怎么，就光保佑你们，不保佑我吗？

儿子气不过，说，你都要找后妈了，还保佑你？

老头说，知道知道，就怕我找后妈——等儿子女儿搞过，他也跨到阳台上，对着那只装满了纸灰的铅桶说，算了算了，虽然你活着的时候那么凶，现在我不跟你计较了，毕竟夫妻一场，我也给你烧一点吧，来来来，拿去用哦，十个亿的美金哦——嘴上说着，脚下不慎被搁在阳台上的拖把绊了一下，话音未落，人就倒了。

儿女在屋里，收拾收拾打算撤了，结果就听到声音了，先是阳台那边"扑通"一声闷响，紧接着就是"啊呀呀"一声巨大的惨叫。

老头摔了个髋骨骨折。

下

伤筋动骨一百天，可医院的病床那么紧张，可不是给你住一百天的，手术后一周，老头就被赶出来了。后面等病床的病人排着长队，好多都在走廊里躺着，就算你脸皮厚，好意思赖，医院也不能让你赖。

以老头的脾气，是要和医院吵架的，是要赖在医院不走的，但是老头怕"病"，怕病的人都怕医生，虽然手术已经做了，而且做得很成功，但是接下来的休养、康复，都是要靠医生指点帮助的，老头不敢把医生和医院得罪了，只能把怨气撒在子女身上。

老头躺着不能动，出院回家，子女也抬不动，出高价请了两个民工，借了一副担架。车子开到楼道口，刚下得车来，还没开始登楼，老头就"啊呀啊呀"乱叫起来，嫌他们动作太粗鲁，又骂子女不顾老人死活。两个民工也是一路抱怨，这么难搞的老头，至少要请四个人抬。子女又撑老爸又撑民工，看两个民工确实不好抬，还得上前帮忙，大家吵吵闹闹，引来一大堆看热闹的邻居。

老头心里冒火，一个千年不倒的老英雄，居然躺在担架上要四个人抬，老头感觉老脸丢尽了。

这老公寓楼的楼道都窄，一副担架拐来拐去，一会儿抬过头顶，一会儿又需要倾斜着走，这一倾斜，老头就往下滑，一滑，就动到伤处，疼得哇哇大叫。

没办法了，停在二楼拐角处，民工都喘气，其中一个说，这样上不去，一个人比一个家具难弄多了。另一个说，只有找绳子来捆上了。

老头憋屈啊，可是再大的憋屈也只能自己咽下去，自己酿的苦果自己吃，老头被紧紧捆在担架上，扎得像个粽子，众人这才跌跌爬爬、步履艰难地回到了家。

回家的日子更难过，老头不能动弹，吃喝拉撒，都要人伺候，子女受不了。在医院时，请个护工，花钱虽然心疼，至少给自己和自己的小家庭买个安逸，现在麻烦大了，一个老头摔倒，搞得几个家庭的日子都乱了。

儿子女儿商量着，还是得把老头送出去，老头一听，马上喊了起来，养老院我不去，我跟你们说过，养老院我决不去，我又不是绝子绝孙，我去养老院干什么？

儿子急了，说，你就当你是绝子绝孙好吧。

老头说，不能，你这样活生生地竖在我面前，我不能假装看不见，假装你不存在。

女儿说，爸，我们给你找的，不是养老院，是护理院——

老头的嗓门更大了，简直就是在叫喊了，护理院？那更不能去，你没听人家说，养老院是等死，护理院是送死，我们学校那个江老师，你们也认得的，一个小中风，治疗康复得很好，没什么后遗症，没有什么大不了，出院前我还去看过他，好好的。结果回到家里因为子女不肯照顾，送到护理院，你知道怎么护理？绑起来就是护理，不许走动，不许下床，很快就肌肉萎缩，没几天就翘了。

儿子女儿面面相觑，一时无语。

老头就在家里赖着了。

但是老头很快也就明白了，在家里的日子，实在是太不好过了，先是请了个护工，可不满一天就逃走了。然后儿子女儿轮番请了假护理他，可他们哪是护理人的样子，他想喝口水，儿子就抱怨，你有那么渴吗？明明知道自己上厕所不方便，还硬要喝那么多水，你这是折腾自己还是折腾我呢。

他真的渴了，但只得忍着，因为儿子说得没错，和口渴比起来，上个厕所要痛苦得多。

女儿则是另一种风格和腔调，女儿跟他说话，是带着哭腔的，苦肉计，她说，爸呀，爸呀，我昨天又失眠，一晚上没睡着，我怀疑我得抑郁症了，一直都想那些不好的事情——

老头气得说，行了行了，你病得比我重，我照顾你好吧？

这一儿一女，配合得恰到好处，就是要把老头从家里赶出去。本来嘛，现在哪里还有子女伺候老人这样的事情。子女伺候他，满脸的不耐烦，情绪恶劣，老头向来不肯看人脸色，可现在他强硬不起来，不看脸色你还想怎样，不想看脸色，你就得自力更生。想小个便，都要犹豫半天，求助还是不求助。结果大小便都憋着，很快肚子就胀成了鼓，再憋下去，骨伤没好，别的病该要憋出来了。老头一想到"病"，就尿了，就认了，护理院就护理院吧，哪怕养老院，该去还得去呀，不能让自己被自己的屎尿憋死在家里吧。

过了一天，儿子回来，告诉老头，找到了一家，既不是养老院，也不是护理院，那叫护养院。

老头假装犹豫了一会儿，后来就应承了，说，既然不是养老院，也不是护理院，就去。

其实那就是个护理院，取了个别名叫护养院，儿子偷着乐了，跟妹妹说，老头就是个傻×。

那女儿比儿子更精，说，他才不傻，他知道家里待不下去了，给自己台阶下的。

这话让老头听见了，真生气，但是真气也没有办法，只能把"气"咽进肚子。本来嘛，老都老了，你还想怎样？还不能让人说了？

一番周折，总算是安排进了护理院，远没有子女说的那样好，一个大统间，十几个病床，男女不分，病人、家属、护工，都挤在一起，老头心有不满，皱眉说，说得比唱得好。

儿子女儿担心老头又作怪，赶紧解释说，有双人病房和单人病房，但是现在都住满了，一旦空出来，立刻给他转进去。

老头说，别以为我不知道，单人双人的贵多了，是吧——他已经认清了形势，人硬货不硬，也就不再难为子女了，自己下台阶说，行啦，行啦，都听你们的啦，不听你们的，我还能怎样？

进了护理院，好歹有专业的护工伺候了，至少大小便的难题可以解决了，至少不用担心被自己的屎尿憋出病来。

护理院的护工，大多是女的，伺候老头的那个，大家喊她薛姐，是个大大咧咧的女人，听说老头尿急了，二话不说，一阵风似的刮过来，一手把被子一掀，一手端个扁马桶，盯着老头。

老头被死死盯着，十分不自在，不配合，也不吭声。

薛姐拍了一下老头的屁股，说，小便了小便了。

老头气得说，你，你怎么拍我屁股？

薛姐说，我不拍你屁股，你怎么小便？

老头说，喂，我是男人哎，你一个女人，动手动脚，像什么样子？

薛姐先是一愣，随后笑了起来，哦哈哈哈，你是男人？你忘记了，你是个老头哎。

老头说，无论怎样，终归男女有别——

这回不仅薛姐笑了，病房里其他病人和护工都笑了。薛姐说，哎哟，老都老了，还计较什么男人女人，老了还分什么男女？何况你还瘫了。

老头更来气了，发火说，你嘴巴别乱说啊，我没瘫，我只是摔伤了，哼！

薛姐撇了撇嘴说，那你现在不是瘫着吗，你现在能爬起来吗——又想了想，薛姐才明白过来，说，难怪他的儿子女儿再三拜托我，好话说了一大箩，原来这老头果真难弄——薛姐伸手朝病房指了一圈，说，你看看，人家像你这样的，样样都要求人、样样都要依赖别人的，嘴巴不要太甜哦，一口一个薛姐，一口一个谢谢，你个犟老头，都这死样子了，还嘴凶？

老头说，你不尊重我，还想要我谢你——我不骂你已经是对你客气了，我告诉你，我会好的，我会站起来的。

薛姐冷笑一声，说，都知道老人最怕跌，为什么？有的老人，一跤跌下去，就再也爬不起来了，一直躺到翘辫子——好了好了，不跟你说了，怎么，不要小便了？

老头气得紧闭了嘴，不说要小便，也不说不小便，脸却已经让尿憋得发了紫。薛姐有经验，她伺候过的倔老头倔老太，可不是一个两个，她有的是办法，

不用理睬他们，只管干自己的活，于是手一伸，把老头裤子一扯，屁股一抬，扁马桶一塞，就塞下去了。

等了半天，老头就是不尿，薛姐不耐烦了，着急说，你到底有没有尿，你不是寻我开心逗我玩吧。

老头说，我尿不出。

薛姐说，你必须得尿，尿不出要得尿毒症的。

老头说，你站在我面前，盯着我尿，我尿不出。

薛姐"扑哧"一笑，说，哟，来了个童男子哦。一边说，一边将身子背过去，笑道，好好，不看不看，你尿吧。

老头还是尿不出，也不知道他是犯倔，还是真的不习惯，薛姐

赶紧联系老头的儿子女儿，他们刚刚办理完有关手续，正要离开，就听说老头不尿，简直哭笑不得，赶紧回到病房。

老头一见到子女，委屈大了，指着薛姐说，我不要女的伺候，她侮辱我，还调戏我——

大家哄堂大笑。薛姐更是笑不可支。

老头的子女在一边却急坏了，他们怕护工一生气，不伺候老头了，千斤重担得重新由他们来扛，赶紧下死劲跟薛姐说好话，拍马屁。

好在薛姐见多了，才不计较，她倒是觉得这老头挺逗。老头说她调戏他，薛姐反正泼妇一个，干脆一不做二不休，再调戏老东西一下，上前朝老头下身看了看，捂着鼻子说道，你们有多少天不给他擦洗下身了，都臭了。我告诉你们哦，你们不懂医学知识，别以为就是脏一点，没啥了不起，你这样污糟下去，要得败血症的。

薛姐不由分说，去倒了一盆热水，拿了一块毛巾，给老头擦身体，一边笑道，喔哟，老先生你紧张的嘞，我又不要占你的便宜，你老卵都吓得缩脱了——

老头脸涨得通红，一副生无可恋的样子，然后，突然地，猛一抬手，狠狠地扇了自己一个耳光，那个巨大的声响，把一屋子的人都吓住了。

薛姐终于也知道老头的厉害了，她停止了动作，退到一边，求助似的看着老头的子女，那意思再明白不过，你们看着办吧。

老头把自己的被子拉上盖好，脸上的打耳光的红印子还没消退，他红着脸，坚决地对子女说，我不要女护工。

薛姐又忍不住了，扑哧一笑，说，我们院里，护工大部分是女的，男的只有两三个，都在护理危重病人，你危重吗？

老头倔道，我就是危重，我一动也不能动，我还不危重？朝薛姐瞪眼说，你这种女人，到护理院工作不适合你，你到按摩院去很合适——

薛姐竟被老头顶了个语塞，她想了半天也想不明白，对老头子女说，奇了怪，人家老头，都想要女护工伺候，就你家老头，作怪，各色！

老头不容子女回话，抢在前面就戗道，是，我就是各色，我就是妖怪，你碰上我，算你长见识。

薛姐终于退下阵去，去把管理员喊来了，管理员一听这边要个男护工，先就摆手说，没有没有，女的都抢不过来，哪里有男的伺候你——

老头铁青着脸，额头上汗珠子都渗出来了，怪吓人的。

那管理员看着老头的脸色，犹豫了一下，又说，如果一定要男护工，那这个护理费用上，要多出好多——

不等子女说话，老头又抢先说，出钱，出钱，不就是钱吗，多少钱都出！

老头如此顽固，令人生厌，人家恨不得赶他出去，但是老头肯出钱呀，说不定就是棵摇钱树呢，所以院里还是赶紧商量了一下，很快答应给老头安排一个男护工。

老头得胜，看着薛姐灰溜溜地出去，老头对子女"哼哼"两声，说，事实再一次证明，自由是自己战斗得来的，按你们的意思，我就只能被那个女魔头侮辱折磨。

儿子气得说，你别得意太早，一个男护工，粗手粗脚，还不知怎么折腾你这一身老骨头呢。

女儿也赶紧把话说在前面，爸，刚才管理员跟我们打招呼了，这个男护工是个新手，服务方面不是太熟练，你多担待一点，不然的话——

儿子生戗戗地打断妹妹的话头说，女的你不要，新手你再挑剔，就没人伺候你了，你自我服务吧。

正啰嗦着，那个新手男护工进来了，老头的子女都着急着家里的人和事，一看男护工到岗，急急忙忙，招呼也不打，逃也似的走了。

老头一直憋着尿，现在终于等来了男护工，赶紧嚷着要尿，男护工听说他在床上尿不出来，干脆背起老头，到卫生间解决了问题。

这个男护工虽然是新手，但力气大，手脚也麻利，搬动老头尿尿，一点也没有搞疼他，等老头重新回到床上躺下，终于可以松一口气了，才看清了这个男护工的长相，很年轻，他伺候老头躺下后，笑眯眯地对老头说，老伯，我姓马，你喊我小马就行。

老头只听得自己脑袋里"轰"的一声，整个人都晕了，过了好半天，才慢慢平静下来，再仔细盯着护工的脸看了又看，实在是记不得了，脸盲越发严重了，心直往下沉。

但是，不管记不记得人家的脸，这名字他记得，警惕性还在，所以老头立刻嚷嚷起来，好你个小马，你竟然追到这里来了！

小马没有听懂老头的话，朝老头看着，愣了半天。

老头说，哼哼，真以为我脸盲，我才不脸盲，实话告诉你，刚才我一眼就认出你了。

小马更听不懂了，不过他也没想听懂，无所谓，反正一老头，又病着瘫着，要人伺候，他说什么，或者不说什么，真的不重要。小马就轻松随意地冲老头笑了笑。

小马这一笑，更让老头确信了自己的判断，这个骗子，在公园里没能钓到他这条大鱼，居然追到护理院来伺候他，也算是别出心裁了。

老头一旦确信，反而冷静下来了，心想，为了骗我，你竟然连孝子都肯做，我就让你做一回孝子，让你尝尝滋味。老头一肚子坏水，说嘴馋了支使小马去替他买个方便面，小马去买了来。老头说不要这种，要另一种，小马就乖乖去换。换回来老头又说，不想吃了，吃方便面不健康，里边的料包有毒，叫小马去退。

小马出去后，病房里的病友都觉得奇怪，纷纷责问老头，小马这么贴心的护工，打着灯笼都难找，你为什么要刁难小马？

老头哼哼冷笑说，你们认得他是小马，你们知道他是哪个小马吗？

这话问得叫人摸不着头脑，大家说，哪个小马，护工小马呗。

老头说，错啦，他不是护工小马，他是骗子小马。

大家都哄他，指责他，老头正要说出公园的遭遇，小马已经回来了，说方便面退不了，老头就不依，说，退不了是你的事，反正我不要。

小马真好说话，说，老伯，没事没事，你不要，我就自己吃了，反正我也经常吃方便面的。

如此大度，说了老头一个闷声无语。

病房里大家都看不下去，忍不住就有个病人挑拨说，小马，你别对老头太客气了，老头说你是个骗子。

小马笑笑说，哎，没所谓啦，都这么老了，说什么也没事，不计较。

那病人拍小马马屁，说，那我们也看不过去，你这么尽心伺候他，他还乱说你什么什么。

小马仍然笑眯眯的，说，没事没事，都这么老了，说话不能当真，恐怕都不经过大脑了。

老头听他一口一个"都这么老了"，本来就来气，小马甚至还说因为他老了，什么也不跟他计较了，这话让人更是心凉，透心凉，这不等于在说，人老了，就不是个人了，人家也不把他当人了。

老头巴掌一拍床沿，说，都不跟老人计较？那老人要是杀人呢？

看老头气势汹汹的样子，大家都笑起来，有人假装害怕说，哎哟，你要杀人啊，你可别杀我啊，我和你无冤无仇的——

另一个说，你想多了，他杀人？他这么老了，还瘫着，就算他真的想杀，他杀得了吗？

再一个说，老人犯罪，真的不用吃官司，刑法有规定，年满七十五——

老头哈哈大笑起来，抢着说，我离七十五还差几天，我离七十五还差几天——

立刻遭到大家一顿乱哄：

那你这几天可得赶紧杀个人哎。

那你躺在床上怎么杀呢？

那你只能杀自己哦。

杀自己他也杀不了。

说得老头哑口无言，想闭了眼不理睬他们，可身边待着个骗子，老头实在是放不下心，总想着和骗子斗一斗，所以他撇开攻击他的病友和其他护工，专门针对小马，又说了许多小马和其他人完全听不懂的话。

说着说着天就晚了，晚饭送来了，小马正打算伺候老头吃晚饭，老头的手机响了。手机搁在床头柜上，小马替老头拿过来，交给老头的时候，顺便看了一眼，上面标着"诈骗电话"四个字，小马将手机举起来，竖到他眼前，说，老伯，是这个——诈骗电话，上面有标注，被一百多人标注过——

老头说，咦，我的手机，拿在你手里算什么，快给我快给我——

小马说，老伯，你别接了，这个电话都已经标明——

老头说，标明什么，万一标错了呢——就算是诈骗，我听听又无妨，我还可以跟他玩玩反诈骗呢。

小马却很执着，偏不把手机交给老头，老头不满意了，说，咦，你的任务，就是护理我的身体，你还管我的思想？我接谁的电话，也要经你批准同意？

小马老实交代说，这是你子女特意关照我的，他们还多给我加了钱，就是为了防止你乱接电话，上当受骗——对了，他们还希望我代你管着你的手机呢，我都不敢跟你提。

老头一听，又来火了，说，上当受骗，上当受骗，我还真希望自己能够上个当受个骗呢，现在我这样，像个僵尸躺在这里，一动不能动，连想骗我的人，也不会来找我了——幸亏遇上了你，幸亏你很执着。

小马简直哭笑不得，不知说什么好了。

手机铃声不停不息，不屈不挠，小马举在手里，不肯交给老头，老头一伸手，夺过手机，那铃声已经停了，老头却还对着手机说，知道了知道了，你不就是要我汇钱吗？汇多少？你把账号发给我呀。

病房里的人都笑了起来，老头说，笑什么笑，你们是没有见过我玩骗子，你们见识过了，就知道我的厉害——他看了小马一眼，责怪他说，都怪你，把我的好戏破坏了——他眼珠子转了一下，又说，我知道了，你是怕别人抢了你的生意，才不让我接诈骗电话，是不是？

小马只管"呵呵"。

旁边一位女护工说，哟，护工的生意，还有人抢？伺候老人、病人，端屎端尿，爱抢抢吧。

老头不理别人，只盯着小马，不依不饶说，哼哼，我看出来了，你特会假装老实，那时候在公园里，你就是这个样子，骗到了我。

小马也不辩解，也不反驳，反正无所谓。

就任凭老头自己嘀嘀咕咕，老头过瘾，心情大好，两天护理下来，老头对小马有了依赖，只要一会儿看不见，就大呼小叫，他一叫，小马就跑步过来，听候吩咐。

看得同病房的病友来气、妒忌，说，小马是你的护工，但他不是只护你一个人，小马是大家的小马哎。

另一个就说，是呀，人家护工小马服务到位，脾气也好，你也不能拿他当牛当马使唤。

老头说，我使唤小马，你管得着吗？再说了，你们又不了解情况，你们又不知道他为什么对我这么尽心。

老头等着他们问为什么，可没人想知道。

真是的，人老了，连秘密都没人想知道了。

这天早晨起来，一切正常，伺候过大小便，伺候过早餐，小马说有事要出去一下，马上就回来。

老头千叮万嘱，要他快去快回，小马应承。

因为有小马，老头现在不担心大小便的难题，尽管放开肚皮喝茶，结果一会儿就要尿了，小马却没有回来。

老头一等再等，尿越来越急，可小马不来，只能憋着，憋得不行了，一生气，大着嗓门，把管理员唤来责问。

管理员也是一脸奇怪，说小马虽然来护理院工作的时间不长，但是很守规矩，每天都是以护理院为家，基本不往外跑，今天怎么大半天也不露脸，打他手机，不接。老头急了，用自己的手机打过去，那边倒一下子就接了，老头一听小马的声音，急得说，小马你在哪里？你怎么不来病房？我一泡尿从早上憋到现在了，膀胱要爆炸了。

那小马在电话里求饶说，老伯，你饶了我吧，我不来护理院干活了，我已经有新的工作了——

那管理员一听，立刻骂人说，臭小子，走了也不打个招呼，不像话。他自己也一样不打招呼，一转身，走了。

院里给老头换了护工，知道他不要女的，换的也是男的，但是年纪够大，看起来比老头小不了多少。老头一看，立刻表示出不满，但是这地方可没人宠他，不满就只有换薛姐了，吓得老头不敢吭声，吃瘪。

那整整一天，老头斜躺在病床上，眼睛一直盯着病房的门，好像期待着什么人出现，可是他一直没有等到。

到了下晚，大家正准备吃晚饭，忽然就听到老头"啊呀"大叫一声，并高声喊了起来，小马，小马！

没人搭理他，老头手指着门口，理直气壮地说，刚才从门口过去的，就是小马，一定是他，他没有走，他还在这里。

这才有个人开了腔搭理他说，老头，你老眼昏花，你老不入调，小马早就给你气走了。

老头急得真想下床追出去，可是他动弹不了，老头有些郁闷，好像这日子，怎么也挨不过去，又拿起手机打小马电话，小马一接，老头就气呼呼地说，小马，你怎么可以说走就走，一点诚信也没有？

病房里大家又哄笑了，说，老头，你不是说小马是骗子吗，你跟骗子还讲什么诚信呀。

老头手里拿着电话，还顾得上和病友斗嘴说，骗子也是一种职业，也要有职业道德嘛——正说着，就听到电话那头小马说，老伯，你就饶了我吧——

老头愣了一愣，立刻反应过来，责问说，小马，你什么意思，什么我饶了你，我欺负你了吗？老头被冤枉了，一口气上不来，喘了一会儿，才又说，你是怪我这个人不好伺候吗？可是，我是很满意你的哎——

小马在电话那头赶紧讨饶说，哎哎，老伯，别别别，你还是放过我吧——不等老头再说什么，电话已经挂断了。

老头不依不饶，再拨打过去，已经"正在通话"了。

老头琢磨了一会儿，是不是小马被他戳穿了身份吓走的？老头十分后悔，悔不该一开始就揭开小马的真面目，应该让子弹多飞一会儿，看看他的动静，再计划下一步，怪只怪自己沉不住气。于是又抱着侥幸的心理再试着打小马的电话，本以为打不通的，结果却是一打就通，老头一激动，说，你没关机呀？

小马说，我干吗关机呀。

老头高兴地说，小马，小马，你回来吧，我先前是跟你开玩笑的，你不是骗子小马，你是护工小马——话说到这里，忽然就发现自己确实有点怪，那明明就是个骗子，自己怎么会如此不讲原则？

就听那小马说，那我也来不了。

老头就怕小马挂断手机，赶紧说，那，那我买你的养老投资，你总可以来了吧？要是我一个人买不行，我再帮你发展下家，行不行——

小马说，老伯，你说什么我听不懂，我也不想听懂，你就别胡思乱想了，反正我不能来护理你了。

小马不出现，薛姐又独大了，她又神气起来，到病房来耀武扬威，和大家一起攻击老头，数落老头怎么把小马气走。

老头不服，倔着说，奇了怪，我这么喜欢他信任他，我怎么会气他，我只是跟他开开玩笑，讲了些玩弄骗子的故事——

薛姐一听，嚷了起来，你们听听，你们听听，老头说话颠三倒四，又说人家是骗子，又说信任喜欢，老头你的爱好还蛮奇怪的哦，喜欢谁不好，要喜欢骗子。

在大家的哄笑声中，老头心里倍感悲凉，人老了，竟然如此遭人嫌弃，连个骗子，都躲着他，正伤感着呢，眼睛倒尖，看到门口小马的身影又出现了。这一回，老头确信自己没看走眼，因为小马闪过的时候，还回头朝他看了一眼，他们的眼神对上了。

老头立刻大吵大闹，最后惊动了管理员来处理。

小马确实没有离开，因为院里需要他护理更难伺候的人，所以才哄骗了老头，管理员也好，其他护工也好，都是在给老头演戏，他们以为老头老了，还躺着不能动，好糊弄的，不料这老头难缠，穷追猛打，躺着就把小马给抓出来了。

小马也不是不想伺候老头，他是个老实本分的年轻人，并不嫌老头脾气臭，但是院里的工作由不得他做主，看到老头对他如此纠缠依赖，他也有些于心不忍，无法面对，后来想了个绝招，就过来对老头说，老伯，其实你没有错，我就是在公园里骗你做养老投资的那个人，我就是个骗子。

老头说，那又怎样？

小马说，真的，你别不相信自己的眼睛，那就是我，在公园里，我就盯上你了。

老头说，那，说我长寿的那个也是你？

小马说，是的是的，那些话，骗你的话，都是我跟你说的。

老头说，你别逗了，你才不是那个人。

小马急了，发誓说，我就是他，我真的就是他。

老头越想越觉得这事情好玩，老头笑了，说，那你还真追进护理院了？

那小马挠了挠头，说，因为，因为实在太难得有人上钩了。

老头说，那我算上钩了吗？

小马说，只差一点点，你已经咬到鱼饵了呀，我都半年不开张了，怎么能不追进来找你——

老头说，你编，你继续编，你编的这些都可以去给骗子当教材了，骗子的水平都没有你高，你追我进来，不怕我认出你？

小马说，你不是说你脸盲吗？哪知道你是骗我的，我们一见面，你就戳穿了我。

老头朝小马看了又看，奇怪地说，你得了吧，没见过你这样的人，人家真是骗子的，都不承认自己是骗子，你倒好，明明是个护工，却偏说自己是骗子，你奇不奇怪？

小马也奇怪呀，他说，老伯，你先前咬定我是骗子，在公园里骗你做养老投资，我被你戳穿，我承认了，你却又不认了，那我到底是骗子小马，还是护工小马呢？

老头说，无所谓啦，你自己说的嘛，人老了，说什么都无所谓啦。

他这是以牙还牙。

小马伺候的那个重患，就在隔壁，病得快死了，嗓门却还在，在隔壁拼命喊小马，小马只得抛下老头过去。

薛姐和小马一起走出去，小马头昏昏的，竟然朝另一个房间走去，薛姐笑道，小马，我看你是被老头搞昏了，你恐怕自己都要怀疑自己了，你到底是骗子小马还是护工小马哦？

小马说，是呀，这老伯是得了什么病吧，老年痴呆症？他连我是谁，都一直不能确定？

薛姐说，他不是不能确定，他是太依赖你了。

小马心里一动，说，依赖我不行的呀，我帮不了他呀，就算院里重新把我安排给他，时间也不长的，他恢复得很好，很快就能出院了。

薛姐笑道，他孤单，其实也好办，他们城里人，有钱，找个老伴吧。

小马听了薛姐的话，受了启发，抽空去和老头聊天，把话题扯来扯去，最后扯到老伴那上面，小马赶紧说，老伯，一个人过多孤单，你怎么不找个老伴？

老头一听，就不高兴，说，为什么要找老伴？我很老了吗？要找，我也是找女朋友。

小马笑道，是是是，你应该找个女朋友。

老头居然顺着他的话头往下说，那你帮我介绍一个吧。

小马也笑，说，老伯，我们骗子这个行业里的人，怎么敢介绍给你，会骗得你倾家荡产。

老头说，那你帮我一件事吧，帮我找到我的初恋，我听说她的原配也翘了，现在我们孤男寡女，正好重温旧梦。

老头说他和初恋是大学同学，后来被他们的班主任搅黄了，因为班主任认定他的初恋以后会有大出息，不希望他影响她。可是后来初恋并没有如班主任所期望的那样，她的工作成就一般般，还远嫁到外地，再后来，听说她单身一人回来了。

老头写了名字和地址，交给小马，请他有空时到那个地方跑一趟看看，大家都嘲笑老头，说，这都多少年了，初恋还会在那地方吗？

老头还以为是昨天的事情呢。

小马也不相信老头的，但是他心肠好，应承了老头，等到休息日，果真去跑了一趟，回来告诉老头，别说初恋了，连那个地方也没有了。

老头不高兴，说，你这个小伙子，头脑太不灵活，地方没有了，你不能问问人，这地方到哪里去了。

小马说，问了，不仅问了，我还追到另一个地方去了，我还转了好几个地方。

老头说，找到了？

小马说，快要找到了，可是时间不够了，我要回来上班了，我就回来了。等休息时再去。

小马替老头跑了几趟，老头对小马抱着无限的希望，只要小马一出去，老头的眼睛就死死盯着病房门口，简直就是望眼欲穿的样子，大家都笑话老头痴人做梦，想入非非。

有一天小马又出去，老头照例望眼欲穿，终于有一个病友忍不住了，说，老头，人家小马忙都忙死了，哪里有空替你去找初恋，你想多了。

他们以为老头会伤心，结果老头却说，还用你说，我都知道。

又过了几天，小马兴奋地回来了，他激动得脸都红了，告诉老头，得来全不费工夫，老头的初恋，居然也住在同一个护养院，就是隔壁病房的那个王老太。

谁都觉得小马这个谎言编得太马虎，太离谱，老头这么精明，怎么可能相信。可偏偏老头十分信任小马，小马说什么就是什么，小马说隔壁的王老太就是他的初恋王淑君，老头就过去相认，王老太也认出了他，一口一个小姜，喊得特自然，特亲热。

王老太并没有瘫痪，她只是身体不太强健，一个人在家自己照顾不了自己，就到护养院来住了。她和老头不同，每天可以自由行动，所以之前，她几乎天天都来老头这病房，和大家聊天，老头和老太，天天见面，却没有认出来，现在被小马查出了他们的关系，两个人互相看看，越看越像。老太竟然还随身带着当年同学的合影，拿给老头看，虽然照片已经模糊，上面的人脸也非常小，但老头还是认出老太来了，高兴地指着说，这个，这个，就是你，你看看，旁边这个是我，我当时是故意蹭到你身边拍照的。

其他人都掩着嘴笑，有一个护工不识相，问老头说，老头，你不是说你眼睛看不清东西吗，怎么看照片时，眼睛那么好了呢？

老头瞧她不起，"哼"了一声说，眼睛？你懂什么，是眼睛的问题吗？我告诉你，根本就不是眼睛的问题，有些东西你眼睛再好也看不见的——我说的，你恐怕都听不懂哦。

老头和老太，就一唱一和，开始回忆往事，大家就在旁边看着他们，说，又要开始了啊。

或者说，演得不错哦。

也有的说，他们好像背好了台词才上场的。

但是其实老头和老太哪有时间和空间去对台词，更何况，他们根本不需要对台词，这就是他们共同的往事嘛，不用背，都烂在心里了。

过了些日子，一直也没空来看看老头的那一儿一女，不知怎么听说了老头找到初恋的事情，火急火燎赶来了，一进来就大惊小怪，一个说，没有的，没有的，我老爸的初恋就是我老妈。

另一个说，哪里来的骗子，这么老了，还是女的，还做骗子？

那一个说，哼，老太做骗子，欺骗性更大哦。

老头气得使劲拍床沿，要赶他们走，指责他们说，我没有你们这样的子女，滚蛋滚蛋！

老太却好脾气，劝慰老头说，你别生气，你身体还没好利索呢，再气坏了身子，不合算，再说了，现在的子女都这样，你这两个还算好的呢，你自己的钱你自己还能做主，有的老人，还没怎么老呢，离死还远着呢，早早地就被控制了财权，一旦被抢走了财权，你就彻底玩完。

老头说，这个我门清，他们休想。

那老太笑道，你年轻的时候，没这么精，几十年过去了，你成了个贼精的老头。

老头得意地说，他们跟我玩？差远了，连骗子都玩不过我，你们还想怎么着。

看两个老东西你一言我一语地涮他们，这一儿一女心里又气又急，一急了，真心话都说出来了，老爸，你也不想想清楚，你的钱，其实都是我们的。

儿子说，老头，你还是对子女和颜悦色一点，你翘的时候，我们给你买纸做的初恋烧给你。

老头来火说，什么什么，都是你们的？想得美，我现在就写遗嘱。

那俩子女真吓了一跳，这混账老头，什么事都做得出来，别真的写个什么东西，把一辈子的积蓄都送给外人，那可惨了。

病房的病友和护工，都看热闹不嫌事大，起哄说，老头，写呀，写呀，钱都留给你的初恋啦。

那王老太笑得合不拢嘴，说，是呀是呀，你身边也没个别人，除了我这个初恋，你还有谁可以托付呀——一边说，一边却走了出去。大家不知道老太要干什么，正发愣，老太已经回来了，手里拿了纸和笔，想要递给老头。

老头的子女，好样的，一个急急地挡在床前，不让老太靠近，一个掏出手机就打 110 报警。

病房里越来越热闹了，隔壁病房能够走动的病人，和暂时闲着的护工们，都跑过来看戏，大家就听得老头的儿子姜渐行报警说，我报警，抓骗子——

好像那边在问具体情况，姜渐行急得说，别再问啦，再问钱都没啦——什么什么，骗子在哪里，是什么人——就在我身边，在护养院，是个老太——是呀是呀，七八十岁的老太，还冒充病人来做骗子——你们赶紧出警，如果你们不来，或者迟来，我们有损失，你们警察要负责赔偿的——

大家都掩不住嘴了，有的嘻嘻嘻，有的哈哈哈，病房里一片欢笑，那老头和老太笑得最欢，尤其是老太，笑得很妖怪，她还像年轻人一样笑得弯下了腰，这一大把年纪，腰身倒蛮柔软。她低下身子，就捂住了嘴，唔哩唔哩地说，哎哟，笑死我了，哎哟，笑死我了，哎哟，我不能笑了，再笑我的假牙要掉出来了——

老头也笑道，我也不能再笑了，再笑我遗嘱也写不出来了。

薛姐虽然讨厌老头，但她更看不惯老头的这一子一女，她是直性子，有啥说啥，平日里也没少得那王老太的好处，现在眼看老头的子女气势汹汹要拿老太问事，便站了出来，大声说，喂，姓姜的人家，你们这一家人，个个自以为是，你们家是首富还是啥呀，你们有啥可让人骗的呀，谁稀罕你家那点破家财，人家王老太，才是富豪呢，她的子女，都在国外经商——

薛姐是这里的一霸，她一开口，大家都附和，纷纷点赞老太家的背景。

老太有些傲骄，谦虚地说，还好啦，一般般啦，我儿子就是美国一家上市公司的老板啦，我女儿——

那姜渐行和姜渐远也不是吃素的，才不会凭空相信老太的话，一脸鄙夷不信。薛姐说，老太，他们还不信，你给儿子打电话，叫他们看看。

老太也不怵，说，打就打。

拿了手机就要拨电话，薛姐说，老太，打视频，打视频给他们看。

也有的病人感觉事情有点大了，被震撼了，小声问，在美国都能这样打啊？

老太没有回答她，已经拨通了儿子的视频，并且打开了免提，儿子的脸庞就出现在面前了，勾着头过来看的人，都看见了那个美国大老板，果然西装革履，一表人才。

老太说，儿啊，你在那边，过得还好吧——

薛姐性急地插嘴说，老太，你问问儿子，上次你们通话，他说在扩建家里的游泳池，搞好了没有？

姜渐行朝她瞥了一眼，说，嗬，薛姐，看起来，你有打算去游泳哦。

那边老太的儿子听到薛姐的话，赶紧回应说，工程比较大，进展慢，这里不像中国人那么性急，要做千秋万代的高质量的好工程，必须得慢慢来，工匠精神嘛。

有个病人家属，虽然没有凑过来看手机上的视频，但是他耳朵好，听出了那边的背景声音，又看了看自己的表，奇怪地说，咦，美国现在应该是后半夜哦，天快亮的时候，怎么还有电视的声音？

这边薛姐就不乐意了，说，人家美国人，很自由的，没那么多规矩，爱几点睡就几点睡，你管得着？

那边的美国儿子也一样不乐意，撑他说，是呀，谁规定后半夜不能看电视呢，你们国内，天亮不睡的也大有人在嘛。

这个被撑了的病人家属，心里不服，再仔细听，又听出问题来了，摇头摆手，说，不对呀不对，怎么电视里说的是中文呀？

那美国儿子接得好快，立刻回复说，我看的是中文台嘛，我是中国人，就看中文台。

那病人家属才无语了，心里却依然疑惑，就凑过来看看视频画面，这一看，他失声笑了出来。

大家奇怪，说，你笑什么，这是他家的客厅哎，好大哎。

这家属笑得脸都歪了，说，这明明是我们这里的一家 KTV 的包厢，这歌厅名字叫"有去无回"。

大家才不信，老太都跟他急了，说，你说话把牙齿筑筑齐啊，你不要诬蔑人啊——

这人掏出自己的手机，扬了扬说，巧了，我前两天恰好去"有去无回"娱乐，还拍了歌厅的照片，你们可以看——对了，我还有他们的打火机——又摸出个打火机给大家看。

老太的手机断线了，老太一急，再打过去，那边已经"无法接通"了。

这下子好了，姜渐行和姜渐远虎视眈眈地围住了老太，大有逮老太归案的气势。

连精明如神的薛姐也蒙了，完全不知道发生了什么。

却不料，片刻之后，老太的手机又响了，那美国儿子电话又打过来了，仍然是视频，那儿子对着屏幕，大骂这边的人，说他妈妈根本就没有什么初恋，老头冒充初恋跟他妈妈套近乎，就是想骗他妈妈的钱，骂老头和老头的子女都是骗子，最后他气愤地说，我已经报警了，你们别走，警察马上就到。

简直就是一场混战。

老头心知事情搞乱了，见自己的一对宝货子女揪住老太不放，只好让步说，好了好了，你们别盯住老太不放了，我实话告诉你们，她确实不是我的初恋，我的初恋早就死了，她当初根本就没有回到家乡，她死在外边了，她是个孤魂野鬼——这个王老太呢，就按你们的意思说吧，她就是个骗子，她和骗子小马搭了档来骗我的，这样说，你们总相信了吧，你们总满意了吧。

姜渐行和姜渐远可不是这么好打发的，他们仍然不相信，不满意，姜渐远说，爸，你的口气不对，你说的不是你的真心话。

姜渐行接着说，老头，你要是不能真心地真正地认识自己的错误，你就有可能再次碰到骗子，有可能天天碰到骗子。

老头说，我告诉你们她是骗子，你们可以放心啦，我不会写遗嘱给她的。

那姜渐行和姜渐远听了，沉默了一会儿，想想还是不对。姜渐行又反对说，你说她是骗子，你有什么证据，她很可能真的就是你的初恋，你们旧情复燃，你们想重新走到一起，你们想去领证了，是不是，是不是？

老头讥笑他说，你看看你自己，活成什么样了，我说是真的吧，你说是假的，是骗子。我说是假的吧，你又坚持说是真的，是初恋，要领证，你们到底要我怎么说，你们才能相信呢？

老太已经出去了一趟，把小马找了来，推到屋子中间，指着小马说，喏，这个就是我们的媒人，帮着找初恋找初恋，结果找出了一群骗子，哈哈哈哈——

那姜渐行和姜渐远一听，一下子扑到小马面前，一左一右揪住他的两条胳膊，好像怕他逃走似的。

老头急了，呵斥子女，让他们放开小马，子女才不，不仅不放，口中还骂骂咧咧。

小马也不挣扎，只是站在那里朝老头笑道，完了完了，又变成骗子小马了。

那姜渐行说，什么叫又变成骗子小马了，你一直就是那个骗子，我爸摔跤前，就已经告诉我们了。

那姜渐远也说，要不是我爸摔了，进了医院，逃过一劫，你大概早就得手了。

那老头说，呸，我摔断了骨头，你还说我躲过一劫，你会不会说话？

姜渐行说，她说得没错，和摔一跤比起来，上骗子的当那才更要命啦——

他们扯了半天，虽然双方子女都说报了警，但是警察一直没有来，看热闹的等得着急了，纷纷抱怨警察磨洋工，这么长时间，怎么还不来。不过也有人眼明心亮的，多嘴说，我看到那个人打110的时候，手机屏幕是黑的。

后来只好由院里的管理员出面来处理问题，他倒是做了充分的准备，具备了警察的能力，估计这种地方经常发生类似的矛盾，他们都有了足够的经验和完整的程序了。

管理员负责任地告诉姜渐行和姜渐远，他们做过调查，小马来护养院工作前，是做快递分拣的，每天盯在工作岗位工作十多个小时，又都是白班，所以白天根本不可能有时间去公园或别的什么地方行骗。

除了工作时间的证明，其他也没有什么证据可以证明小马是骗子，当然，反过来，也一样没有什么可以证明小马不是骗子，他们还会继续核查的。但是在最终的结果出来之前，他们不能随便诬陷别人。

姜渐行和姜渐远异口同声说，我们没有诬陷小马，是我爸说他是骗子的。

管理员又让小马上前说话，小马直朝后退，摆着手说，别别别，你别让我说，我不知道我该怎么说，我说我不是骗子，你们不相信吧；我说我就是骗子，你们相信吗？

大家面面相觑。

小马看着姜渐行和姜渐远担心焦虑的模样，他也替他们着急呀，他宽慰他们说，你们尽管放心，老伯这么精明，怎么会上骗子的当。

老头笑了起来，说，小马，我本来是想跟你寻寻开心的，哪知道你这么卖力，还真帮我找初恋，呵呵。

眼看着老头又绕回去了，他倒是精力旺盛，可姜渐行和姜渐远已经疲惫不堪了，他们要打退堂鼓了，好在有小马那句话让他们心宽，他们的老爸，的确妖得很，精得很，一般的骗子，还真拿他没办法。

他们在回家路上，想想就憋屈，想想也不服，就在各自的朋友圈，抱怨吐槽，说说追拿骗子的过程，然后朋友圈和各种群里，立刻展开了"老人与骗子"的大讨论，讨论来讨论去，话题很快就跑偏了，歪来歪去，最后战火引到姜渐行和姜渐远身上，认为一切的根源，一切的责任，都是因为有不孝的子女，有人还要人肉他们，扒他们的脸皮，吓得姜氏兄妹赶紧删除了不当议论，缩了回去。

这边护养院里，一场闹剧终于结束了，大家都散了，看热闹的走了，王老太也回到自己病房去了，去向她的那几个躺着不能动的病友传达这场精彩演出的完整内容。病房终于安静下来了，大家沉默了一会儿，有人开腔了，对老头说，老头，你的儿子女儿都是厉害角色。

老头听了，起先似乎有点蒙，疑惑地说，我的儿子女儿？很快他就明白了，说，哦，你是说那一男一女？假装来看我的，说是我的儿子女儿，你被骗了，他们是骗子，他们事先准备好了台本、配合好了来骗我的。

大家目瞪口呆。

过了半天，才有人小心问道，那你，你是个孤老，没有子女吗？

老头说，谁说我是孤老，谁说我没有子女——老头的脸上，渐渐地露出了很少见的笑容，他笑眯眯地朝小马望去，眼睛投到小马脸上，就不挪开了。

那小马一见老头如此，吓得魂飞魄散，抱头鼠窜逃走了。

病房里有人嘀咕了一声，原来老头有老年痴呆症了。

虽然是轻声嘀咕，但老头耳朵很好使，听见了，反应也很快，立刻就回击说，我头脑清醒得很，我又不是老年人——他指了指躺在病床上的其他老人，一脸瞧不上的样子，说，我又不像他们，七老八十的，老糊涂。

大家都服了，说，老头，你厉害，谁也搞不过你。

老头一听，更来劲了，"腾"的一下从床上爬起来，下地，走路，十分利索，原来他早已经恢复正常了。

老头痊愈后，出院，生活又回到原来的样子，好像什么也没发生过。老头依旧在下午到公园的长椅上坐坐，远远地看着老头老太们跳舞唱歌下棋。

有人经过这里，如果他关注一下老头，或者对个眼神，或者点个头，老头就主动跟他说，我忘记了，我认得你吗？

人家莫名其妙。

老头解释说，对不起，我有脸盲症，你是小马吗？

如果碰到个心情不好的人，也许说话就不好听，甚至不文明地骂他一声；碰到态度好的人，会说，老伯，我不是小马。

也有人会关心地问老头，你坐在这里，是在等小马吗？

或者多管闲事说，小马？小马是谁？

这句话把老头问住了，老头想，是呀，小马是谁呢？